跳ぶ男

初出　別冊文藝春秋
二〇一七年七月号から二〇一八年十一月号
単行本　二〇一九年一月　文藝春秋刊
DTP制作　エヴリ・シンク

文春文庫

跳ぶ男

青山文平

文藝春秋

一

その川は藤戸《ふじと》藩で最も大きい川だった。

にもかかわらず、名を持たなかった。

正しく言えば、藤戸藩では誰もその名を口にしようとしなかった。

藤戸藩の領地のあらかたは台地の上に広がっていて、そして、川は台地を形づくる高い段丘《だんきゅう》の裾《すそ》を、縁取《ふちど》るように流れていたからだ。

対岸の向こうには伸びやかな平野が陽《ひ》をたっぷりと受けて広がっていたが、しかし、そこは他国の領地だった。藤戸藩の領民が豊かな流れの恩恵に与《あず》かるには段丘はあまりに切り立っており、川はひたすら、他領の田のみを潤していたのである。

おまけに、流れを引き込んだ河岸《かし》には、水運の船問屋も軒を並べていて、遠目にも殷《いん》賑《しん》を極めているのが見てとれた。水の匂いも届かぬ台地の上で暮らす人々は知らずに、川の名の響きに耳をふさぐようになったのである。

川はそのように名を持たなかったが、段丘の崖に危なげに刻まれた坂路を下りたあたりの河原には名があった。

つまり、そこだけは台地の人々の役に立っていた。どう役に立っていたかは、河原の名から察することができる。

一帯は、野宮《ののみや》と言った。

ただし、そこに社《やしろ》があるわけではない。

台地の人々は野墓《のばか》を、そのまま声に出すのを憚《はばか》って、野宮と呼び換えて遣《つか》っていたのである。

藤戸藩より二十俵二人《ににん》扶持《ぶち》を授かる道具《どうぐ》役《やく》、屋島五郎《やしまごろう》の長男、剛《たける》が、初めて河原を目にしたのも、やはり、野墓としてだった。母の菊《きく》の入る棺《ひつぎ》に寄り添いながら、父と、親類縁者と共に急な崖の路を下った。

と言っても、そのとき剛はまだ六歳で、野墓のなんたるかを知らない。葬列者の一人が、「風が雨風《あめかぜ》だな。降ってこぬうちに埋葬が済まぬと坂の上り下りが難儀だ」と言い、別の一人が「その代わり、仏はつつがなく流れるだろう」と受けても、なにがどこに流れるのだろうと想っていた。

子供ながらに呑《の》み込みにくいものを感じたのは、四十九日の法要《ほうよう》のあとに同じ顔ぶれで墓参《ぼさん》をしたときだ。

また、あの急坂を下るものとばかり想っていたのに、一行が向かったのは台地の上の、箱庭のような墓地だった。肩を接するようにして墓石が並んでいたが、その墓石があまりに小さい。たとえ自分だって、その下に入るのは難儀しそうだ。いや、赤子とて無理かもしれぬ。

なぜ、それほどまでに小さいのか、なんで、母が埋葬された河原ではなく、そこに墓参りをするのか……わからないことだらけだったが、いちばん知りたいことだけははっきりとわかった。

ここに、母は居《い》ない。

母は、野宮に、居る。

なぜかはわからぬが、皆が母の居る野宮に背を向け、誰も眠っておらぬ箱庭の墓地で手を合わせている。

「いや、野墓には居《お》らぬだろう」

百《ひゃっ》か日《にち》の、二度目の墓参りのあと、小さな腹に溜《た》めたものを思い切って切り出した剛に、そう返したのは、三つ齢《とし》上の岩船保《いわふねたもつ》だった。野宮ではなく、はっきりと野墓と声に出して、居ないと言った。

「あのあと、すぐに大雨になって野墓も流れに洗われた」

二人は、印地《いんじ》という子供どうしの合戦ごっこでよくつかう、お宮の裏の濡れ縁に並んで腰をかけている。印地といえば川を挟んでの石打ちだが、台地に川らしい川はないので、棒切れを手に取っての合戦になる。石打ちは消えて、名前だけが残っている。

「今頃はもう海かもしれない」

保は端整な横顔を見せて「海」を口にするが、保も剛も海など見たことがない。台地の上の子供にとって、「海」とは「すっごく遠い処」を表す言葉だった。

「海って……」

とたんに、剛はうろたえた。大事な亡骸《なきがら》が流れに暴かれてよいわけがない。なにかまちがいがあって、「海」にまで攫《さら》われてしまったのだろう。すぐに、埋葬の日に葬列者が言った「流れるだろう」という音が蘇《よみがえ》って、あのとき自分が止めておけばと悔いた。自分が迂闊《うかつ》だったから、いま母は墓を失って、「海」に居る。

「どうしたらいいだろう」

半べそをかきながら、剛は問うた。そう言えば、埋葬はいかにも浅かった。埋めると言うよりも、仮り置きをして、大人が片手で持てるくらいの玉石で覆う程度だった。埋葬を助《す》ける野守《のもり》の人たちがつくってくれた玉石の墓に、葬列者が一つずつ手にした玉石を加えた。あれでは大水になったら墓はあっけなく崩れて、母は流されてしまう。わかっていたのに、自分は声を上げられなかった。大丈夫じゃないのに、大丈夫と思い込もうとした。でも、やっぱり、大丈夫じゃなかったんだ。

「どうしたらって？」

保が訊《き》き返した。

「どうしたら、母上を海から取り戻せるだろう」

剛は重ねて問うた。保ならば、答が返ってくるはずだった。保の父、岩船光昭《みつあき》は剛の父と同じ道具役を務めていた。つまり、保もまた軽輩の長子だったが、すべてが剛と重なっているわけではなかった。保は英才の誉れ高い少年で、六歳で『節用集《せつようしゅう》』の和辞書をものにし、七歳で『小学《しょうがく》』はむろん『四書《ししょ》』『五経《ごきょう》』を読み通した。おまけに躰《からだ》も強く、俊敏で、印地では常に大将だった。保は降りるはずのない土地に降りた鶴であり、剛にとって、保の発する言葉は生強《なまじい》の大人の言葉よりも遥かに重かった。

「取り戻すことはないんだ」

その保が、言った。剛の涙交《ま》じりの訴えを去《い》なすように。

「えっ」

「取り戻さなくてもいいんだよ」

「なんで？」

保の言葉とも思えなかった。海から取り戻すのはそれはたいへんだろうが、印地の大将ならば、きっと無理を無理でなくしてくれるにちがいないと想っていた。

「ここの野墓は仏様を閉じ込める場処じゃあない。海へお送りする場処なんだ」

「お送りする……」

「海への湊《みなと》なんだよ。この国では、仏様はみんな海へ出ることになっている」

「じゃあ、お墓はどこにもないの？」

「ああ、ない」

言下《げんか》に、保は言った。

「今日、参ったお墓は？」

「あれは詣《まい》り墓《ばか》だ。野墓が埋《う》め墓《ず》で、あのちっぽけな墓が詣り墓。墓参りをするためだけの墓さ。だから、あんなに小さくて済む」

二度、母を失ったような気持ちになりかけている剛に、印地の大将はつづけた。

「ここはそういう国なんだ、剛。まっとうな墓を持てない国。詣り墓と、埋め墓と、二つも墓があるのに、ほんとうの墓はひとつもない」

「誰がそう決めたの？」

そんなの、ひどい。死んでもお墓に入れないなんて。ほんとうのお墓参りもできないなんて。決めた人に、変えてもらわなければならない。

「決めたのは人じゃあないんだよ」

諭《さと》すように、保は言う。

「この土地さ」

「この土地、って……」

「この国は台地の上にあるだろ」

思わず深く首を垂《た》れる。

「おまけに崖が高く切り立っている。川が使えなくて、泉が湧く処でしか田んぼができないから、米がちっとしか穫《と》れない。俺も剛も米なんて喰ったことがない」

こんどは曖昧にうなずく。剛は六歳だが、まだ乳を飲んでいる。この御代《みよ》、子供の乳離れは五、六歳だ。剛が格別、遅いわけではない。でも、なぜか、保には、いまも乳母《うば》の乳房に頼っていることを知られたくない。

「仕方ないから、米が穫れない分まで畑を隙間なくぎっしりと広げようとする。でも、ここは台地だ。いくら広げたくたって、台地の縁《へり》まで拓《ひら》けばお終《しま》いさ。そして、この国の畑はもう百年も前に縁まで行き着いている。もう、どうやったって新しい土地は手に入らない。いまある土地は、なけなしの土地なんだ」

ふっと息をついてから、保はつづけた。

「そんななけなしの土地を、墓になんて使えるはずがないだろ。土地はみんな田畑のためにある。この国に、仏様が眠っていられる土地なんぞないんだよ。だから、海にお送りする」

もしかしたら……と剛は思った。皆が野墓ではなく野宮と呼ぶのは、言葉を柔らかくしているのではなく、河原が野墓でさえないからかもしれない。野墓は埋め墓だ。誰も彼もいっしょくたとはいえ、埋めはする。打ち棄《す》てるようなものではあるが、埋葬ではあるのだ。野宮では、それさえ敵《かな》わない。

「だからさ」

顎《あご》を上げて、保は言う。

「俺はこの国をちゃんとした墓参りができる国にするんだ」

お宮は南を向いているので、宮裏は北に面して陰になる。でも、保がそう言ったときは、薄い鎮守の森の樹間から、微《かす》かとはいえ、陽が一条差したような気がした。

「野墓の向かい岸に、田んぼがずうっと広がっているだろ」

いつの間にか、顔が、印地の大将の顔になっている。

「いまは他領だが、あの土地をこの国のものにする。あれだけあれば、いくらでも墓ができる。海へ送らずに済む。俺は父上母上を、その墓にお納めする。いや、この国のすべての仏様をお納めする」

剛はおずおずと保の横顔を見やる。

六歳の子供が九歳の少年の気負いを感じ取って、宮裏の陰を貫いていた、か細い陽がすっと消える。

保の言《げん》を信じたいが、こんどに限っては、印地の大将なら無理ではないかもしれない、という気になれない。いくらなんでも、話が大きすぎる。それは御藩主や、御家老の御務めなのではあるまいか。

保とて、自分と同じ道具役の倅《せがれ》だ。

印地の大将にはなれても、本物の大将にはなれない。

剛は保が、ちょっぴり心配になった。

保は、けれど、剛の心配を余所《よそ》にますます俊傑《しゅんけつ》への路を歩んでいった。

十歳で藩校の啓学館《けいがくかん》に上がったときは、単に漢籍《かんせき》を読みこなす素読生《そどくせい》ではなく、いきなり意味を掘り下げる講義生《こうぎせい》として入ったし、その翌年には質問と会読《かいどく》を通して理《ことわり》を究《きわ》める会読生となった。

一方で、藩校道場での剣術の発展も著しく、会読生となった三年後には、十四歳にして一刀流の八段ある伝授次第《でんじゅしだい》の三段に当たる仏捨刀《ほっしゃとう》を許されて、四段の目録《もくろく》もすでにして見えているとされた。

それは道具役の倅には考えられぬ経路で、華々しさを増すほどに強まる風当たりを想わざるをえなかったのだが、顔を合わせてみれば、剛の前の保は変わらずに仲間想いの印地の大将だった。

甘えすぎではないかとためらうほどの頼みごとを口にしても嫌《いや》な顔ひとつすることもなく、気を入れて応じてくれる。きっと、保はそれどころではなかろうと、さんざ迷った末に、ようやっと唇を動かしたのに、頼むこっちが拍子抜けするほどだ。

それでも、皆の期待を集める俊傑に、雑事でしかなかろう頼みごとをする後ろめたさが消えることはない。持ち出すたびに、借りをつくっているという気持ちを拭《ぬぐ》い切れなかったが、保が十七歳になって藩校の長《おさ》である都講《とこう》の補佐に推挙される頃には、幾分なりとも薄らぎはするようになった。

さすがに、保に限っては、凡夫が抱く無理は無理ではないのだろうと認めざるをえない。そうして、かつて保が言った「この国をちゃんとした墓参りができる国にする」という台詞《せりふ》もあながち夢ではないのかもしれぬと思い始めた矢先、しかし、事件は起きた。

保が藩の門閥である半藤《はんどう》家の三男拾史郎《じゅうしろう》に、脇差を向けたのである。

拾史郎は啓学館の講義生だったが、それは門閥の子弟に対する配慮でしかなく、それどころか、素読生の資格すらない。そもそも、拾史郎は漢字が読めぬ。しかも、読めぬのを、ことさらに誇る。文を退《しりぞ》けてこそ武家、という建前である。かといって剣技に精進するわけでも、秀《ひい》でているわけでもなく、道場では相手が手加減しているのを承知で、容赦なく打ち込む。勝負あっても、なお打ちつづける。すでに十七歳にしていっぱしに毒を溜め込んでおり、その毒は当然のごとく、目立ちすぎる道具役の倅、岩船保に垂れ流されることになった。

とはいえ、保なら、吠えるしか術《すべ》のない犬の処し方など、とうに弁《わきま》えていたはずである。ただ、学業に秀でているだけでは、都講の補佐に推《お》されるはずもない。啓学館においても、印地の大将が掻《か》き消えぬ器量を見込まれての推挙だ。慶長から二百年余りが経った御代の藩校は飾りではない。国は盛り沢山の難局と正対しうる臣僚《しんりょう》に渇《かわ》いている。その切実な眼鏡に適《かな》ったのが岩船保だ。たかだか二万二千石の、それも、表高《おもてだか》も実高《じつだか》も変わらずに二万二千石の、貧乏藩にぶら下がる門閥の三男のちょっかいなど、さらりと受け流すことができるはずだった。

なのに保は脇差を抜き、恐怖で己を失った拾史郎が、なぜか喚《わめ》きながら向けられた脇差を両手で摑《つか》んで、何本かの指がぽろぽろと斬れ落ちた。

保の取り調べに当たった目付《めつけ》の鵜飼又四郎《うかいまたしろう》はいかにも無念そうに、なにゆえを問うたらしい。

監察を担う目付は改革派が多い。なかでもその頭目《とうもく》と見なされているのが、まだ三十をわずかに越えたばかりの鵜飼又四郎だった。又四郎にしてみれば、お荷物でしかない半藤拾史郎ごときのために、将来、まちがいなく国の力になるであろう岩船保に切腹を言い渡さなければならないのが無念で堪《たま》らない。保のことだからきっと武家らしく、一切の申し開きはするまいと覚悟したが、それでも、鞘《さや》を払った理由を質《ただ》さずにはいられなかった。拾史郎の指、数本と、保の命では秤《はかり》にも載らない。むずかしいのはわかっていても、保の陳述のどこかに、生への抜け路を見出したかったのである。

訊き取りを始めてみれば、案の定、保は潔《いさぎよ》く自分から抜刀したことを認めたが、押しても引いても、なぜ抜いたのかについてはひとことも語ろうとしない。そもそも武家は釈明しないものと定まっているから、吟味の手続きとしては罪を認めさせさえすれば足りてしまう。又四郎としてはそれより先に詮議を進める根拠がない。なので、素直に、

「これで吟味は終いだ」と告げた。

そして、ひとつ息をついてからつづけた。

「吟味ではなく、教えてくれ」

訊くのではなく、頼んだ。

「なぜ、刃《やいば》を向けたのかを」

「なにゆえの……」

わずかに怪訝《けげん》の風を漂わせて、保は言った。

「お尋《たず》ねでございましょう」

「終い」が終いにならなかったのが、意外だったらしい。やはり、この者は、蜘蛛《くも》の糸なんぞを求めてはいないと、又四郎はあらためて思う。

「理由はない」

すでに、抜け路を探るのは諦めていた。助かろうと欲しない者を助けるのは無理だ。助かろうと欲しない者だからこそ助けたいのだが、因果なものだ。

「ただ、知りたい」

眼前の少年の、腹の据わりようを目にするほどに、知りたくなる。悔恨は尽きまい。もとより、罪を得れば己れのみにとどまらない。岩船の家をも巻き込む。けれど、生への未練は露ほども見えない。これで十七かと、又四郎は嘆《たん》ずる。そして、もう幾度目だろう、惜しい、と思う。こやつなら、どうにでも花開いただろうに。

「未熟でした」

不意に、保が唇を動かす。

「我を忘れましてございます」

微かに、少年の顔が覗《のぞ》く。

「おぬしがか」

それでも、抑制は十分に利《き》いている。堰《せき》が切られたわけではない。

「なにがあった？」

答が返るのを期待せずに訊いた。

保は、しかし、答えた。

「はい」

なぜ、を言った。

ひとことも聞き逃すまいと、耳に気を集める。

が、腹には落ちない。

又四郎は無言で、その言葉を反芻《はんすう》する。

どうにも、得心《とくしん》がゆかぬ。

さりとて、ちがう、とも言えぬ。

そうか、とうなずけば、そういうことで落着《らくちゃく》するのかもしれない。

よしとするか、と思う。

すぐに、よしとできるわけがないではないか、と思う。

あるいは、これは、できすぎた十七歳の心遣いなのか……。

なんとしても得心したい目付のために、頃合いの答を用意してくれたのか。

急に語る気になったのも、おかしかろう。

己れのためではなく、目の前に居る目付のために語ったと観《み》たほうが、無理がないかもしれぬ。

どういう腹だ。

〝これで、ほんとうに「終い」にしませんか〟とでも言っているのか……。

まるで能の、「離見《りけん》の見《けん》」ではないか。

離れた処から、まるで他の者を見るように己れを見ている。

たかだか十七で、そこまで余裕を持てるものか。

ともあれ、ここまでだろう、と又四郎は思う。これ以上、この士《さむらい》を、言葉で汚すことはできない。

「もう、よいぞ」

たった、それだけの台詞を、絞り出すように言った。次の言葉を口にすれば、終わってしまう。命運が尽きる。

「追って沙汰《さた》があろう」

岩船保が腹を切ったのは、それから八日後である。

啓学館に通っていない屋島剛には、いったいなにがあったのかがわからない。

それでも、どこをどう伝ってきたのか、吟味に当たった鵜飼又四郎が得心していない様子は遅れて耳に入ってきて、剛は、自分ならば、と思った。

印地の大将と、手下だ。偉い御目付には理解できなくても、きっと自分なら、保の言葉をわかるはずだ。

けれど、十四歳になった剛は日頃、保以外の人間とほとんど交わったことがない。保を失えば、世界が閉じる。伝《つて》はない。

土竜《もぐら》が陽の下を歩き回るように、あちこち駆けずり回って、保の最後の言葉を探した。

自分をわかってくれた保のために、保をわからなければならなかった。

なにからなにまで、いつも印地の大将だった保だ。まちがった命令を下したことがない。その保が最後で誤った。けれど、保のことだ。世の中からは誤って見えても、その言葉はきっと印地の大将の言葉のはずだ。

ない伝を手繰《たぐ》り寄せて、なんとか求めたものに辿り着く。

さあ、と耳をそばだてた。

乾いた砂地が水を迎えるように、言葉が入ってくるのを待ち構える。

が、砂の色は変わらない。

いくら待っても水は見えない。

いったん切り上げて、ほんとうに、その言葉だったのかと幾度となく相手にたしかめる。

そのつど、同じ返事を得る。

再び気を集め、言葉を入れようとするが、入ってこない。

御目付と変わらぬ。

得心できぬ。

けっして、想いの外《ほか》、ではない。

それらしくはある。

通りはわるくない、と言ってもよい。

でも、わからない。

保らしくない。

「父の御勤めを愚弄《ぐろう》された」

「能は侮《あなど》られてよいものではない」

保らしくない。

道具役に甘んじようとしなかった、保らしくない。

道具役はその名のとおり、大名道具の世話を務める御役目である。

甲冑《かっちゅう》、刀剣、書籍、絵画……なかでも重きを置かれるのが茶道具と、そして能に関わる道具、面《おもて》や装束などである。どちらも大名どうしの交わりに、欠かせぬものだからだ。

とりわけ能は、武家の唯一の式楽《しきがく》である。それゆえ、全国の大名が一堂に会する、江戸城大広間《おおひろま》のすぐ脇に、能舞台が設《しつら》えられている。大広間とは、将軍が諸侯に、所領を封《ほう》じる場だ。そこでの御目見《おめみえ》を通じて、将軍が主であり、諸侯が従であることを、互いにたしかめ合う。すなわち、この国の背骨を組む仕組みに、能が編み込まれている。

藤戸藩の道具役も、もっぱら能に気を向ける。ただし、道具の手入れは彼らの御勤めの一端にすぎない。手入れ以上に求められているのは、謡《うた》い、舞うことである。そうして、藩主の能稽古に奉じ、時に無聊《ぶりよう》を御慰《おなぐさ》めする。だから藩士によっては彼らを、道具役ではなく御手役者《おてやくしゃ》と呼ぶ。藩お抱えの能役者、ということである。道具役とは、能役者に扶持を与えるために、藤戸藩が宛《あて》がった御役目と説いてもよい。

能役者を幾人抱えるかは、国によってそれぞれだ。大藩ならば、五十人から六十人もの御手役者をそろえることもある。しかし、藤戸藩では、剛の父の屋島五郎と、保の父の岩船光昭、その二人ですべてである。

「なんで二人しか居ないんだろう」

剛は例によって、保に問うたことがある。保が啓学館に入って、そして講義生から会読生に上がった頃だ。

「二人じゃ、なんにもできない」

藩主が仕舞《しまい》の稽古をする際に、謡うだけなら二人でもどうにかなる。囃子《はやし》を入れずに、地謡《じうたい》だけで曲の見どころを舞うのが仕舞である。が、演能となれば、地謡だけだって八人は要《い》る。いくら心得のある武家や町役者を頼むとしても、二家の道具役はいかにも少なく思える。

「二人しか居ない、んじゃなくて……」

けれど、そのとき剛が保に問うたのは、あるいは、二家しかないことを、あらためて保に気づいて欲しかったからかもしれない。保が藩校になんぞ行って、学問になんぞ耽《ふけ》って、そして、もてはやされて、能役者の倅であることを忘れてしまったら、なにしろ二家だけなのだ、自分は独りになってしまう。

でも、保は剛の気持ちを知ってか知らずか、うなずいてはくれない。保は剛の見知っているどんな子供とも似ていない。いつも、考え抜いて、ものを言う。いい加減に相手に合わせたりはしない。

「二人も居る、とも言える」

もともと、同じ道具役とは言っても、屋島五郎と岩船光昭とではここに至る来《こ》し方がちがう。

何代前かをたどれば、屋島の家系は畿内《きない》のどこかの町役者に行き着くらしい。対して、岩船の先々代は西国《さいごく》の武家で、上からのお声がかりで能を修めた。ゆえあって浪々の身となり、本来は武官としての御召出《おめしだし》を望んだようだが、巡り合わせだったのだろう、能のほうで藤戸藩に拾われた。

それゆえなのか、屋島と岩船の家としての結びつきは、わずかに二家の同役であるにもかかわらず密とは言えない。ともすれば、右と左に分かれんとする力が常に働いているような気配が漂う。だからこそ、剛は保と強くつながっていたい。そうでないと、ある日、突然、保が彼方《かなた》に遠ざかっているような気に襲われてしまう。

「もっと豊かで、もっと能に熱心な御藩主がおわすのに、御手役者が一人も居ない国だってめずらしくないらしい」

保の話は、しかし、剛の期待からどんどんずれていく。道具役なんてなくたってよい、という流れにしか聞こえぬ。他意はなく、保らしく考え抜いて話しているだけとわかっていても、もどかしい。

最初に保が遠くなっていくのを感じたのは、印地の大将の座に就《つ》いたときだった。ほんとうなら、道具役の倅が大将になれるはずもない。いや、そもそも、印地に加わることすらできない。だから、本物の武家の子供たちが、武家役者の子供なんぞの命令を素直に聞くわけがないのだ。なのに、保はいとも易々《やすやす》と従わせ、さほどの間を置かず、誰もが保を大将と仰ぎ見るようになった。

縁ある大将の誘いで初めて印地の兵になることができた剛は、同じ道具役でも、元町役者と元武家とでは、やはりちがうのだろうと思わざるをえなかった。だから、自分と保も、ちがうのだ。そのちがいは、年を経るほどにますます大きくなっている。きっと藩校と学問は、いっそう開きを際立たせるにちがいない。そうして保は、武家に還《かえ》ってしまうのかもしれない。

「式楽としての御能の番組は五番立《ごばんだて》だ」

語る保と聞く剛は、大きな石に並んで座り、十二歳と九歳の顔を川に向けている。初夏《はつなつ》の陽が明滅《めいめつ》する流れの向こう岸には、田植えを終えたばかりの他領の田が、さながら湖面のように広がっている。

保が「あの土地をこの国のものにする」と言った、台地の上では望みえない広い広い田だ。

二人は、野宮、に居る。

「脇能物《わきのうもの》に始まり、修羅《しゅら》物、鬘《かずら》物、狂《くるい》物と曲がつづいて、そして切能《きりのう》物で締める。この五番立で、おおよそ二刻《ふたとき》かかる。このとき舞台に立つのは、本家本元の、観世《かんぜ》や金春《こんぱる》なんぞの四座一流《よざいちりゅう》の演者だ。藩の御手役者の出る幕はない。御手役者を抱えていようといまいと、正式に能の番を組むときは外《そと》に頼むことになる」

あの野宮で、剛はふだん、独りで能の稽古をする。そして、その日のように、折に触れて、保に見てもらう。野宮ならば誰にも、認められずに済むからだ。人々にとってそこは、それぞれの仏を流した場である。野墓に使うときの外《ほか》は、一人として近づこうとしない。剛はそういう場処でのみ、稽古を積むことができる。台地の上に、剛の稽古場はない。母を心の臓の病《やまい》で失ったとき、剛は他のいろいろなものも失った。

「大名が大名を招く招請能《しょうせいのう》や、身内で楽しむための御慰《おなぐさみ》の能だと、たいていはもっと長くなる。番組は十曲を超え、朝四つに始まって、終わるのは暮れ六つだったりする。ほとんど一日がかりだ」

まず、失ったのは、乳だ。剛を産んで以来、母の菊はずっと床《とこ》に臥《ふ》せがちで、剛はいろいろな女に乳を付けてもらって育った。四歳になった頃からはもっぱら百姓の後家だった仙《せん》という女が乳母となったが、百か日が終わってみると、仙は乳母ではなく義母になっていた。父の五郎が後添《のちぞ》えに迎えたのである。

後家から屋島の家の新造《しんぞ》になったとたん、仙は剛が乳房を吸うのを拒んだ。それでも求めると、いきなり横面《よこつら》を張られた。乳母のときの仙は優しくすらある若い後家で、めったに座敷を出ぬ母に後ろめたさを覚えるほどに馴染《なじ》んでいた。印地でも知らなかった痛みを、いまも覚えている。そのとき、仙の腹のなかには剛の弟となる子が居た。乳はその子だけのものと、仙は決めたらしい。仙にとって剛は、盗っ人に見えたのかもしれない。

「主役のシテは大名や縁者が舞うとしても、従うシテツレの演者が要るし、後見《こうけん》が要るし、ワキもワキツレも要る。もとより、地謡方《かた》が要るし、囃子方が要るし、狂言方《きようげん》が要る。むろん、十曲からやるのだから、みんな、ひと組で済むはずもない。お抱えの演者で足りないことは端《はな》からわかっている。だから、どの藩も、四座一流はもちろん、外《そと》の演者を頼むことになる。そうやって頼み慣れると、かならずしも藩で抱えておく必要はないのではないかと考えるようになる。必要なときに、必要なだけ頼めばいいというわけだ」

やがて生まれた子は男の子で、元気に這い回るようになると、次に、剛は父を失った。そして、それとともに、たぶん、道具役の跡継ぎという居場処も失った。

「だから、この墓参りもできない国に、二人の御手役者が居るとなると、少ないとばかり言えなくなる。二人も居るのかって、驚く者だって出るかもしれないってことさ」

乳を与えなくなった日以来、仙が剛に笑顔を向けることはなく、なにか意に染まないことがあると、手加減なくつねった。剛の知らなかったつねり方で、中指を折り曲げて親指の腹に乗せ、肌を挟んで思い切り手首を捻《ひね》る。親指と人差し指でつまむのとちがってなかなか肉が外《はず》れず、ひどく痛い。

最初は着物で隠れる処だけだったけれど、そのうち場処を選ばなくなり、痣《あざ》だらけの剛を父の目に触れさせて様子を窺《うかが》うようになった。果たして、五郎は仙の期待どおり目を痣から逸《そ》らしてなにも問い質さず、以来、仙は堂々と右手の指に力を込めることになった。剛は無言で訴えたが、五郎は一度たりとも視線を合わせようとしない。そしてほどなく、剛に能の稽古を付けなくなった。

それでも、自分の稽古は剛の目から隠さず、よく受け止めれば、剣で言う見取り稽古のつもりだったのかもしれぬが、なにかを察したのであろう仙に咎《とが》められると、稽古を始めるとき、剛を屋敷から追い出すようになった。声だけは激しく、しかし顔はおどおどと、剛を追い立てた。剛はいやでも、跡継ぎが弟になったことを悟らねばならなかった。

「実は、俺だって思ったことがある。なんで、この国が二人も御手役者を抱えているのかってね」

それでも剛は、能をやめるわけにはいかなかった。

なんでもできる保ならば、独りだって、どうにでも路を切り拓いていくのだろう。親の御役目なんぞにすがる気なんて、さらさらないにちがいない。きっと保は先祖の武家に戻って、本物の岩船家の跡継ぎになって、うんと偉くなって、「この国をちゃんとした墓参りができる国にする」んだ。

でも、自分はそうじゃない。いくら頭を捻ったって、能の外《ほか》にできることなんてなんにも浮かんできやしない。自分と保じゃあ、まるっきりちがう。たとえ屋島の跡継ぎになれなくたって、なんとか能にしがみついて生き延びて、ともかく大人になるしかないんだ。いまは能にすがりつくしかないけれど、大人になりさえすれば、なにかが変わる。自分独りだってできるものが、きっと見つかる。

「そうしたら、やっぱり、それも、ちゃんとした墓参りができない国だから、としか思えなかった」

だから、剛は保に頼った。保に頼るしかなかった。

保は啓学館に通うようになってからも、能に見切りを付けたわけではなかった。父の光昭の教えを拒むことなく、それは見事な稽古を重ねた。その稽古を剛は頼み込んで、岩船の屋敷の庭先から覗かせてもらい、幾多の曲の、謡を、所作《しょさ》を、型を、目に、耳に刻んだ。そして、野宮に独り下りて、保の能を繰り返しなぞり、独りではどうにもならぬ処のみ、稽古を付けてもらうのだった。

他家の庭に忍ばねばならぬやり切れなさも、保の稽古が始まればすぐに忘れた。能にまったく縁のない者にだって、保の凄《すご》さはなんなく伝わる。まずは、謡だ。謡を謡うとき、保は声を発しない。鳴るのだ。腹に送った息を震《ふる》わせて声にし、口から前に放つの鳴る。背中はむろん、骨張った足の脛《すね》だってではなく、中《うち》に厚く蓄えて、躰を響かせる。

言葉遊びではない。ほんとうに響いて、鳴る。保の躰は出来合いの理《ことわり》を超えて鳴るのだ。

だから、保の謡に包まれると、初めて触れる者でも、心身の深い処が戦慄《わなな》く。どうにも突き動かされて、知らずに躰が蠢《うごめ》き出そうとするのを抑えるのに難儀する。啓学館に入って、文武で俊傑と認められるようになっても、剛にとっての保は変わらずにただ一人の畏敬すべき能の師匠であり、なんにつけまつわりついて、生き延びるための糸を縒《よ》るしかなかったのである。

「豊かな国なら、大名道具だってあれもこれもとそろえられるだろう。とっておきの書画も披露できれば、刀剣で話の花を咲かせることもできる。茶碗となれば、底がない」

自分よりも三つ上なだけなのに、なんで、そんなことまでわかってしまうんだろう、と剛は思う。

「けれど、この国の御城にはそんな余裕はない。ふつうの国なら、少なくとも表高の倍の実高がある。表向き一万五千石なら三万石は超えている。けれど、この国は台地のせいで耕地を広げられぬゆえ、表高も実高もきっちり二万二千石だ。カネをかけられる大名道具はひとつだけ。ひとつの道具を介してしか、大名付き合いができない」

そして、保がほんとうに居なくなったら、自分はいったいどうなるんだろう、とも思う。

「となれば、なにを選ぶかはおのずと決まる。能は式楽だ。大名ならどうやってもやらねばならぬのだから、能を選ぶしかない。たとえ二名とはいえ御手役者を置くのは、せめて能くらいは奢《おご》って、他の大名道具の綻《ほころ》びを目立たぬようにしているのだろう。能で評判を取って、他に目が向かぬようにするんだ」

「じゃあ、やっぱり……」

とうとう、剛は我慢が利かなくなる。たしかに、自分は「なんで二人しか居ないんだろう」と訊いたし、保は、二人でも多いかもしれない理由を保らしく明らかにしてくれている。でも、自分がほんとうに訊きたかったのはそんなことじゃない。保がこれからも、能の稽古をつづけていってくれるのかであり、つまりは、自分がこれからも、野宮での稽古をつづけていくことができるかだ。

保はただ一人、自分の側《そば》に残ってくれた。たった一人だけど、いっとう頼れる一人が残って、消えてしまった居場処をこじ開けてくれた。その千人にも等しい一人を失って、ほんとうの独りになってしまうのかどうかだ。

「能は……やめちゃうの」

答を聞くのは怖いけれど、もう、そろそろ聞かねばならない。来年から、保は啓学館の藩校道場へも通うという。学問のみならず、剣をも修める。文も武も、となれば、また、本物の武家に、一歩も二歩も近づくのだろう。いま、聞いておかなければ、もう二度と聞く機会はないかもしれない。

「ねえ、やめちゃうの」

剛は思い切って、保の横顔を見遣った。

「そうだな……」

保は陽を照り返している田の連なりに目を預けて言う。

「剛、おまえは、死んだらどうなりたい？」

「どうなりたい、って……」

「やっぱり、ちゃんとした墓に入りたいか。それとも、ここみたいでもいいか」

「ここみたい……」

すぐにわかったが、いったん息をついた。

「……海へ流されるってこと？」

「ああ」

「わからないよ」

いまは、生きようとするだけでいっぱいだ。死んだあとのことなんてわからない。

「俺は海がいい」

保は晴れやかに言う。

「流されてもいいの」

「ああ、流されて、海へ出たい」

保がそう言うのなら、そんな気もしてくる。せめて死んだら、海へ、台地とはちがう場処へ、すっごく遠い、広い処へ、出てみたい気がする。

「でも……」

でも、保は、ほんとうはちがうはずだ。

「この国を、ちゃんとした墓参りができる国にするんでしょ」

「ああ、そうだ」

すっと、保は答える。もう、ずっと考えてきたことなのだろう。

「俺は海へ出たい。けれど、そうじゃない人だっていっぱい居る。真っ当に葬られたい人がいっぱい居る。父上や母上だってそうだ」

母はどっちだったのだろうと、剛は想う。

「俺は海へ出たいが、国はちゃんとした墓参りができる国になるべきだ。だから、俺も、そういう御勤めがしたい」

「それは……」

やっぱり、と思う。

「御城の御勤めをするってこと？」

「うん」

「能は？」

「そのときはやめる」

瞬間、目の前から色が落ちる。川の流れは陽できらきらしているのに、ぜんぜん明るくない。

「でも、剛の稽古は見る」

「いいよ」

思わず、口に出た。心にもないのに。

「よくはない。俺はやめるが、剛の稽古は見る」

「ねえ」

剛は言う。たとえ稽古は見てもらえても、独りは独りだ。

「両方、やることはできないの？　御勤めも、能も」

保なら、できるはずだ。なんでもできる保なら。

「それは無理だ」

保は迷ってさえくれない。

「なんで？」

「能はやさしい」

また、すっと言う。ずっと考えつづけて、お腹のなかに長く居た言葉だ。

「だから？」

「ああ、能があると、つい、そっちへ行ってしまう。能のほうを選んでしまう」

自分には、能はむずかしい。すごく、むずかしい。できないことだらけだし、わからないことだらけだ。

でも、保には易《やさ》しいのだろう。

そして保は、易しいことよりも、むずかしいことに吸い寄せられてしまう人なのだろう。

この国を「ちゃんとした墓参りができる国」にするのは、それはむずかしい。川の流れを逆にするほどにむずかしい。

「でも、いま、すぐ……」

剛は足元の小さな石を手に取って、どこへということもなく放ってからつづけた。

「能をやめるわけじゃないよね」

保に限ってそんなことがあるはずもないのに、ほんとうにそうなるまでには変わることだってあるかもしれない、と自分に言い聞かせる。

「ああ」

答えると、保は立ち上がって頃合いの石を選び、ゆったりと、しかし、しなやかに投げた。そして、言った。

「まだ、ずっと先さ」

石は軽々と流れを越え、彼方の田に小さな水柱を立てる。向こう岸まで届く子供なんて、保くらいのものだ。

結局、保はこの国を「ちゃんとした墓参りができる国」にすることができなかった。

「ずっと先」の遥か手前で、自分が海へ流された。

あれから一年が経つ。

けれど、剛には、長い一日にも感じられる。時がどこへ向かって流れればよいのかわからず、ぐずぐずと居残っているようだ。

なぜかは自明に思える。

剛の時は、保がつくっていたからだ。そして保の時もまた、あやふやなまま途切れたからだ。

六年前、保は「俺は海がいい」と言った。「流されて、海へ出たい」と言った。そして、つづけた。「けれど、そうじゃない人だっていっぱい居る。真っ当に葬られたい人がいっぱい居る。父上や母上だってそうだ」。だから保はこの国を、「ちゃんとした墓参りができる国」にしようとした。

能も、そうだったのだろうか。

保は「能はやさしい」と言い、「能があると、つい、そっちへ行ってしまう」と言った。なんでもできる保には能は易しすぎて喰い足らず、もっとうんと手強《てごわ》そうな路を選んだのだけれど、それでも半藤拾史郎なんぞに父の御勤めである能を愚弄されれば、捨ててはおけなかったということなのだろうか。俊傑も人の子というわけか。

いや、きっと、そうではあるまいな。

もとより、保は尋常の者ではない。なんでもできて、なんでもわかって、常に凡夫の物差しの及ばぬ処を歩んできた。自分ごとき、能にしがみつくしかない輩《やから》に易々と見抜かれるような理由で、抜いてはならぬ脇差を抜くわけもなかろう。もっと保らしい、想いも寄らぬ理由があったはずだ。

想いも寄らぬのなら、いっそ想わず、せいぜい己れの時を動かせばよいのだが、それもまたむずかしい。七つ、八つの頃に能で生き延びる腹を据えたはずなのに、実のところは、なにからなにまで保に凭《もた》れかかっていた。己れだけでとなると、とたんに時がぐずつく。

「いったいどうしてくれる」

剛は声に出して言う。

「己れは能をやめても俺の稽古は見ると言い切ったくせに、あっさり放り出しおって」

そして、つぶやく。

「いまの俺の能は酷《ひど》いものだぞ」

いや……

すぐに思い返す。

俺には、酷いかどうかもわからんな。それを判じてくれるのが保だった。まっとうな稽古を積めず、未だ能舞台に一度も上がったことのない俺に、己れの能を酷いと断じる資格はなかろう。

曲を覚えたのは、岩船の庭先での、いわば見取り稽古を通じてのみだ。それとて、とにかく下地ができていなかったから、呑み込みはおぼつかなかった。なにしろ、まともに稽古を始めて一年足らずで師匠を失ったのだ。導いてもらったのは、基本の基本とされるカマエとハコビのみで、サシ込ミヒラキにさえ行き着かなかった。

もっとも、それは、あの頃の、父なりの本気と言えなくもない。家中にたった二家しかない御手役者だ。たとえ気持ちが通じ合ったとしても、張り合う心は芽生えよう。まして、屋島は町役者の出だった。おそらく武家役者の家の岩船に、負けまいとしたことだろう。その心底《しんてい》の動きが、とにかくカマエとハコビを息子の躰に植え付けるという導きに出たのかもしれぬ。

能が生まれた頃はいざ知らず、いまの能は役者の勝手を許さない。定まった型から外れる所作をすれば、それは能ではなくなる。初めから終いまで、能役者は型をつないで舞い切る。能に、「興に乗じて」はない。サシ込ミヒラキからスミトリ、サシ回シヒラキ、左右ウチ込ミ……今日《こんにち》、舞は型付《かたつけ》で表される。型の遵守《じゅんしゅ》によって、能は人の躰を人形としてつかい、生身《なまみ》の人には避けられない雑味を排して、濁りのない情念の世界を立ち上げた。そういうもろもろの型の、土台となるとされているのが、カマエとハコビだ。

カマエは立って静止した姿勢だが、能舞台の外で、そんな風に立つ者はまずいない。膝を折って重心を落とし、心持ち前のめりになるが、顎は引いて、背筋と首筋はまっすぐ。肩は後ろへ下げるが、肘は背中よりも前に出して外へ向け、しかし、手の甲は前へ向ける。なんで、そんなわけのわからぬ姿で立つかというと、演者はただ立っているのではなく、力の限りを尽くして立っているからだ。さまざまな向きから働く力と全身で組み合って、そこに立っている。

「己れの躰の重さの向きを感じろ」

まだ父だった父は、五歳の息子に繰り返し言ったものだ。

「己れの躰に無数の力が働いていると言われても、事実として感じ取れるのは、己れの躰の重さくらいのものだろう。その重さを、地から引かれていると捉えるのだ」

地を圧《お》しているのではなく、地から引かれている……。

「引く力の強さ、向き、歩いたときの移ろい……いちいち気を注いで感じ取る。それを積み重ねれば、やがて、心がけずとも、引く力の様子がさながら束《たば》のような体裁になって躰に居着く。居着いたら、その感じ取る束の切《き》っ尖《さき》を他のあらゆる向きに広げる。それができれば、立ち姿はおのずとカマエになるし、歩けばハコビになる」

ハコビは歩行であり、踵《かかと》を床から離さずに摺り足で足を運ぶ。腰の位置は動かない。カマエと同様、巷《ちまた》ではけっして目にしない歩き方だが、カマエを成り立たせている無数の力の均衡が刻々変化して歩行になると想えば、そういう動きになるのも得心できるのではなかろうか。

あくまで、町役者の家系に連なる父の説によればだが、ハコビもまたカマエなのだ。無数の力は、無限に変化して、カマエを変える。変化したカマエがつながって、ハコビになる。それはすべての型も同じで、だからこそ、カマエから始まってカマエに戻る。実は、型がカマエに挟まれているのではなく、ずっとカマエがつづいている。トビ安座《あんざ》やトビ返リで跳んでいるときも、カマエなのである。舞は線ではなく、カマエという点の集まりであるというのが父の持論で、だから、ひたすらカマエとハコビなのだった。その導き方が正しいのか否かはともあれ、五歳の自分はただカマエとハコビに明け暮れ、なんとか立てるようになり、歩けるようになって、ようやくサシ込ミヒラキにかかろうとした六歳の夏、父は若い後家に魅入られ、能役者よりも、父よりも、男であることを採った。あれからずっと、自分はそのつづきを、ここ、でやっている。

剛はふっと息をついて、前方の大きな岩を見やる。その日も剛は野宮に居る。

岩には名前がある。

保が付けた。

「石舞台《いしぶたい》」という。

初めて保を連れてきて、「ここで独りで稽古をしている」と言ったら、目を輝かせて「こいつは石舞台じゃないか!」と言った。なんと本物の能舞台とほぼ同じ、おおむね三間《けん》四方もある大岩で、おまけに、高さ一間半の岩壁をよじ登って上に立てば、うねってはいるものの、舞台と呼んでもよいほどには平らだったのだ。

石舞台は、台地を下りた葬列者の目には見えない。仏を仮り埋めする河原からは崖の陰になっている。おまけに、行く手には濁流で流されてきたけっこうな大石が組み上がっている。一刻も早く河原を離れたい一行には無縁の場処だ。野宮に稽古場を求めるしかなかった剛だからこそ向かい合うことができた。それだけに、保に「石舞台」と呼んでもらえたときはひたすら嬉《うれ》しく、そこで稽古を積むお墨付きを手に入れたような気さえして、無闇に心が躍ったのを覚えている。

なにしろ六歳の頃からそこに立っているから、想い返す事柄は数限りなくある。

もとより、あらかたは保との関わりで、そうでなければ独り稽古にまつわるものだが、他の事柄も皆無というわけではない。保以外の人との交わりだってある。一人だけではあるが、ある。それも、ついふた月《つき》ほど前の、初夏のことだ。

保があういうことになってからは、もう、野宮で人と共に過ごすことなどありえないと思っていたが、そのありえないことが起きた。というよりも、救われた。膝を酷く傷《いた》めて動けず、おそらくは誰にも見つけられずに、このまま石舞台の上で干し上がるのだろうと覚悟していたところを助けられたのである。

保が逝ったあと、しばらく、剛は呆《ほう》けていた。なにをどうしてよいやらわからず、野宮には下りるものの、石舞台に上がる気になれなかった。けっして途切れさせなかった稽古を一日休み、二日休み、そして十日もつづくと、これまでが、夢を見ていただけのような気がした。

囃子に囃《はや》されたこともなく、檜《ひのき》の板が敷かれたまともな舞台で歩いたこともない自分が、能で生きていけるわけがない。これまではずっと傍《かたわ》らに保が居てくれたお蔭で、なんとなくそんな気分になれただけのことなのだろう。無理を無理でなくしていく保の周りに醸《かも》される、万能《まんのう》の靄《もや》から外れてみれば、景色は俄《にわ》かに色褪《あ》せる。そうして、石舞台さえ、ただ野放図《のほうず》に大きいだけの岩に見え始めた頃、保が言ったひとことをふっと思い出した。

「十五歳までには石橋《しゃっきょう》を披《ひら》こう」

自分が十歳になったときと思うが、保はそう言った。

「いまは父が俺に付けてくれる稽古をなぞるだけで、脈絡がない。芯を通そう。習《ならい》の曲をやるのだ。教えることはできんが、遠からず、俺もおそらく石橋を披くだろう。そうしたら、やろう。遅くとも十五歳までには、おまえも石橋を披くのだ。そうして、稽古に芯を通す」

それを聞いたときは驚くだけで、まともには受け止めなかった。というのも、自分の置かれた状況からはあまりに掛け離れていたからだ。習は心技ともに秀でた者が師匠から選《え》りぬかれて伝授される曲で、初めてその曲を舞うことを「披く」と言う。なかでも、とりわけ重い習事《ならいごと》が石橋であり、石橋を披くなど、夢想すらしたことがなかった。なにしろ、トビ安座やトビ返りといった別段《べつだん》の技がこれでもかというほどに盛り込まれていて、並外れて躰が強くなければ、舞い通すことさえむずかしい。だから、そのあと、藩校道場でも名を揚げるようになった保から、習の話のつづきがなくても気にも留めなかったし、ほとんど忘れかけていた。

再び、習の言葉を保の口から聞いたのは、ちょうど啓学館の都講の補佐に推挙された頃である。

「すまんが、俺もなかなか石橋を抜けない」

すまん、どころか、保がまだ覚えていたことに驚いた。逆に、あれは思いつきではなかったのだと感じ入ったものだ。

「とりあえず、と言ってはなんだが、これに目を通して、心積もりだけでもしておいてくれ」

そう言って、石橋の謡本《うたいぼん》を手渡してくれた。捲《めく》ってみれば、保が自分で写したもので、そこには、型付も書き込まれていた。

あの保のひとことを思い出したとき、剛は渡された謡本をも思い出した。

そして、思った。石橋を披こう、と。

無理は、もとより、だった。

あの石橋を、この自分が、謡本ひとつで披けるわけがない。

しかし、だからこそ、再び、石舞台に立つことができる気がした。

石橋は五番立の五番目物で、最後に通じる「切り」を取って切能物とも言う。なにがシテとなるかで五番を並べると、神、男、女、狂、鬼の順となり、切能物は鬼に当たる。鬼は鬼のみではなく、人とはちがう異類、といったところで、石橋では獅子だ。

鬼ならできると思ったし、獅子ならできると思った。

女がシテとなる、能が能たる幽玄《ゆうげん》優美の三番目物あたりでは、あまりにいまの自分にそぐわない。追い立ててくれない。けれど、鬼なら、獅子なら、石舞台の岩壁をよじ登ることができる。ただ、がむしゃらになることができる。

そう思いつくと勝手に躰が動いて、野宮にただ一箇所だけある草地に向かった。そして、ひたすら、トビ安座を、トビ返リを繰り返した。とにかく、技を、躰を、研《と》ぎ上げるのだと思った。

ひたすら、荒業《あらわざ》で抜きん出る。躰を図抜けて強くする。躰でなんとかなることを、なんとかする。跳んで、跳んで、跳びつづける。そうして生き延びる。ともかく生きる。

実は跳ぶことだけは、保に凭れかかっていた頃からずっと自分でやっていた。保が居てくれるときはまっとうな稽古を詰めたが、姿が消えると不安が募って跳ばずにいられなかった。その陰の稽古を、表のいちばんの稽古にした。

昼も夜もなく、さながら鬼のように稽古を重ねて、技は想ったよりも早く練り込まれたが、いざ石舞台で舞うとなると、さすがにためらった。

トビ安座は名のとおり、その場で跳び上がって安座の姿勢で着地する型だが、安座は胡座《あぐら》とはちがう。袴を着けている限りは胡座のように見えるが、袴のなかの右足は折り畳まれ、踵で尻を受けている。左足は膝を横に曲げ、右膝の腹に足裏を当てている。足を傷める仕掛けはたっぷりだ。

着地を誤れば、右膝の筋を切る。それより惨《むご》いのは、右膝の腹に当てようとした左の足裏が、誤って右膝の下に入ってしまうことだ。左の足首より下が、右膝の骨と床に、落下の衝撃を伴って挟まれる。下手をすれば砕けかねない。まして、石舞台でやるとなると、板の床が岩に替わる。衝撃を逃すものはなにもない。

草地ではまず想いどおりに躰を捌《さば》けるようになっていたが、石舞台でとなると、腹の底から恐怖がくわっと湧き上がってきて、逆に、自分はこんなに怖がることができるのだと思った。これだけ怖いことをやれば、否応《いやおう》なく時が動き出すだろう。そうして、跳んだ。数ヶ月振りかで石舞台の上に立ち、跳んで、そして、しくじった。最も怖れる、左の足裏ばかりに気が入って、右膝のほうの筋を傷めた。

左足も、まったくまともというわけではなく、石舞台を下りるのは無理だった。よく晴れた日で、初夏の陽光が強い。盛夏より強い。足の痛みは、自分の足ではないと思い込んで、やり過ごすようにしたが、陽差しのほうは、自分の躰ではないと思い込んでも逃れられるわけではない。このまま水を飲めぬと、どれほどで干し上がるのだろうなどと考えていた。たとえ、野墓の用で河原へ下りる一行があったとしても、石舞台を見つけることはありえない。一刻が経ち、二刻が経って、ようやく対岸の低い山際に陽が隠れようとする頃には、これで朝まで陽射しは避けられると思う一方で、雨にならぬ限り、そうは持つまいと腹を据えた。

いよいよとなったら、ごろごろと転がって、ともあれ、下へ落ちてみるのはどうか。高さ一間半を落ちて、それも石が待ち受ける河原に落ちて無事に済むとはとうてい思えぬが、まかりまちがって打ち処がよく、おまけに、そこに水が溜まっていることだってないとは言えまい。さあ、どうするか、このままじっとして雨を待つか、それとも、思い切って落ちるか……そんなことをあれこれと考えていたとき、頭の後ろのほうから「どうした？」という声が降ってきた。

仰向けのまま上目遣いをすると、自分と同じ齢格好の少年が立っている。

答えようとするのだが、なぜか声が出ない。

それでもなんとか声を発しようとしたのだが、これで助かったとでも思ったのか、突然、足の痛みがとんでもなくぶり返して、ふーっと気が遠くなった。

意識が戻ったのは、台地へ上がる坂路の途中である。戸板に乗せられているようだ。足には副《そ》え木が当てられ、薬草でも塗られたのかひんやりしている。痛みは薄い。坂路はすでに深い藍に包まれているが、戸板を運ぶ人たちは闇を見通せるかのように歩を進めていく。前に一人、後ろに一人、見えはしないが、揺られ方がハコビを想わせる。どうやら、母の埋葬のときにも世話になった野守の人たちらしい。

大きく息をついて、目をしっかりと開けると、星が見えた。今夜はずいぶんと空が澄んでいると思ったとたん、戸板が停まり、二人が介添えをして立たせてくれる。台地の上に着いたようだ。あるいは無理かと想ったが、座り込むことはなかった。

「俺たちはここまでだ」

一人がそう言って、杖代わりの棒を渡してくれる。目が闇に慣れて、あの少年とわかすぐに背中を見せようとする少年に、「名前を！」と呼びかけた。もう一人はすでに坂路に消えている。野守の人たちは河原のずっと奥に暮らしていると聞いたことがある。

「名前なんて要らんだろう」

少年は言う。

「名を呼ぶなんてことにはならない」

「杖を返さなきゃならない」

剛は言い返す。

「杖じゃない。落ちてた木の枝だ」

「いや、杖だ」

握れば、節が刃物で削られていた。「落ちてた木の枝」、などではない。

「あんたらは、河原をなんて呼んでるんだ？」

少年は足踏みをしながら問う。

「野宮」

すぐに剛は答えた。

「じゃ、その、ノミヤでいいさ」

言うが早いか、藍に溶ける。

「ああ……」

しかし、その藍の壁から、声はつづいた。

「あんたの、あの、跳ぶの、凄いね」

以来、ノミヤとは顔を合わせていない。

まだ杖も返していない。

でも、野宮に下りれば、ノミヤが居るのはわかる。

石舞台に立つと、ノミヤの視線を感じる。観てくれている。

そして、たぶん、舞台を喜んでくれている。

それがわかると、ノミヤの他にも居ることがなんとはなしに伝わってくるようになった。もやもやと、居る。やはり、おそらく、観に来てくれている。海へ流された仏たちではないかと思うが、さて、どうか。あるいは、仏たちの、野宮に残った想いか。

ともあれ、以来、河原は見処《けんじょ》になり、はたして、それをまっとうな能の世界で「披く」と言うのかどうかはわからぬし、きっと、本物の石橋とは似ても似つかぬのかもしれぬが、その見処に向かって、剛は石橋を披いた。

それからは、ひたすら鬼の切能物を稽古している。石の上で跳んでばかりいる。が、いまは、土蜘蛛《つちぐも》の精が源氏の棟梁《とうりょう》の家来に退治される曲をやっていて、これには仏ダオレがある。躰を仰向けにまっすぐ保ったまま、後ろへ倒れる。たぶん、仏像が倒れるみたいだから、仏ダオレと呼ぶのではないか。床に着く間際に首を心持ち上げて、頭を打たぬようにするのだが、やはり、なにしろ石舞台なので、トビ安座のときよりもさらに怖い。でも、それをやるのが、いまの剛の能だ。
突然、目の前をセキレイが横切る。
川筋を飛び抜けるものと想ったが、数個先の石の上で止まった。
あの長い尾を小刻みに振り、チイチイと鳴いて、剛は「さて……」と、つぶやく。
大きく息を吸って、吐いた。
そして、座っていた石から離れ、石舞台へと足を運ぶ。
ふっと、酷くはない、のではないかと、剛は思う。
この跳ぶ能は、それほど酷くはない。
するすると岩壁を登り、上に立って、見処に顔を向けた。
今日はあれからやろう、仏ダオレから。
自分が跳べるだけじゃない、ってところを見せてやろう。
大丈夫だ。
なにかあったらノミヤが助けてくれるだろうし、見処にはきっと、保も居る。
剛はゆっくりと、倒れていく。
空が青い。
自分はこうして生きていく。

二

目覚めると、横になっている。

すぐには、訳がわからぬ。

わからぬ訳を、頭の後ろの疼《うず》きがほのめかして、石舞台《いしぶたい》での仏ダオレにたどり着く。

また、しくじった。

首をもたげるのが遅れたか、遅れはしなかったものの、石の衝撃で支え切れなかったか……ともあれ、頭を打ったのだろう。

思わず、ノミヤの姿を探す。

けれど、仰向けになった目に映るのは台地の星月夜《ほしづくよ》ではなく、行灯《あんどん》にうっすらと浮かび上がった天井の板目だ。躰《からだ》は戸板の上ではなく座敷にあって、夜具に包まれている。どうやら、どこぞの屋敷に居るらしい。道具役のそれが、納屋に見えてくるような屋敷だ。

とっ散らかろうとする頭をなんとか呼び戻して、とにかく、躰を起こそうとする。なにがなにやらわからぬが、そこが自分の居る場でないことだけはわかる。

とたんに、疼きがずっくんと脈を打って、背中から落ちた。

ふーと息をついて、仰向けのまま両手の指を動かし、そして両足の指を動かしてみる。

だいじょうぶ。動く。躰は破《や》れていない。

もう一度、こんどは横を向いて、半身になってから床を離れようとする。

と、横臥《おうが》した目が、座した袴の両膝を捉えた。

人、なのだろうなと思いつつ、袴の上をなぞる。腹があって、肩があって、頭がある。

人、である。

腰に目を戻すと脇差が見えるから、武家なのだろう。

齢《とし》の頃は三十を回ったあたりか、組んだ単衣《ひとえ》の袖から覗《のぞ》く二の腕が、膂力《りょりょく》の強さを伝えてくる。

ここはどこか、と尋ねようか、助けてもらった礼を述べようか、いや、まだ助けられたとは限らんな、などと、淀《よど》みが抜け切らぬ頭が言葉を見つけあぐねていると、武家の方から先に声を発した。

「水を飲むか」

言われてみれば、たしかに喉がひどく渇いている。「ゆっくりな」と念押しされつつ差し出された水差しの吸い口を含むと、染み渡っていくようだった。

「おぬしの仏ダオレは……」

ひと息ついた剛《たける》に、武家はいきなり仏ダオレを口にする。

「反《そ》り返るらしいな」

いかにも、反り返る。多かれすくなかれ、皆、反りはするようだが、剛はとりわけ背を大きく反らして倒れる。

「ええ」

ともあれ、受ける。もう、丸一年、能の所作《しょさ》を喋っていない。話を振られると、唇が勝手に語りたがる。それに、能を語っている限りは、己れのもろもろに触れずとも済む。

「それも、ずいぶんと派手に反るそうではないか」

そのつもりではある。が、どれほどできているかは自分では見えぬ。

「反れば反った分だけ、頭が舞台に近づく。つまりは、打ちやすくなる。まっすぐでも十分に危《あや》ういのに、なんで反る？」

「頭はまっすぐを心がけても、躰は知らずに庇《かば》おうといたします」

躰を仰向けに戻して、剛はつづけた。

「まっすぐのつもりが、つい前がかりになってしまいがちになる。反ろうとして初めて、まっすぐを保てるのではないか、と」

「釣りを用意しておくというわけか」

言葉を交わすうちに、だんだんと頭がはっきりしてくる。

「しかし、おぬしの弓形《ゆみなり》は誰がどう見てもきついようだぞ。怖くはないのか」

「いえ」

むろん、怖い。

「慣れておりますれば」

倒れるたびに怖い。

「それに、自分は能装束を着けたことがありませぬが……」

ひどく怖いが、その怖さを喜び勇んで引き受けない限り、能で生き延びる目はない。

「シテの装束はたいそうで、身にまとうと己れが巨像になったかのごとくに感じられると聞きます。その上、どこもかしこも直線を押し立てる仕立てで、生身の人の線を消し去る。それゆえ、動きを小さく見せるとも耳にしました」

剛は、取ってつける。

「仏ダオレにしても、反り返るようにしていないと、まっすぐに映らぬのではないかと判じましてございます」

自分で語っていても、それらしく聞こえる。当たっていなくもないのだろう。けれど、言葉は心底《しんてい》から出たものではない。そんなまっとうな理由で、怖さを退《の》けているのではない。自分が反り返るのは、ただ心配でたまらぬからだ。居ても立ってもいられぬからだ。誰よりも高く跳び、誰よりも恐れを消し去って倒れてようやく、己れを能役者と見なすことができる。毛ほども守らずに倒れても、割れぬ頭を持っていたらどんなにいいだろう。

「どうやら……」

ふっと息をついてから、武家は言う。

「頭のなかも無事のようだな」

来たぞ、と剛は思う。

仏ダオレを切り出されたときから、あるいは、と想っていた。

武家は語りやすい能の話にかこつけて、剛の受け答えを吟味していたのだろう。

お互い様だ。

剛とて、初めて会う武家としごくまともな能の話を交わしながら、武家のまともではない部分を探っていた。

武家の話は、いかにもおかしい。

鵜《う》呑《の》みにすれば、武家は自分の仏ダオレを人づてに聞いたらしいが、その人とは、いったい誰だ。

自分は野宮《のみや》でしか稽古をしない。目にしたことがある者といえば、保《たもつ》とノミヤの二人だけだ。でも、仏ダオレと向き合ったのは保が海へ流れたあとだし、自分にさえ二度と姿を見せようとしないノミヤがこの武家に顔を向けるとも思えない。となれば、武家がわざわざ人をつかって自分の稽古を見張らせたということになるが、それこそ、ありえんだろう。おそらくはこの屋敷の主《あるじ》なのであろう、目の前の上士《じょうし》らしい武家が、捨て置かれることに慣れ切った若造に、なんの用がある？

とはいえ、そのありえぬことがあったのは、いま、自分がここでこうしていることで明らかだ。自分は石舞台で倒れた。武家か、あるいは武家の手下《てか》が台地を下り、野宮に立って、崖を回り、石舞台を訪れない限り、自分が助け出されることはない。

いったい、どういうことだ。

ひょっとすると、野宮で砂金でも見つかったか。

それで一帯を探り回って、化外《けがい》の地だった上流まで踏み入り、石舞台に出くわして、想わぬ厄介者を見つけてしまったか。

ならば、野宮のつい脇で、意識を失って倒れておるのだ。そのまま打ち捨てておけばいい。よしんば、救い出したにしても、こんな上等の座敷に置かず、納屋にでも放り込んでおくことだ。すくなくとも、当主みずから、「おぬしの仏ダオレは反り返るらしいな」などと、語りかけてはいけない。捨て置かれるのに慣れた者へのいちばんの功徳《くどく》は、目もくれぬことである。

「おぬし、ここでどれほど眠っていたかわかるか」

どこまで見透かしているのだろうか、剛の疑念を去《い》なすかのように、武家は言う。

「いえ」

剛もとりあえず答える。石舞台に立ったのは朝だった。表は見えぬが、行灯が点《とも》っているのだから、いまは日も暮れているのだろう。自分の見当ではほぼ半日といったところだが、武家が話を切り出すことからすると、あるいは丸一日を超えているのやもしれぬ。

「三日だぞ」

すっと、武家は口にする。

「その間、水気《みずけ》も摂《と》らぬ」

どうりで渇いていたわけだ。

「あるいは、戻らぬのではないかと危惧《きぐ》した」

それ、その物言いがいけない。自分を、砂金探しの路すがらで心ならずも見つけてしまった名もなき厄介者と思えなくなる。

「道具役《どうぐやく》、屋島五郎《やしまごろう》の嗣子《しし》の屋島剛だな」

武家はくっきりとつづけて駄目を押す。自分を屋島の者と知っていると言う。

「嗣子ではありません」

それならそれで断わっておくことがある。

「長子ではありますが、跡取りではない」

自分は屋島剛ではある。けれど、屋島五郎の嗣子ではない。屋島の家の跡取りをお望みなら、それは自分ではない。道具役を継ぐのは六つ齢下の弟、正《まさし》だ。

「こっちも跡取りに用があるわけではない」

事《こと》もなげに、武家は言う。

「用向きは、おぬしだ」

俺か、と剛は思う。ほんとうに俺か。野宮にしか居場処のない十五歳に、この屋敷の主が用か。

「藤戸《ふじと》藩、目付《めつけ》の鵜飼又四郎《うかいまたしろう》だ」

名を聞いて、剛は驚く。自分がその名に聞き覚えがあることに驚く。保を吟味した目付の様子は伝え聞いたが、名まではたしかめていない。目付の名なんぞに用はなかった。保がなにを言い残したのかで頭は塞《ふさ》がっていて、他の一切が入り込む余地はなく、あくまで目付とだけ記憶していたはずだ。なのに、鵜飼又四郎と聞いてすぐに保を想った。聞き流していた名が、ずっと自分の気の及ばぬ胸底《むなそこ》で潜みつづけていたということか。

「目付がどんな御役目かわかるか」

鵜飼又四郎を名乗る目付は勝手に話を進めてゆく。

「いえ」

保を吟味した御役目であることだけは知っている。が、それでは、わかったことになるまい。

「なにも事が起きなければ、やることはない」

あくまで恬淡《てんたん》と、又四郎は語る。

「代わりに、事が起きれば、どんな処にも顔を出す。大きかろうと小さかろうと、表だろうと裏だろうとだ」

小さく息をしてからつづけた。

「幸か不幸か、人の世だ、事が起きぬということはない。お蔭で、いつも御用繁多《ごようはんた》にさせてもらっているが、このたび、また、新しい事が加わってな」

それが、自分への用向きというわけか。偉い御目付の、直々のご下命か。

「こいつが大事《おおごと》だ。もしも、しくじれば……」

やにわに話がたいそうになりかけて、目付が騙《かた》りめいて見えてくる。そんな大事と、自分が関わりがあるわけもない。

「この国が壊れる」

あるいは、自分がまだ目が覚めていないのか。この座敷も、鵜飼又四郎も、すべては夢がこしらえた図か。

「おぬしに働いてもらわねばならん」

すこし疲れを覚えて、剛は目を閉じた。再び、開けたら、こんどは石舞台の上に独りで居るのかもしれない。

「今日のところは休め。頼み事は明日、伝える。断わっておくが、おぬしはもう家には戻れん。二度とな。これからはずっと、俺といっしょだ」

夢かもしれぬとはいえ、家には戻れないと聞いて、剛はほっとする。石舞台で跳びつづけるようになってから、密かに恐れていたのが日に日に強くなっていく己れの躰だった。十五歳とはいえ、もはや、身の丈も父の五郎を上回る。おそらく、膂力において引けはとらぬし、あるいは凌駕《りょうが》しておるだろう。やがては、この強さが積年の堪忍《かんにん》の蓋《ふた》を外させて、義母の仙《せん》に、父に、害をなしてしまうやもしれぬ。ひょっとしたら、弟の正をも巻き添えにすることだって危惧せねばならんだろう。それもあって剛は、あらかたの時を野宮で過ごしてきた。晴れて、家に戻れぬとなれば、すくなくとも、その恐れからは解き放たれる。野宮の鬼が、本物の鬼にならずに済む。大きく呼吸をして、初めて、この夢が醒めねばよいと思ったとたん、剛は眠りに落ちた。

翌日、目覚めて一刻《いっとき》ほど経ってから出された膳は一汁二菜《いちじゅうにさい》で、朝から魚がついている。糸瓜《へちま》の吸物に、茄子《なす》の煮浸し、それに醬油と味醂《みりん》で炊《た》かれた尾頭《おかしら》付き。見たこともない平たい魚で、干し魚でも川魚でもない。川の魚なら、剛はまず諳《そら》んじている。川に、こんな這いつくばって上目づかいをしているような、奇妙な姿の魚は居ない。

箸をつけてみれば、なぜかすっかり冷めているが、見知らぬ黒い皮から覗いた白い身が旨い。初めて口にした白米はばさばさしていて、こんなものかと思ったけれど、平たい海の魚の味は淡白ではあるが薄くなく、そのまま手をつけずに正に持って行ってやりたくなった。

旨い、旨くないと言う以前に、魚を摂らぬと骨が強くならない。仙も、正にだけはと気張って行商を呼び止めるが、それでも屋島の跡取りの夕の膳に魚が上るのは数えるほどで、正の躰はいかにもひ弱だった。骨が脆《もろ》い能役者なんぞいずれ使い物にならなくなるだろう。あんな箸のような脛《すね》では、足拍子を踏むだけで折れそうだ。だから、剛は仙の目を盗んでは、野宮で炙《あぶ》り干しした川魚を正に分けてきた。

生まれてきた正を見て、いちばん嬉《うれ》しかったのは、自分が正を憎んでいないことだった。仙の息子ではなく、「俺の弟」と感じることができた。いつまで経っても豆もやしのような躰を放ってはおけない。仙は能がわからない。秋祭りの村の踊りと区別がつかない。父はとっくに諦めている。仙ではなく己れを諦めている。子供ながらに、せめて自分が能役者の躰に仕立てなければと思った。

屋敷に持ち込むと臭いですぐにわかってしまうので、外で落ち合う場所も決めている。保とよく会ったお宮の裏だ。正が乳を離れて二年が経った頃、剛は初めて宮裏で、魚が入った熊笹の包みを開いて、「喰うか喰わぬかは己れで決めろ」と正に言った。

野宮の一帯は魚影が濃い。にもかかわらず、人々はそこで網を打たない。もとより、魚たちがなにを糧《かて》としているのかを畏《おそ》れているからだ。野宮の魚がほんとうに、人々が畏れるもので命をつないでいるのかどうかはわからない。鮎なら川底の石に貼り着いた苔《こけ》だけを喰らう。魚影が濃いのは糧のせいではなく、そこで漁が行われないからかもしれない。しかし、そうでないとは言えない。だから、その旨を伝えて、己れで決めさせた。

他に伝えたい話もあった。保が野宮の魚について、語ったことだ。喉まで出かかったが、しかし、堪《こら》えた。それを話してしまったら、おそらくは、己れで決めることにはならなくなるからだ。

あれは、自分が十一歳になった春のことだった。それまで保には野宮の魚を獲っていることを明かさなかった。語って見限られたら唯一の居場処を失うし、語って理解を期待するのは凭《もた》れすぎだった。けれど、ある日、石舞台の裏で魚を喰らっていて、ふと、振り向いたら、保が立っていた。きっと、保の目にはいまの自分が悪鬼《あっき》に見えているのだろうと想いつつ、「そういうことだ」と言った。そのまま保が黙って背中を見せるのを、疑わなかった。

けれど、保は無言のまま腕を伸ばし、自分が手にしていた竹串の焼魚を頰張ると、「能が霊を主役とする唯一の舞台であることは知っておろう」と言った。

保の言葉は正しくなく、そして、この上なく正しかった。すべての曲が、霊をシテに据えているわけではない。が、能を能たらしめている曲はほぼ例外なく、冥界に去った者をシテとしてこの世に蘇《よみがえ》らせる。

いまを生きるワキの僧が「諸国一見《しょこくいっけん》」の旅の途中で、いわくありげな里の者と出逢う。話を交わすうちに、里の者が栄華を誇っていた生前の己れの正体を明かし、前場《まえば》が終わる。そして、中入の後、いまと過去とがまぐわう。霊がかつての輝かしい姿でこの世の人々の前に立ち現われ、夢幻のごとくに美しく舞い納めて、そして消える。その誕生から今日まで、能が五百年近くもの時を航行しえたのは、このおよそ類のない美の組み様《よう》によることは疑うべくもない。

「それが、俺たち能役者にとって、どういうことなのかわかるか」

一度も目にしたことのない厳しい顔つきで、保は言った。

「能役者は、ただの役者ではないということだ」

そのときの保はすでに剣術をも修め、伝授次第《でんじゅしだい》の三段を許されていたが、およそ武威《ぶい》とは遠く、誰よりも能役者らしく映った。

「俺たちは冥界と現世を行き来する者である。成仏できずにいる霊になり代わって、生を迸《ほとばし》らせていた頃の華やかな姿をこの世の者たちに見せつける。異界とこの世を分かつ時の壁の重みを引き受け、呻吟《しんぎん》しつつも、ただただ美しくそこに在らねばならぬ」

あのとき、なぜ、カマエが前のめりになるのか、初めて躰で識《し》ったものだ。能役者はただ立つのではなく力の限りを尽くして立つ。さまざまな向きから働く力と全身で組み合って、そこに立つ。それはわかっても、なぜ、前傾に寄るのかは曖昧としていた。保の言《げん》を聞いて、くっきりとした。シテは、揚幕《あげまく》の向こうの鏡の間から出てくるのではない。異界から出てくるのだ。揚幕は結界であり、その向こうには異界が広がる。能役者はけっして越えられぬ結界を、力の限りを振り絞って越えてくる。その必死の体配《たいくば》りこそが、あのカマエだろう。

「この魚の身がなにを素《もと》にしているのかはわからん」

いつにない強さで語りかけてくる保は、まさしく異界とこの世の際《きわ》に立っているかに見えた。

「が、よしんば人々が畏れるとおりであったとしても、俺たちが畏れる謂《い》われはない。

その魚は過去を糧としていまの躰を造る。魚を介して過去がばらばらに解かれ、いまに組み直される。過去は消え失せるが、想いは宿っているかもしれぬ。ならば、異界とこの世を行き来する我らが禁忌《きんき》としなければならぬ理由はなにもない。むしろ、進んで躰に入れ、世界の節理《せつり》を己れの血肉にしてよいはずだ」

自分が心底より保に信を置くようになったのは、あれからだ。自分は魚を獲る外《ほか》に術《すべ》を持たなかった。山の恵みだけでは生を紡《つむ》いでゆけそうになかった。だからといって、気持ちが揺れなかったはずもない。躰に溜《た》まってゆく穢《けが》れの意識は常にあり、時に、大岩を転がす濁流のように荒れて己れを内から抉《えぐ》った。その穢れが、保のあの言葉で消えた。

直ちに霧散したわけではない。あれは自分を救わんがための方便ではなかったかと、繰り返し疑った。あのとき、もしも保が黙して背中を見せたとしたら、自分はまちがいなく壊れていただろう。目の前で人が壊れるのを、見過ごすことができる保ではない。だから心ならずも唇が動いたのではないかと、想わずにはいられなかった。

けれど、それもまた、保ではないのだ。保は断じて、心にないことを言葉にできる人物ではない。相手に合わせることも、その場での思いつきを口にすることもできない。考え抜いて、研《と》ぎ上げた言葉だけを発する。保は目の前で人が壊れるのを見過ごすことができぬが、壊れるのを見過ごさぬためにその場凌《しの》ぎを言うのはもっとできぬ。

あの言葉は、まさにそういう、保の言葉だった。密であり、堅牢であり、そして、心にあることしか言えぬ者の常で、危うかった。加えて保は、剛だけに言っているのではなかった。己れに向けて、言っていた。藩校、啓学館《けいがくかん》の俊傑《しゅんけつ》ではなく、一人の能役者としての己れに、「冥界と現世を行き来する者である」と説いていた。

それが得心《とくしん》できたとき、自分は自分を受け容《い》れた。己れを壊さずともよいのだと思い、野宮の魚を入れ込んだこの躰を生き延びさせなければならぬと覚悟した。ともあれ生かす。壊しはしない。生きて、異界とこの世を行き来する。そういう躰になっている。だから、正には、人々から忌《い》まれている喰い物であるとだけ話した。正とて、能役者に連なりはする。保の言葉を伝えれば、選べと言いながら押しつけることになる。押しつけられて、喰っていいものではない。返事は聞かず、包みを置いて、先に宮裏をあとにした。

それでも、いま、膳に載る平たい海の魚を前にすれば、知らずに、こういう魚を喰わせてやりたかったと思われ、箸が止まったままになる。海の岸にも野墓はあるのだろうが、なにしろ海だ。無辺の海だ。禁忌の網を打つには、あまりに広かろう。

「進まんな」

鵜飼又四郎が座敷に入って声をかけてきたのは、そのように膳に目を落としているときだった。

「昨日の今日ゆえ、残してもよいが、躰が戻ったら、けっして残すな」

今日とて残すつもりはない。残したことなどない。喰い物を残す日々など、送ってきていない。けれど、目付ともあろう者が、膳のことにまで細かく指図するのは気になった。喰い物を残さぬことが、自分への用とやらに関わってでもいるのか。

「この膳がどういう膳かわかるか」

自分の不審が伝わったのか、又四郎が問いかけてくる。

「どういう膳とは？」

「訊《き》き様が曖昧か」

「いささか」

「ならば、誰のための膳か、わかるか」

豪華な膳ではある、この国としては。なにしろ、米の飯がある。聞いたほどには甘くもないし、もちもちしてもおらぬが、これが白米でまちがいないのだろう。そして、一汁二菜だ。汁と、香の物と焼き味噌でも一汁二菜だが、これは茄子の煮浸しと海の煮魚の一汁二菜だ。屋島の家なら、祝い事の膳になる。

とはいえ、御重役の食事ならば、きっと、これに二の膳が加わって、刺身なんぞもつくのだろう。器の類《たぐい》にしても、母の法事の精進落としに出たものとさして変わらない。さしずめ、目の前の、御目付の膳といったところかもしれない。いかに、米の穫《と》れぬ貧乏藩でも、御目付ならば、これくらいの膳を日々前にするのではなかろうか。

「ちなみに、それは夕の膳だ」

又四郎が言葉を足す。

「朝だと、二菜は二菜でも魚はつかず、焼き味噌と豆腐、あるいは煮豆くらいになる」

ならば、やはり、と思い、そうと口にすると、又四郎は言下に否定した。

「俺の膳なら、朝が汁と香の物の一汁一菜で、夕が汁と二菜ではあるが、焼き味噌と煮豆だ。飯は雑穀である」

この国は上も下も、変わらぬらしい。

「しかし、ま、わからんのも無理もないかもしれんな」

小さく、こほんと咳をする。

「その膳は な……」

そして、つづけた。

「御藩主の膳だ」

一瞬、意味を結ばない。「ごはんしゅ」って、誰だ。

「当家の御殿様の膳だ」

ようやく、「ごはんしゅ」が「御藩主」とわかる。とたんに、目の前の膳がいかにも粗末に見えてくる。

「温かくないのは毒味の手間を経るからで、米の飯にコシがないのは、御藩主の召し上がり物に限っては炊くのではなく蒸すからである。食味《しょくみ》よりも、腹ごなれのよさを採る」

それに、目の前の膳が御殿様のものであるなら、なんで、自分がその御殿様の膳に箸をつけている？

「今日より、おぬしにはずっとこの膳を摂ってもらうことになる」

藪《やぶ》から棒だが、こんどはふっと察しがついた。

毒味だ。

つい、いましがた、又四郎みずから「温かくないのは毒味の手間を経るから」と語ったばかりだ。先刻は、「躰が戻ったら、けっして残すな」と戒めている。毒味は味見とはちがうと聞いた。毒は量が肝腎のようだから、ぜんぶ平らげないと毒味にならんのだろう。なんで自分が毒味役なのかはわからんが、きっと、いまの御藩主と齢回りやらが重なっているのかもしれぬ。

「ずっと、この膳、ですか」

昨夜は、この夢が醒めねばよいと思ったが、そうなると、はて、どうなのか……。

なにしろ、毒味だ。新たに毒味役が必要になるということは、前の毒味役は亡くなったと理解したほうが無理がなかろう。もとより、御役目で。この国は貧しい上に物騒ということか。あるいは、貧しいから物騒なのか……。

となれば、能をつづけるなんぞ笑止でしかあるまい。ひたすら御膳所近くに詰めて、三度三度、箸を手にし、〝その日〟を待つだけの日々になる。そいつは、いけなかろう。つまりは、なんとしても、ここを抜け出さなければならんということだ。

剛は箸を置き、それとなく座敷を見回す。正面と右手が障子になっているが、閉じられているので一切見渡せない。ともあれ、このあと、憚《はばか》りを申し出て、外への経路を探るしかあるまい。目算《もくさん》がついたら、隙を見て、ひたすら、この跳ぶ躰にものを言わせる。そのあとのことは、そのあとに考える。剛は己れの脈を感じながら「憚り」を言い出す頃合いを見計らう。

「ちっと、出るか」

けれど、剛が「憚り」を口にするよりも、又四郎が唇を動かすほうが早かった。しかも、お誂《あつら》え向きに、又四郎の方から表へ出ようと言う。答えるより先に、躰が応じようとする。ずっと慣れぬ座敷に居詰めで、そろそろ息が詰まりかけてもいる。

「しばし、待て」

はやる剛を、なんの用意が要《い》るのか、又四郎が制す。脇に置いた本差《ほんざし》を手に取って、腰を浮かした。又四郎の所作から目を外さずにいた剛は思わずぞくっとする。本差のほうから、左の掌《てのひら》に吸いついたように見えたからだ。それほどに、刀と躰の間《あわい》が熟《な》れている。この目付の剣捌《さば》きは、きっと尋常ではない。座敷を離れる又四郎の武張《ぶば》った厚い背に、剛は脅《おど》される。

どんな役に立つのかはわからぬが、己れの躰のみに頼って生きてきた剛には知らずに備わった特質が二つある。ひとつは、目が遠くまで仔細に見渡せること。いつも、びくびくして危険を察しようとしている証《あか》しなのかもしれぬが、我ながら鷹の目のようだとは思う。そして、もうひとつは、わずかな所作から瞬時にその者の躰の利《き》き具合を判別できることだ。〝躰の利く役者〟になるしかなかったからなのか、いかなる畑の、どんな所作にも、利く利かぬの徴《しるし》が見て取れる。

あわよくば、又四郎が席を外しているあいだにも動き出そうかと目論《もくろ》んでいた剛は、その所作ひとつで縮み上がり、立ち上がらんとする下肢の備えを解いた。

目付の技倆《ぎりょう》は頭抜けているし、常に抜く用意を調《ととの》えてもいる。斬らねばならぬとなれば、あの男は躊躇《ちゅうちょ》なく斬る。気持ちが技倆に歯止めをかけぬ。そういう躰を仕上げた男と、いま、自分はやりとりをしている。

先刻までは、武張った見かけに似合わず、道理から食《は》み出ぬ吏僚《りりょう》と観《み》ていたが、垣間《かいま》見た牙《きば》の大きさと鋭さは見かけをずっと上回る。冷たい震《ふる》えを抑える自分に驚きながら、剛は又四郎を待った。

「待たせた」

ほどなく障子を開けた又四郎は座敷に入らずに剛を促す。

「ああ……」

思いついたように、言い添えた。

「憚りをつかうなら、出てすぐ左の突き当たりだ」

さながら啓示のように感じて、言われたとおりに歩を進める。が、足を運ぶ廊下は壁伝いで外は見えぬ。行き止まって戸を引いた憚りにも窓がない。目算は庭へ出てから、と念じつつ用を足し終えると、戸のすぐ近くに又四郎が立っていた。

なにやら刑場に引かれるような気持ちで、広い背中を追う。それでも縁側の短い階《きざはし》を下りて庭に立てば、桃染色《つきいろ》に染まった百日紅《さるすべり》の花弁が薄藍《うすあい》の空を抉って、水無月《みなづき》である。剛は幾日振りかの外気をいっぱいに吸う。そして、気取《けど》られぬように、鷹の目で戸口を探る。

目の届く範囲にはない。なおも気を集めつつ歩もうとすると、花木《かぼく》には似合わぬ臭いが鼻に届いた。臭いの元をたどれば、又四郎が左手に持つ小鉢に行き着くようで、どうやら種火の火口《ほくち》が収まっているらしい。火種箱が見つからずに、そこらの鉢を手に取ったということか。

その火口の臭いが、勝手に膨らみつづける物騒な想いを薄める。表で火口を使うとなれば、焚火《たきび》か、屋敷寺への墓参りでの線香か、まさか六月に焚火はやらぬだろうが、いずれにせよ、刀とは縁がなかろう。火口と縁があるなら鉄砲だ。

はてさて、どこへ向かうのかと、又四郎の背を追うと、なんのことはない、行く手に土蔵が見える。要するに、そこに入って話のつづきをするつもりのようだ。火口は土蔵の内の灯りに火を点すためなのだろう。

たしかに、毒味は人の耳目《じもく》を遠ざけるべき話にはちがいないが、土蔵にまで入るかとも思う。けれど、又四郎の足が停まったのは、やはり土蔵の前で、いくつもの鍵をがちゃがちゃと回して暗がりに分け入り、あの火口から蠟燭《ろうそく》に火を移した。いましばらく、表で風に撫《な》でられていたいが、そうして待たれれば入るしかない。牙は隠されたが、失《う》せたわけではない。

「これより五日の後、」

又四郎はさっさと座ると、前置きなく本題に入る。

「我らは江戸へ上がる」

御藩主は江戸におわすのだろう。江戸へ着いたら、右も左もわからず、万事休する。国を発《た》つ前に、抜けなければならぬ。

「江戸屋敷へ入ったら……」

又四郎は話をつづけるが、剛は意味をなぞらずに音だけを聴く。気は、土蔵へ入る前にたしかめた練り塀に行っている。たどってきた小径《こみち》から離れていた練り塀が、土蔵の処だけすぐ裏を廻っていた。戸口は見えなかったけれど、あの高さなら、たぶん、ぎりぎりで跳んで越えられる。ただし、越えられなかったら、又四郎の本差が待っている。

剛は頭のなかで繰り返し跳んでみる。

「……おぬしが御藩主になる」

やにわに、意味が音を突いて、跳びかけていた練り塀が消える。なんと、言った？

「おぬしが藤戸藩十六代御藩主、武井甲斐守景通《たけいかいのかみかげみち》様になる」

又四郎が頭を下げて、上げる。

「と申せば、わかるな」

わかるわけがないではないか。

「十六代御藩主は御当代様《ごとうだいさま》だぞ」

つまり、いまの御藩主、ということだ。

「おぬしが御当代様になる、ということはどういうことだ？」

たしかに、土蔵で語られるべき話にちがいないことを思い知らされつつ、剛は答えた。

「身代わり、ですか」

毒味、ではない、のだ。

「そうだ」

くっきりと、又四郎は言う。

「公辺内分《こうへんないぶん》である」

「こうへんないぶん……？」

「御公儀には内密に、ということだ。幕府には無届けで、身代わりを立てる」

「それで、構わぬのでしょうか」

言ってから、我ながら十五歳らしい問いだと思う。

「構わぬわけがなかろう」

又四郎はにべもない。

「こんな土蔵なんぞに籠って話をしているのはなんのためだ」

薄まったはずの物騒な想いが、幾倍にもなって再び湧き上がる。又四郎が抜く気配を解かぬはずだ。どこをどう割り引いても、聞いて逃げたら命を取られる話でしかない。たとえいっときは切り抜けても、ずっと追われつづけることになるのだろう。

「なんで、身代わりを立てなければならんのでしょう」

不安がどんどん膨らんで、とにかく口をきいていないと居ても立ってもいられない。次から次に問いが生まれて腹に溜まる。言葉が途切れたとたん、又四郎の左手が鍔《つば》に行って、鯉口《こいぐち》を切りそうな気になる。きっと手練《てだれ》ならではの、澄んだいい音が立つのだろう。身代わりにつかうつもりのうちは、とりあえず斬らぬのが道理だが、土蔵のなかで蠟燭に照らし出された又四郎と向かい合っていると、とうてい道理なんぞ信じられない。気の揺れだけで、修羅《しゅら》を見そうだ。窓のない土蔵のなかに、年季の入った埃《ほこり》の臭いと蠟燭の燃える臭い、それに三十男の闘う臭いが入り交《ま》じって、なんとも鬱陶《うっとう》しい。

「ひと月ばかり前、御藩主が風病で亡くなられた」

又四郎も又四郎で、訊くとなんでも答える。迷う素振りすら見せずに、御家の秘事を垂《た》れ流す。

「お世継ぎは残されていない」

又四郎も不安で堪《たま》らぬということか。それにしては、腹が据わって見えるが。

「と申すのも、御藩主はまだ十六歳であらせられたからだ。おぬしより、一つ上だ。御正室を迎えられていなかったし、御側室もまだだった。大大名であれば、そろそろ女の稽古にも取り組ませる時期だが、なんせ、こういう国なのでな、まだ早い、まだ早いで、ここまで来た」

毒味は外れたが、御藩主が自分と齢回りが重なっているのではないか、という推量だけは当たっていたようだ。

「血の繋がったお世継ぎがない場合、通常は養子を迎える。ただし、生前に願いを出さなければならなかったのだが、ずいぶんと前に御公儀の御法が変わってな、たとえ急死をしても、あとから養子を迎えて代を繋ぐことができるようになった。『急養子』と言って、実際はすでに没しているのだが、生きていることにして養子を取るのだ」

「ならば、今回も、そうされればよいではないですか」

「むろん、そうしたいのは山々だが、それができん」

「なんで」

「年齢の縛りがあるのだ。『急養子』が認められるのは、藩主の齢が十七歳から四十九歳までと定まっておる。そもそも十六歳までは『急養子』どころか、養子そのものが認められておらぬ。『急養子』の仕組みができたあとも、その定めは崩れなかったということだ。言ったように、御藩主景通様は十六歳だった。わずか一歳ちがいで、御養子を迎えることが叶わなかったのだ。もうあと半年というところだった」

「それで、身代わりですか」

「それしかなかろう」

「それしかないにしても……」

聞いているうちにだんだん、怖さに腹立たしさが交じってくる。

「なにゆえ自分なのでしょう」

想い余って、つづけた。

「自分は道具役の倅《せがれ》です。能役者です。御藩主の親類筋から選ばなくてよいのですか」

いくら身代わりでも、血筋が入っていなくては、藩としてまとまるのだってむずかしくなろう。そんなことくらい、十五の小僧っ子にだって想像がつく。

「おぬし、なかなか言うな」

又四郎の目尻に皺《しわ》が寄って、笑《え》みらしき顔つきが浮かぶ。かえって怖い。

「養子ならば、話は簡単だ」

すぐに皺を消して、又四郎はつづけた。

「小なりとはいえ、大名だからな。藩主の席が空いているとなれば、近縁、遠縁、無縁……いくらでも話が来る。持参金付きでな。れっきとした跡継ぎがおわすのに、持参金で急場を凌《しの》ぐために大藩から養子を迎える国だってあるくらいだ。ところが、身代わりとなると、話はまったく別になる」

又四郎の上体がわずかに前へ傾《かし》いだ。

「身代わりになる、ということは、別人になるのだから、当人は消えるわけだ。死去として扱えば、せめて記録だけでも生きた証しが残るが、大名の庶子などはそもそも出生届けを出さぬ例がめずらしくないゆえ、身代わりになれば一切文書が残らず、文字どおり消えてしまう。最初からこの世に居なかったことになるのだ。で、なかなか成り手がない。成り手がないということは、即ち、数多く声をかけねばならぬということだが、なにしろ公辺内分である。憚るものである。そうそうは声をかけにくい。なかなかに、むずかしいものがあるのだ」

それは、否めまい。話は淀みなく入ってくる。

「身代わり探しが派閥争いに結びつくこともなくはない。それぞれの派閥がそれぞれの身代わりを推す。公辺内分を忘れて、熱くなる。騒ぎが御公儀の耳に届けば、行き着く先は御取り潰《つぶ》しだ。派閥もなにも、御家そのものが消えてなくなる。誰もがそんな馬鹿な真似《まね》はすまいと思うが、残念ながら、目先さえ見えぬ馬鹿はすくなくない。馬鹿を調子づかせないことにも、重々、意を留めなければならん」

ひとまず……と剛は思った……又四郎の話は最後まで聞くしかあるまい。いつ、どこで跳ぶかは、聞いてから考える。いまは恐ろしさや怒りや馬鹿馬鹿しさが入り交じって、まともな考えが出てきそうにない。

「で、そういうしがらみの煩《わずら》わしさを避けるために、京へ上って、貧乏公家の次男、三男を身代わりに立てることもある。やんごとなき御方ということで、藩内をまとめるわけだ。ところが、敵も稼ぎどきということで、こっちの足元を見てふっかける。おまけに、その公家の家とは縁もゆかりもない者を偽って送り込んできたりする。なんのために、ないカネを掻《か》き集めて差し出したのかわからん。いや、いかにも公家らしい。あやつらの汚なさは筋金入りだ。年季が入っている。ほとほと感心する」

それにしても、又四郎はよく話す。そんなことまで聞いていいのかということまで話す。逃げたら斬られる理由をどんどん積み上げられている気もするが、初めに、すでに御藩主が亡くなられていることを聞いただけでも斬られはするだろうから、ま、いまさら耳を塞いでも、あとの祭り、というやつなのだろう。こうなったら、とことん聞くしかない。話のどこかに、想いもかけぬ逃げ路が口を開けているやもしれぬ。

「先刻、言ったように、御藩主が亡くなられたのはひと月前だ。いかんせん、身代わり探しにかけられる時がない。説いたようなもろもろの厄介を地均《じなら》しするには短すぎる。で、御逝去の事実はごくごく内々《ないない》にとどめて、血筋、家柄に拘泥《こうでい》することなく、最も座りのよい人物を身代わりに立てることにした。申すまでもないが、それがおぬしだ」

筋らしきものは通っている。ただし、ひたすら向こう勝手の筋ではあるが。

「実は、もう一人居た」

「はあ」

聞く気を湧かせる振り方だ。

「十七歳に届かない御藩主を頂いておれば、常にそういう危険はあるわけだから、身代わりの目星くらいはつけておくのだ。俺がこいつしかないと思った男は、おぬしも知っている」

と、言われれば、保しか居ない。

「岩船保《いわふね》だ」

相手は鵜飼又四郎だ。ちょっと考えれば、ありうる話ではあるのだが、正直、ここで、保の名が出てくるとは想っていなかった。出てきてほしくなかったのかもしれない。保は印地《いんじ》の大将で、「この国をちゃんとした墓参りができる国に」しようとした男だ。たとえ生きていればの話ではあっても、身代わりになんぞさせない。いったい、どういう流れになっていくのだろうと思いつつ、剛は又四郎の次の言葉を待った。

「藩校の啓学館を開くに際しては、俺も微力ながら関わらせてもらった。これまで勤めてきたなかで、最も誇りにしている御用だ」

話は意外なところから始まった。

「他の国には数十年も後《おく》れを取ってしまったがな。それだけに、ようやく開校に漕ぎ着けることができたときは嬉しかった」

見ていない顔を、又四郎は見せる。

「なにしろ、ないない尽くしの国だ。土地もない、水もない、もとよりカネはない。この国を立て直す策を講じようとしても、失敗し尽くして、なにひとつ浮かばぬ。もはや、為《な》す術もないようだが、たったひとつだけ手立てがある。為す術がないのは、誰か。いったい誰が、なにも為しえないのか。俺たちだ。積年の傷《いた》んだ内証ゆえ、教育を施すこともなく放り置きつづけてきた者たちだ。ならば、いまよりましなヒトを育てて、その者たちに策を講じさせればよい。いまのヒトには無理でも、次のヒトには無理ではないかもしれぬ。延々と無為の時を送ってきたこの国では、遠回りのように見えて、その実、唯一の現実に即した策であり、策の軸が啓学館だった。啓学館こそは、崖っぷちまで追い詰められたこの国が、あるいは崖を転がり落ちて濁流に呑まれようとしているこの国が、最後に摑《つか》まる杭《くい》だったのだ」

自分はさまざまにものを知らない。知っていることは髪の毛の先ほどだ。この世は知らぬことで塗りたくられている。知らぬ己れを責めていたら、一日とて送れぬ。が、いま、又四郎が言ったことは、知っておいたほうがよい知らぬことに思えた。知っていれば、保を、能ではなく御城勤めを選んだ保を、もうすこしはわかることができた気がする。

「ところが、この杭が痩せ杭でな」

又四郎はふーと息をする。

「もとより、十分な用意があって始めたわけではないので、他国の藩校と比べればさまざまに見劣りがする。蔵書は質量ともに貧しく、教師は他から声が掛からなかった者ばかりだ。それはそうだろう。藩校が雨後の筍のごとく林立し始めたのは、いまからおおよそ八十年も前だ。いまでは、藩校があるのが当たり前になって、目ぼしい学者はあらかたがお抱えになっている。稀《まれ》にとびっきりも残ってはいるが、そういう別段《べつだん》の者を招《しょう》聘《へい》する力は啓学館にはない。で、都《と》講《こう》を筆頭に、どうにも首を傾《かし》げざるをえない教師陣が居並ぶ。開校になったとき味わった嬉しさは、すぐに醒めざるをえなかった」

それでか、と剛は想う。保が十七歳にして都講の補佐に推挙されたとき、自分はただ異例の出世と受け止めた。無理を無理でなくしていく保が、またひとつ壁を乗り越えたと思った。が、いま、又四郎の言を聞けば、話はまったくちがってくる。補佐に抜擢《ばってき》されたのではなく、補佐せざるをえなかったのだろう。保はどんな想いで、もの知らぬ者たちの羨望《せんぼう》を受け止めていたのだろう。

「そういう啓学館に、光をもたらしたのが岩船保だ。生まれたとたんにくすみ出した啓学館を、あいつの持って生まれたものが明るく照らした。光りようがない啓学館が、あいつ一人のお蔭で光り出したのだ。真の才というものは、そういうことをしでかす。どうにも動かぬ事態を動かすのは、幾多の秀才よりも一人の天才だ」

土蔵に居ると、相手の話がよく入ってくる。窓はなく、壁は厚い。最初はそれが鬱陶しさに繋がっていたのだが、次第に守られている気分に替わって、落ち着いて耳を傾けることができる。蠟燭の灯りが話の行き交うあたりだけを照らして、その外は色が落ちるのもよい。知らずに、気が集まる。もしかすると、又四郎は秘密が洩れるのを防ぐためではなく、念入りに話すために土蔵を選んだのではないかとさえ思えてくる。

「でな。俺は岩船保をもっと輝かせたいと思った。江戸でも長崎でもいい、本物の学塾に遊学させて、あいつの才をはためかせるのだ。言ったように、啓学館は藩校とは名ばかりで、学問の計りからすれば手習処のようなものでしかない。あそこに閉じ込めていたら、金《きん》もいつしか鉛になる。金がさらに輝くためには、当人が金であるだけでは足りない。周りも金でなければならん。幾多の才に揉まれてこそ、生来の才が余すところなく引き出される。全国に知られる学塾は、ただそのために在るのだ。繰り返すが、この国はないない尽くしだ。なけなしのカネは絞り込んでつかわなければならん。俺は岩船保に絞ることにした。他にも、これはと思わせる者が居なくはなかったが、誰も彼もというわけにはいかん。まずは岩船保を突出させようと、内々に遊学の下均《したなら》しを進めていたのだ」

もはや、消えた話とはいえ、胸が躍った。保は出世などという凡庸な秤《はかり》には乗らない者になろうとしていた。それでこそ自分の知る、「この国をちゃんとした墓参りができる国にする」保だ。

「岩船保の名が高まるのは、俺にとっては自明だった。俺の想いは勝手に遊学から戻ったあいつに行って、どんな御役目を与えて活かすかをあれこれと想い描いた。都講、勘定奉行、側《そば》衆、執政……しかし、どれもこれも収まりがわるい。そして、気づいた。せっかく大きくしても、この国には大きくなったあいつを迎え入れる器がないのだ。で、最後の最後に、俺は思った」

なかなか身代わりの話にならないのに、いつしか引き込まれていた。

「御藩主しかないとな」

すぐには、意味が摑めない。

「どういう……ことでしょう」

「岩船保を御藩主にする。そのための手立てが身代わりだ」

ならば、それは、身代わり、とはちがう。身代わりであって、身代わりではない。

「身代わりでもなんでも、とにかく、岩船保を御藩主にしなければと思った。この春に十六代目を継がれる以前より、景通様はずっとご病気がちだった。もしもの事態に想いを巡らすうちに、いつしか、心待ちにするようになった。とんでもない企てかもしれぬが、とんでもないことを企てない限り、この国はこの国のままだ。ただし、そのとんでもない企ては、岩船保が居てこそだった。俺とてあいつが見える処に居なければ、考えつかなかった。結局、ああいうことになって、あいつが居《お》らなくなって、この企ても消えた。で、おぬしが残ったというわけだ」

保の話に不意に自分が出てきて、俄《にわ》かには呑み込みづらい。が、つまるところは、自分は、身代わりの身代わり、ということになるのだろう。よけいに腹が立ってもおかしくはない筋なのかもしれぬが、保の身代わりとなると、自分のことはさて置いてしまう。それで憤《いきどお》るのは無理だ。

「訊かれもしないのに長々と喋っているな」

さすがに語り疲れたのだろうか、大きく息をしてから又四郎は言った。

「なぜか、わかるか」

「いえ」

ずっと、それが気になっている。

「身代わりは、操り人形では務まらぬからだ」

窓がない土蔵なのに、蠟燭の炎が小さくなく揺れた。

「江戸在府の御藩主は年中行事のつど御城に登られる。すくない月で月次御礼《つきなみおんれい》の二日、多い月ではもろもろが加わって六日にもなる。無事、御勤めを果たされて戻られると、江戸屋敷から早馬が出て国許《くにもと》へ知らせが届き、江戸と国許の両方で心尽くしの宴《うたげ》を催す。いかにも大げさに映るかもしれぬが、江戸城に上がられた御藩主はたったお独りだ。御城まではそれなりの行列を整えて向かうが、大手門で供連《ともづ》れが十名に減らされ、下乗橋《げじょうばし》で四名になり、そして、玄関に入るときは御藩主のみになる。振舞いをしくじれば改易に繋がりかねない殿中で、すべて己れ独りの判断で動かなければならんということだ。言ってみれば、御藩主の御登城は平時の戦《いくさ》であり、大過なきご帰還は戦勝である。だからこそ、つつがない御姿を認めれば、形というだけではなしに勝利の宴を開きたくなる」

そんなことは想うべくもない。槍の音が響かぬ戦に加わった者のみが識る情動だろう。

「決まったことを繰り返しているだけならまだよい。が、控えの間である殿席《でんせき》は言ってみれば大部屋だ。外様《とざま》で官位が従五位下《じゅごいげ》の我が武井家は江戸城でいちばんの下《した》っ端《ぱ》なので、柳之間《やなぎのま》という殿席をあてがわれておるのだが、ここには八十近くの家が名を連ねておる。参勤交代は入れ替わりなので、在府が半分として、およそ四十名が詰めておるということだ」

知らずに、耳に気が行く。

「周りの殿席に居るのはみんな上位の大名ばかりだ。中庭を挟んだ大廊下《おおろうか》には御三家が、廊下の向こうの大広間《おおひろま》には薩摩《さつま》藩島津《しまづ》家や仙台《せんだい》藩伊達《だて》家などの国持《くにもち》大名が控えておる。日頃は御殿様として傅《かしず》かれている大名が、小さくなってひしめき合っておるのが柳之間だ。さすがに公方《くぼう》様のおわす中奥《なかおく》に近い溜之間《たまりのま》や雁之間《がんのま》とは離れているので、御譜代の御重役方と顔を突き合わす機会はすくなかろうが、松平《まつだいら》を名乗る将軍家の御一門衆などと廊下で出くわすことはあろう。それゆえ、操り人形ではとうてい務まらん。その場その場で、己れの判断で振る舞える者でなければ、御藩主には据えられぬということだ。たとえ、身代わりといえどもな。いや、身代わりだからこそ、か」

ひんやりとした土蔵の内なのに、じわっと汗が浮いた。

「己れの判断で振る舞うためには、もろもろ、事情を知っていなければならん。要る話も、要らぬ話もだ。要らぬ話を知っていなければ、想定より外れた成り行きについていくことができん。言ったように、御登城は戦だ。要る話にも増して、要らぬ話が武器になる。で、こうして喋りまくっておる。これからも、俺の知ることはすべて喋りつづけるつもりだ」

そこまで語ると、又四郎はぽつりと、「茶を忘れたな」と言った。いつの間にやら、蠟燭がずいぶんと短くなっている。

「思いつきで、土蔵に場所を替えたのでな。つい、慌てて、語れば喉が渇くのを忘れた。いささか埃っぽくもある。そろそろ出るとするか」

「その前にひとつだけ教えてください」

間《ま》を置かずに、剛は言った。

「なんだ」

又四郎はたらふく語った。が、自分にとっていちばん肝腎なことを語っていない。

「まだ、なんで自分なのかが、得心できておりません」

それがはっきりしなければ、どこでどう跳んでよいのかわからない。

「そう、か」

「岩船保の身代わりの話はわかりました。ですが、保の企てが消えたから自分になったという説き明かしは、説き明かしになっておりません」

保と自分では、さまざまにちがいすぎる。猫に虎の代わりはできぬということだ。

「ふん」

凝《こ》りをほぐそうとしているのだろう、首をぐるぐると回してから又四郎は言った。

「さっき、この国はないない尽くしだと言ったな」

「はい」

「なけなしのカネは絞り込んでつかわなければならん、とも」

「ええ」

「大名家がいざというときに頼るのは御親類衆だが、このないない尽くしの国は、そっちでもこれといった御親類衆を持たぬ。居《い》ることは居るのだが、居なくはないというだけの関わりだ。頼りにするどころか、軽めの相談の相手として名を浮かべたことさえ一度たりとてない。向こうも同じようにこっちを見ている」

又四郎は変わらずに、要る話も、要らぬ話もする。

「で、その寄る辺《べ》なさを、どうにかして補おうとする」

そう、なる、だろう。

「その手立てのひとつが能だ。武家の式楽《しきがく》ゆえ、どうせ手をつけねばならぬのだから、それなら、なけなしのカネの注ぎ込み甲斐もあるということで、他家から見ればささやかでも、当家としては分不相応に力を入れてきた。保もおぬしも、そうして当家と縁ができたわけだ」

保からもそれは聞いている。

「それゆえ、歴代御藩主も、みんな能を演《や》る。能を好む大名のあいだでは、藤戸藩武井家の名はそれなりに通っている。大大名が催す招請能《しょうせいのう》にいつも呼ばれるわけではないが、念頭には置かれる。むろん、仮に当家にとってよからぬ事件が起きたとして、その能の繋がりが、明らかに不利な状況を有利に変えるわけではない。が、どっちに転んでもよい状況であれば、ないよりあったほうが疑いなくよい。小藩はどこも、そういう細い糸を縒《よ》って紐《ひも》を組み、どこへ漂い流れていくかわからぬ御国を繋ぎ止めている」

蠟燭がいよいよ短くなる。

「おのずと、身代わりも能の心得がある者が望ましい。ということで、おぬしになったわけだが、どうだ、それで得心できるか」

「いえ」

ここは、踏ん張らねばならない。曖昧のままに捨て置いてはならない。怖さを退けてつづける。

「いっこうに」

想わぬ強い言葉が口を衝《つ》く。ぎくりとしつつも、そのひとことが言わねばならぬ言葉の蓋を外した。

「御国がないない尽くしなら、自分とて能役者としてないない尽くしです」

もとより身代わりなんぞまっぴらだ。が、身代わりを逃《のが》れるために言うのではない。逃れるつもりなら、黙して、跳ぶ。

「まっとうな稽古をつけられていない、能舞台に上がったことがない、囃子《はやし》に囃《はや》されたことがない、装束を着けたことがない……〝ない〟なら、いくらでも並べられます」

言うのは、又四郎が明らさまな誤りを犯しているからだ。周到のように語りながら、要《かなめ》の処で抜かっている。このままでは、この国が、見ている前で崩れ落ちていくことになる。貧しく、取るに足らぬ国ではあろうが、しかし、ここは、保が「ちゃんとした墓参りができる国」にしようとした国である。父母《ちちはは》に、まっとうな墓を用意しようとした国である。あろうことか自分が、槌《つち》を手に取って、砕《くだ》くわけにはゆかない。

「なかでも、いちばんの〝ない〟は……」

想いを切って、剛はつづける。気づいてはいても、認めるのは避けてきた已れを晒《さら》す。

「自分は能役者なんかじゃない、だ」

どんなに已れを鼓舞しても、心底では自分を能役者と信じ切ることができない。いくら高く跳ぼうと、激しく倒れようと、一歩、野宮の外へ出れば、自分を能役者と認めぬ自分が割って出る。幾度か石舞台で味わうことができた、あるいは異界に渡れたのかもしれぬという記憶さえ、台地の上ではおぼろげだ。

「自分が身代わりになって、その催しに出たとしたら、細い糸どころか、せっかく組んだ紐が切れてしまいます。自分ではいけない。能の心得がある者が要るなら、然《しか》るべき者を充《あ》てなければなりません」

たとえ一分《いちぶ》といえども勝算があってこその賭けだろう。御公儀相手の大博打に出るのに、切る札が自分では端《はな》から賭けにならぬ。自分はやはり、野宮の役者、だ。石舞台の見処《けんじょ》に集ってくれるノミヤや、海へ流された仏たちに囃されて、舞えている。彼らの想いこそが、自分の四拍子《しびょうし》だ。

「しかし、な」

又四郎は、けれど、事もなげに言う。

「俺は、おぬしを素晴らしい役者だと言った者を知っておるぞ」

「そんな」

「別のことも言っておった。おぬしが想いも寄らぬことをやるかもしれぬ、とな。それは能とはちがうようだが」

「誰です⁉」

この期《ご》に及んで、出まかせを言ってもらっては困る。そんな者は居ない。居るはずがない。物心ついた頃よりずっと傍《かたわ》らに居てくれた保でさえ、その口から耳に快い言葉を聞いたことは一度たりとてなかった。

「むろん、岩船保だ」

湧き上がるはずの言葉が消えて、息だけが洩れる。ありえなすぎて、取り合う気にもなれぬ。保は心にあることしか言えぬ。ずっと言わなかったということは、心になかったということだ。

「うそ、だ」

やっとの想いで、絞り出す。

「嘘ではない。実を言えば、それで、おぬしを身代わりに考えるようになったのだ。おぬしの言うように不安はあった。そつなくこなせる能役者を探すべきではないかとも思った。けれど、岩船保のあの言葉が、結局、不安を押し退けた。どうやっても燭光《しょっこう》の見えぬこの国だ。大事《だいじ》をとっても、安寧《あんねい》に繋がるわけではない。この国に、〝そつなく〟はない。あいつがそう言うなら、縋《すが》ってみたくなる。賭けてみたくなる。で、おぬし、になった。これは掛け値ない」

どういうことだ。

保はなにを言っている。

「言っておくが、身代わりに絡めての話ではないぞ。例の吟味の場だった。岩船保と身代わりの話なんぞしていない。ただ、こっちの頭には身代わりの件が常にあるので、なにかの流れでおぬしにも話を振った。するとな、自ら抜刀を認めたあとは唇を動かそうとしなかった岩船保が、尋ねもしないのに先の言葉を並べた。もとより、とうに腹は据えている。きっと最期に、おぬしを能役者として推したかったのだろう。それを俺が勝手に身代わり話に持っていった。あいつを恨むな」

恨んでなどいない。

嬉しささえ、知らぬ処で湧いているのかもしれない。

ただ、そこがどこなのかが、わからぬだけだ。

「そうだ……」

思い出したように、又四郎は言葉を足した。

「岩船保はな、おぬしを羨ましいとも言っておったぞ」

「うらやましい……」

「ああ、嘆息するようにな、言っておった」
いよいよわからぬ。ありえぬ。
素晴らしい役者。
想いも寄らぬことをやる。
うらやましい。
野宮の役者には、並ぶ言葉が眩《まぶ》しい。
眩しすぎて、その向こうが、なんにも見えぬ。

三

江戸上がりまでの五日はあっという間に過ぎた。

その五日のあいだ、鵜飼又四郎《うかいまたしろう》は変わらずに要《い》る話も要らぬ話も語りつづけた。剛《たける》のほうからも、訊《き》いた。

跳んで抜けるべき練り塀が、頭から消えたわけではない。己れのうちに、なにを居座っていると謗《そし》るもう一人の己れが居る。日を経るに連れ、そやつはますます声高《こわだか》になっていくのだが、訊きたいことは次から次へと湧いてくるのだった。

なぜか、最初に浮かんだのは、平たい海の魚が載った一汁二菜《いちじゅうにさい》の膳についてだった。どうせ問うなら、もっと他に問うことが幾らでもあるだろうに、こうと想い込んだ子供のように、そこからどうにも離れられない。

あのとき、箸が止まった剛に、今朝は残してもよいが、躰《からだ》が戻ったらけっして残すな、と又四郎は言った。求められた用を毒味と想っていたときは得心《とくしん》していたあの言葉が、身代わりとわかってからはずっと引っかかっている。

又四郎はつまり、本物の御藩主ならば断じて残さぬ、と言ったことになる。以来、なんで、御藩主ならば残さぬのか、繰り返し考えているのだが、答が出ない。箸を持つのは誰でもない、御藩主だ。御国のてっぺんに居るはずの御方だ。なにをどれほど食べようと、あるいは食べなかろうと、なんの不都合もあるまい。

「いや」

けれど、そうと口に出すと、又四郎はきっぱりと言った。

「不都合は生ずる」

「どのような?」

「膳を調《ととの》える者たちが混乱する」

「なにゆえに……」

御藩主が料理を残して混乱するのなら、それは混乱するほうに落ち度があるのではなかろうか。

「御藩主は常に膳をきれいに召し上がるからだ。御膳の掛《かかり》の者から見れば、料理を残す御藩主は御藩主ではない。それゆえ、おぬしもけっして残してはならぬ。戻った膳を見ただけで、人が代わったと気取《けど》られる」

「ならば……」

身代わりが残してはならぬことはわかった。しかし、なんで御藩主が残してならぬのかはわからぬままだ。答えたようで、答えていない。

「なにゆえに御藩主は膳をきれいに召し上がらなければならぬのでしょう」

「だからっ」

即座に、又四郎は返した。

「御藩主とはそういうものなのだ」

どうやら堂々巡りらしい。

「しかし、そうだな……」

剛が別の問い方を思案しかけたとき、しかし、又四郎がぽつりと言葉を足した。

「言われてみれば、これにしても大事な、要らぬ話なのかもしれんな」

二人は屋敷内の竹林《ちくりん》をゆっくりと歩んでいる。それも、声が伝わらぬようにするための用心なのだろう。わずかな風でも揺らぐ枝葉の擦《こす》れ合う音で、話す側《そば》から声が掻《か》き消される。

「自明と見なしていることを人に説くのはなかなかにむずかしいものだが……」

又四郎はおもむろに語り出す。

「我々は皆、役を勤めておる、とでも言えばよいか」

「役、ですか」

能役者にはとっつきやすい説き様《よう》だ。舞台はシテ独りでは立ち上がらない。諸役《しょやく》そろっての能だ。地謡方《じうたいかた》と囃子方《はやしかた》が脈を打たせ、ワキ方が温《あった》めて、初めてシテは橋掛《はしがか》りを渡り、横板《よこいた》を踏んで、本舞台の常座《じょうざ》に足を踏み入れることができる。

「ああ、俺であれば、いまは目付《めつけ》の役を果たしておる。江戸屋敷に入ったら、御側御用《おそばごよう》取次《とりつぎ》と御小納戸頭取《おこなんどとうどり》の役に替わる」

それは、すでに又四郎の要る話のなかで聞いている。御側御用取次は江戸家老をはじめとする重臣と藩主の仲立ちをする役で、御小納戸頭取はこの国にあっては藩主の身辺の世話に当たる小姓《こしょう》と小納戸の両方を束ねる役である。要するに、身代わりが藩士と接する場には常に鵜飼又四郎が介して、化けの皮が剝《は》がれぬよう対処するということのようだ。手始めに、小姓と小納戸は、皆、入れ替えたらしい。

「それぞれがそれぞれの役をまっとうすることで御家が回り、御国が成り立つ。これは、わかるな」

「ええ」

わかる、と言うよりも、わからざるをえない。剛が己れを能役者と認められないのも、それゆえかもしれぬと思えるくらいだ。

おそらくは能ほど、それぞれがそれぞれの役を究《きわ》めようとする世界はない。一人一人が孤立しているかに映るまでに、各々が各々の能を探る。能ならではの鍛え上げられた構造が、それを許す。

シテに型があるように、囃子方には手組《てぐみ》があり、唱歌《しょうが》がある。シテがたとえればサシ込ミヒラキからスミトリ、サシ回シヒラキへと型をつないで舞うように、鼓《つづみ》は三ツ地三クサリにツヅケと手組をつないで囃す。

その構造のなかで己れの能を研《と》ぎつづけてきた諸役は、舞台に上がってもあっさりとシテの能に合わせたりはしない。己れの能を貫き、ぶつかれば組み伏せんとする。それぞれの能が競い、闘い、発した熱が舞台に溜《た》まりに溜まり、それがまた演者の躰に移って満ちて舞台へ還《かえ》って、そうして諸役の躰を廻り廻って、目には見えぬ世界が立ち現われてくる。

他に合わせれば、己れの能が濁る。諸役の能が濁れば、舞台が濁る。孤立する諸役が、互いに合わせることなくひとつになる……つまりは能になるための闘いが、シテを主役にする。剛は誰よりも孤立して野宮《ののみや》の役者となったが、孤立した者どうしが統合へ至るための格闘を、まだ知らない。

「おぬしには言わずもがなだろうが、シテもまた型に則《のっと》る諸役のひとつだ。主役だからといって、興に乗じて舞うことなどありえぬ。同じことが、御藩主にも言える」

「御藩主、にも……」

「御藩主とて、役を勤められているということだ」

ゆるい歩調とはいえ、竹林はまだ抜けない。話していることとは別に、その広さが気になる。

「御藩主という役をな」

いかに目付が要職とはいえ、この台地の、なにもかもが縮こまった国で、これほどにゆったりと構えた屋敷を拝領できるものだろうか……。

「勤める側からすれば、おもしろい役ではあるまい」

又四郎がふつうでなさそうなことをふつうに言って、剛の気が竹林から話へ戻る。

「槍働きの絶えた御代だ。国盗りの頃の大名とはちがう。御藩主の役といえば、代を受け渡していくことに尽きる。言ってみれば、つなぎ役だ」

「つなぎ役、ですか」

「先代から受け渡された御家を損なわずに次の代へ受け渡す……それが、御藩主の唯一にして最大の役だ。時節によって、そのとき果たすべき勤めは変わろうとも、御家をつなぐ役であることに変わりはない。守るだけではなく攻めることもあろうが、守るも攻めるも、つなぐ、なのだ。同じ事案に取り組むにしても、腹の底につなぐ構えが据わっているのといないのとではおのずと結果もちがってこよう。この腹構えが欠けたまま、己れの才を見せつけんがために妙な色気を出したりすれば、逆に国柄《くにがら》を傷《いた》めて御家が脅かされかねん。そういう御藩主は御藩主としての役を果たされていないことになる。藩士にとって大事なのは一に御家であり、御家をつないでこその御藩主である。忠義を尽くすべきは御家に対してであって、主君にではない。つなぎ役を果たすことができぬと見極めた御藩主には情を排して退出していただかなければならん。行き着く先は、押し込めだ」

「それは、御藩主を？」

意味は伝わってはいたが、言葉でたしかめたかった。

「ああ、お引き取り願って、逼塞《ひっそく》していただく」

又四郎は想っていたとおりに答え、そして想ってもみなかったことを付け加えた。

「これは身代わりとちがって、御公儀も認めておる」

「御公儀が！」

臣が君を退けるのを、君臣《くんしん》の軛《くびき》を糾《ただ》すべき御公儀が認めているというのか。

「と申すよりも、そんなことは親類一同熟談の上、然《しか》るべく取り計らえばよいことであって、いちいち御公儀の手を煩《わずら》わせるまでもないという御方針だ。御公儀にとっても、領地を封《ほう》ずる真の相手は御家であって、御藩主なる人ではないということなのだろう」

語るとなると、又四郎は相変わらず洗いざらい語る。聞くほうが呆気《あっけ》にとられるほどに。本物でさえ随意にすげ替えるなら自分はいったいどうなるのかと、身代わりが逃げ出すかもしれぬのを考えぬのか。それとも、考えた上で、語っているのか……。

「むろん、誰だって御藩主に対してそんな手荒な真似《まね》はしたくない。まっとうな御主君と臣下でありたい。だからこそ日頃から、御藩主としての暮らしを律する。躾《しつけ》だ。躾が大事なのは、定まった所作《しょさ》を繰り返せば気を集めずとも躰がひとりでに動くところにある。あらゆる日々の振舞いを通じて、つなぎ役を常に自戒し、御藩主らしい御藩主になっていただく」

「それで……」

思わず、口を挟んだ。

「膳をきれいに召し上がらなければならぬのですか」

「そういうことだ」

ふっと息をついて、つづけた。

「それだけを取り出せば、取るに足らぬと映るかもしれん。しかし、つなぎ役としての御藩主になり切る上で、日々、三度三度、出された器を選り好《え》みせず、黙って空にするのはすこぶる重いことだ。たかが膳、ではない。千丈の堤《つつみ》も螻蟻《ろうぎ》の穴をもって潰《つい》ゆ、だ」

剛とて残さぬ。喰い物を残すことなどありえぬ。が、残さぬと、残せぬは、端《はな》からちがおう。

「ついでと言ってはなんだが、他の膳の注意も言っておこう」

「ええ」

この際だ、剛も洗いざらい、聞く。とにかく聞く。

「もしも、汁などにゴミ、あるいは虫の類《たぐい》が入っていても、言葉には出すな」

「黙っていろ、と」

「ああ」

それも、つなぎ役ゆえか、それも躾か。さすがに、行き過ぎではあるまいか。

「ゴミがあったら……」

剛は口を開く。

「あったと言わねば、また同じことが繰り返されるのではありませんか」

幾日目からか、ただ聞くだけでいるのは止《や》めにした。

「それでも、言うな」

即座に、又四郎は返す。考える素振りすら見せない。

「残すのは、いいのですか」

気づくと、皮肉めかして問うていた。念押しするまでもないのに、念を押した。ゴミであり、虫である。まさか、残すなとは言うまい。

「いや」

けれど、又四郎は否《いな》を言った。

「残してはならん」

思わず、己れの耳を疑う。

「異物があったことがわからぬように始末しろ。始末が無理ならば腹に呑《の》み下せ」

「ゴミや虫を」

「ああ」

「なにゆえに」

野宮の鬼とて、ゴミは喰ったことがない。虫は幾度となく喰った。ただし、糧《かて》となりうる虫だ。すべての虫を喰うわけではない。

「異物の入った膳を御藩主に出したとなれば、掛の者はどうなる？」

又四郎は問いを問いで返し、剛の返事を待たずに言葉を重ねた。

「科《とが》になろう」

知らずに息が洩れて、抗《あらが》おうとした気持ちが空を切る。口にしてしまった皮肉が、いかにも姑息《こそく》だ。

「科人《とがにん》は、どうなりますか」

動かぬ唇を動かして、剛は問うた。

「むろん、腹を切ることになる。一人二人では済まん」

言われてみれば、ゴミや虫を喰わねばならぬ理由はまっとうすぎて、十五の齢《とし》も言い訳にならぬ。なんで想い至らなかったのか、悔いる剛に又四郎はつづけた。

「喰い物だと思えば喰い物になる」

剛の喰わぬゴミを、御藩主が喰う。きっと、他にもいろいろと、喰えぬものを喰い、喰いたいものを喰わずにいるのだろう。あるいは、自分がなにを喰いたいのかも、わからぬのかもしれぬ。又四郎の言《げん》を聞くほどに、剛の識《し》る御藩主の像が散っていく。御藩主は御国のてっぺんに居て、居ないようだ。ならば、どこに、居るのだろう。本物の居る処がわからなければ、身代わりの居る処だってわからない。

「みんなが……」

そんなことより、さっさと跳べばいいのだと訴える己れを退けて、剛は問いを重ねる。

「うん？」

まだ、訊き足りない。溢《あふ》れない。

「すべての御藩主が、そのようにしてこられたのですか」

「すべて、とは言えん」

行く手に光の穴が見えた。そろそろ竹林も終わる。仄暗《ほのぐら》い竹林から見る穴はさながら光の球《きゅう》のようだが、ちっとも明るく感じられない。

「この竹林を抜けた処にはな……」

その球の手前で、又四郎は歩を止め、言った。

「かつて、能舞台があった」

「ここに！」

先刻の目付の拝領屋敷にはそぐわないという疑念がまたぶり返して、発したばかりの問いが薄れる。広さだけでもありえなかったのに、こんどは能舞台だ。

「それも、橋掛り、十三間《けん》の能舞台だ」

「十三間！」

野宮の石舞台《いしぶたい》になくて、唯一欲しかったのが、鏡の間と本舞台をつなぐ橋掛りだった。

そこは、異界と、この世をもつなぐ。

「凄《すご》かろう」

「はい」

橋掛りに長さの定めはない。が、おおむね六間から七間のあいだに収まる。聞いたことすらない十三間の橋掛りはさぞ異形《いぎょう》を顕《あらわ》にして、異界と現世《うつしよ》との間《あわい》の幽遠《ゆうえん》を見せつけていたことだろう。

「造営を命じたのは先々代の文隣院《ぶんりんいん》様だ。諱《いみな》は景慶《かげよし》様。三年前に、逝去あそばされておる」

言うと、又四郎は再び足を踏み出し、光の球のなかへ躰を置いた。剛もつづいて竹林を抜け、目を細めて辺りを見渡すと、そこにはなにもない。夏草が野放図《のほうず》に広がって、むせかえるほどの草いきれがまだ襟や袖に居残る竹の匂いを追いやろうとする。他国ならばありふれて、誰も目に留めることもないのだろうが、畑でびっしりと埋め尽くされたこの国では未見《みけん》の奢《おご》った景色で、気を根こそぎ持っていかれる。

「能舞台を取り壊したのは四年ほど前だ。つまり、文隣院様がまだ御存命の頃だった。それがために御寿命を早められたのかもしれぬと想うと忸怩《じくじ》たるものがあるが、文隣院様の能好きの程《ほど》はこの国の柄《がら》といかにも釣り合わなかった。おぬしの問いに答えるなら、文隣院様はつなぎ役の御藩主に収まろうとしなかったことになる」

薄れていた問いの答が不意に返って、剛は気づく。又四郎が要る話をするときは決まって要らぬ話から入る。

「この隠居処を建てる際にもひと騒動あった。藩士の俸禄の借上げはもはや当たり前で、半知《はんち》ですらましなほどだ。その上に、さらなる御省略を課していた。乾き切った雑巾をさらに絞れと、大号令を掛けていたわけだ。そのさなかに、能舞台付きの隠居処の造営である。大藩ならばともあれ、畑が墓を崖から追い落とす国だ。橋掛り十三間の能舞台を持つ屋敷はあまりに不相応と言うしかない。それでも、そのときは、結局、呑んだ。文隣院様は、ただの御藩主ではなかったからだ」

又四郎はゆっくりと草を踏んでいく。思わず剛の目がその横顔に行った。

「ただの……御藩主ではない……」

「名人だったのだ」

顔を前に向けたまま、又四郎は言う。

「能を好む大名のあいだで文隣院様を知らぬ者はなかった」

歩みも止めない。きっと、目に見えぬ能舞台へ向かっているのだろう。

「どのように名人であったかはまた語る機会もあると思うが、ともあれ、名人だった。どの世界にも名人は居《お》ろうが、能の名人はまた殊更《ことさら》の意味を持つ」

殊更の意味……能に限っての。

「能は詰まるところ、美を見据える舞台である。成熟の行く手を、美に置く。ただし、生強《なまじい》の美ではない。ありえぬはずの処にある美だ。能はそのありえぬはずの処を、老いに求めた。老いは酷《むご》い。その酷い老いを超えてなお残る美を、能は追う。だからこそ、能は名人でなくてはならぬ」

思わず、又四郎と保《たもつ》が重なる。又四郎は吏僚《りりょう》で、躰が利《き》き、そして能を語る。

「若き偉才の能もおもしろくはあろう。しかし、そのおもしろさでは老いの向こうの美の名残《なご》りには触《さわ》れぬ。偉才が若さを失って才が綻《ほころ》び、技が弾《はじ》かず、躰が動かなくなって、しかし、その動かぬ動きが美を醸《かも》すようになったとき、初めて、能の能たる節理《せつり》が立ち上がる」

聞きながら剛は、又四郎の言葉のどれほどが自分に伝わっているのだろうと思う。

「弾かぬ技は技の軛から解き放たれてもはや技を気取られぬことを意味し、才の綻びはその隙間から蓄えてきた動かぬ美の粒がはらはらと洩れ出ることを意味する。だからこそ、能は老境に入った名人の舞台に浸《ひた》るのを最上の悦びとする。文隣院様はまさに、そのように齢を重ねられた」

自分の能は、生きるための能だ。跳んで跳んで、跳びまくって、ともあれ生き延びて、大人にたどり着くための能である。それとて能である限り、どこかで美とつながっているのを知らぬではないが、しかし、それは、野宮の対岸に広がる、伸びやかな他領の田のようなものだった。あるのはわかっているが、自分とは縁がない。

「藤戸《ふじと》藩が能に力を入れてきたとはいえ、あくまで、この国にしては、だ。おそらく、能の輪の真ん中に居られる大藩の諸侯からは、見えていなかっただろう。その方々の目を、文隣院様はぐいと引き寄せ、江戸の御城に藤戸藩武井《たけい》家の名を知らしめた。お蔭で、まともなら望めぬ大名付き合いができるようになり、広がった輪を介してもろもろの知るべき話が入ってきた。能の藤戸藩の名は、文隣院様お独りで築かれたと言ってもいい。その功績を汲《く》んで、本来ならできぬ普請にも踏み切ったのだ。しかし、な。隠居処ができ上がると、文隣院様はまた別の所望《しょもう》をされた」

又四郎の歩みがゆるむ。そろそろ、能舞台の跡なのかもしれぬ。

「江戸屋敷にも能舞台をつくって、関寺小町《せきでらこまち》を披《ひら》くとおっしゃったのだ」

「せきでら、こまち……」

そんな曲は知らない。剛が知るのは、保の稽古を岩船《いわふね》の屋敷の庭先から覗《のぞ》いていたときに頭に刻んだ曲に限られている。老いた小野小町《おののこまち》をシテとした小町物《こまちもの》と言われる幾つかの曲があることは保から聞いていて、墓に絡んだ卒都婆小町《そとばこまち》だけは覚えているが、それにしたって目にしたことはない。

「誰でもない、文隣院様だ。能舞台をつくる話なら、無理に無理を重ねたかもしれぬ。が、関寺小町だけは呑めん。どうにも受け止めようがない。強《し》いてでも、あきらめていただくしかなかった」

「能の曲、なのですね」

思わず、剛はたしかめた。おそらくは石橋《しゃっきょう》と同じ習物《ならいもの》なのだろうが、しょせんは曲の演能だろう。能舞台の普請と秤《はかり》にかければ、能舞台のほうがずっと重いのではなかろうか。

「重習《おもならい》で、別伝《べつでん》、のな」

又四郎は努めて軽く言う。習は習でも、ひときわ念の入った習が重習だ。なかでも、別伝はその極《きわ》みである。

「そして、最奥《さいおう》の秘曲だ」

「さいおう……」

「二百を超える能の曲のなかで、いちばん能の奥に迫る曲ということだ」

いちばん高いのではなく、いちばん奥……。

「言ったように、酷い老いを超えてなお残る美を、能は追う。それゆえ、能では数ある曲のうちでも老女物《ろうじょもの》に重きが置かれる。若い頃にとびきりの美しさを謳われた女がすっかり齢老いて、美の輝きがあとかたもなく消え失せた末の姿を描いた曲だ」

そこは、保から教わらなかった。能をつづけていさえすれば、保なら疑いようもなく「最奥」に分け入ったにちがいないが、稽古に取り掛かるずっとずっと手前で川を下った。保が語れなかった老女物を、いま、又四郎が語っている。ふと、この男はなんだ、と剛は思う。なんで、御家を潰《つぶ》さぬために自分を身代わりに仕立てようとしている男が、保の語れなかった老女物を、あまつさえ、能の「最奥」を語らなければならない？

「なかでも尊ばれるのが、檜垣《ひがき》、姨捨《おばすて》、そして関寺小町の三老女《さんろうじょ》だが、能の能たる、酷い老いを超えてなお残る美の物差しで計るなら、関寺小町のそれは別段《べつだん》だ」

又四郎が目付を名乗ったときから、能に明るすぎるとは感じていた。その後も印象は深まるばかりだったが、一方で、又四郎は御家の危機に立ち向かう臣僚《しんりょう》の姿をいっときも崩すことなく、それが並外れた能への通暁《つうぎょう》に紗《しゃ》をかけていた。が、ここに至っては、もはや、隠しようもない。目付を務めるからには、能役者の出であるはずもなかろうが、三老女を語る又四郎の横顔には、あのまま生きて三十歳を回った保を想わせるものがある。

「思うに、それは演じるむずかしさが別段だからだろう。だからこそ、乗り越えたときに立ち上がる美がありえぬものになる」

不審が膨らんでいるにもかかわらず、能を語られれば、耳が勝手に聞きたがる。不好《ぶす》きを感じているはずなのに、しかし、話の先を求めずにはいられない。美なんぞ関わりないと覚えつつ、聞かねばならぬとも思う。ともあれ、いま、自分に能を解いてくれるのはこの男しかいない。この男なら保とも縁はある。一瞬の後、つづき、だと剛は思うことにした。野宮のつづき。ひとまず、この男に能を導かれよう。なぜ、むずかしさが別段なのかも識りたい。

「観《み》たのですか、舞台を」

まずは、己《おの》が目で捉えた関寺小町なのか否かをたしかめた。

「一度だけな」

めずらしく逡巡《しゅんじゅん》を覗かせてから、又四郎はつづけた。

「ちょうど、おぬしの齢の頃だった。文隣院様はまだ第十四代の御藩主で、名人とまではゆかぬがすでに名手の評価は高くてな、江戸在府となれば、あちこちの御屋敷から声がかかった。舞台へのお誘いもあれば、また、見処《けんじょ》での観能へのお招きもある。そのときは見処でな、御供を仰せつかった俺も、ごく稀《まれ》にしか舞台にかからぬ関寺小町を目にすることができたというわけだ。当時、俺は文隣院様の小姓を仰せつかっており、子供の頃は舞台で子方《こかた》も勤めていた。おそらく文隣院様は小姓としてではなく、元子方としての俺を連れ回されたのであろう」

子方は能での子役だ。子供の頃より諸役からの会釈《アシライ》に馴染《なじ》んでいれば、能が躰に入らないほうがおかしかろう。先刻来の不審が呆気なく消えて、剛は野宮のつづきをつづけることにした。

「その舞台で……老いを超えた名残りに、触れたのですね」

美、という言葉を避けて、剛は問う。美を拒むわけではなく、聞く気で聞いてもいるが、いまの自分が音にするのはそぐわない。自分は野宮の役者だ。野宮の鬼だ。跳んで、跳んで、跳びまくる。

「いや」

間《ま》を置かずに又四郎は答えた。

「俺は幾度となく、見処に居て、想いも寄らなかった美の出現に打ちのめされたことがあるのだがな」

又四郎なら、そうかもしれぬ。舞台に素《す》で正対できるかもしれぬ。

「そのときは、そんな感興を覚えることはまったくなかった」

再び、ためらう風を見せてから、つづけた。

「有《あ》り体《てい》に言えば、酷《ひど》いものだった」

「酷い……」

「シテが名人であったかどうかはともあれ、関寺小町を勤めるだけのお方ではある。一度、その方が奥伝《おくでん》の一曲を舞ったのを観たことがあるが、すこぶる感じ入ったものだった。にもかかわらず、そのときは眠気を抑えるのに難儀した。一刻半《いっとき》になんなんとする大曲だけに、我慢も並大抵ではない。言いたいのはつまり、それほどに関寺小町はむずかしいということだ。そして、そのむずかしさを乗り越えることができなければ、舞台は無残なものになる。関寺小町という曲に懐疑の声が交《ま》じることがあるのはそのゆえであろう。すべての条件がそろって行き着くべき処に行き着けばまさに最奥の曲だが、そうでなければ、重習の別伝が、免状の要らぬ平物《ひらもの》にさえ遠く及ばぬ舞台に堕《だ》しかねないということだ」

「いったい、どこが……」

企《たく》んで語ったのでないことは明らかだが、又四郎の「酷いものだった」という言は聞く気をいやが上にも高めた。

「それほどまでにむずかしいのでしょう」

そこは跳ぼうと跳ぶまいと識らねばならぬ。もはや、跳んでも野宮には戻れぬだろうが、どこに居《い》ようと自分は能で生きていく。

「縁《よすが》を見せぬからだ」

待っていたように、又四郎は答えた。

「関寺小町で行き着くべきは、酷《むご》い老いを超えてなお残る美である。とはいえ、そこは深遠に過ぎて、どこから分け入ってよいかわからぬ。それこそ、取り付く島がない。で、取り付く島を探す。演じる上での縁を探す。たとえば、狂乱も縁だ。誰にも、常ならぬとわかる。常との落差が否応《いやおう》なく伝わる。その落差こそが縁だ。同様に、恋慕も嫉妬も怨《うら》みも縁であろう。よしんば、そうした縁がいっさいなくとも、夢幻能であれば霊が縁となりうる。夢幻能では、あの世の者がこの世で舞う。おのずと、そこには大きな時の落差がある」

縁、とは入り口らしい、と剛は思う。自分にとっては躰と技が、能との縁だった。ひたすら跳んで、しがみついた。霊はどうだっただろう。野宮で保に「俺たちは冥界と現世を行き来する者である」と説かれて以来、常に異界は傍《かたわ》らにあったが、入り口なのかどうかはわからない。野宮では異界とこの世は重なり合って、落差も曖昧としている。異界に居るかと思えば、この世に居る。が、いまはとにかく、又四郎の言を聞く時だった。

「三老女の残る二つ、檜垣と姨捨もやはり夢幻能である。檜垣の後《のち》シテは老いた白拍子の霊で、姨捨はかつて姨捨山に捨てられた老婆の霊だ。どちらもすこぶるむずかしい大曲ではある。檜垣には掛縄《かけなわ》の手なる白眉《はくび》があり、姨捨なら女のシテで唯一の太鼓入り序《じょ》之舞《のまい》を月の妖精のごとく舞わなければならない。とはいえ、それこそがまさに縁であろうし、加えて、夢幻能でもある。ところが、関寺小町だけはなにもない。見事に、ない」

台地を吹き渡る風が夏草の原にうねりをつくる。次から次に押し寄せて、海、のようだ。

「関寺小町は能の最奥の曲でありながら、能の能たる夢幻能ではなく現在能なのだ。霊ではなく百歳の老女となった小野小町が昔を回想しつつ、ひたすら老いの哀れを物語る。誰かを恨むわけではなく、狂乱に陥るわけでもない。往時の恋慕の記憶に身を投げ出すわけでもない。さりとて、達観もしていない。無常を告げる関寺の鐘を聴いても、無常を悟ったあとまでも生き長らえている自分にとってはいまさらめいて、なんの感興も覚えないといった具合だ。得意の和歌はいまもつづけているが、我が身と同様、日々衰えていくのが残念であると嘆じて、極意を語ることもない。そのようにただただ生きるだけの小野小町に、老いを超えてなお残る美を醸させるのが関寺小町である。勤める者にとっては、酷い曲とも言えるのかもしれぬ。曲の世界に入るに入れず、ただ周りをうろうろと、それらしき振りをしながら巡るだけになる」

「その酷い曲に、十四代様は挑もうとされた」

「美」を口にできぬように、「文隣院様」も口にできない。そうと声にしたら、もう、跳んで抜けられない気がする。一味、になってしまう気がする。能は導かれるが、身代わりを呑んだわけではない。

「そうだ」

「だから、無理にでもあきらめていただいたのですか」

そろそろ、要らぬ話から要る話へ戻す頃合いだろう。なぜ又四郎は、十四代様から関寺小町を取り上げたのだろう。

「そうではない」

又四郎はくっきりと否を言う。

「むずかしいからではない。文隣院様は名人だった。場を得て勤められれば、まちがいなく、かつてない最奥の関寺小町が立ち上がったことだろう」

ならば、なぜ、と問おうとしたとき、不意に又四郎の足が止まる。

「ここだ」

足裏でたしかめるようにして場処を告げ、そしてつづけた。

「ここに、能舞台があった」

思わず目を落として見回すが、それらしき痕跡はなにもない。辺りは台地の風に揺れる夏草で埋め尽くされている。ここも、ここではない処も、等しく贅《ぜい》を尽くした草《くさ》っ原《ぱら》だ。

「能舞台さえなくなれば残す途《みち》もあるかとそのままにしてきたが、間もなく屋敷のほうも取り壊す。ここはすべて畑になる」

十三間の橋掛りを持つ能舞台を載せた土地が、麦や大豆や煙草に覆われる。正しく、台地の土地になる。

「まっとうな仕法なのではあろう。すくなくとも、この国には適《かな》っている。俺もその決定に加わった。子方を勤めて以来、ずっと能の師匠だった文隣院様から、先頭に立って能を奪った仕業《しわざ》の仕上げというわけだ」

又四郎の声に、元子方の色と、臣僚の色が入り交じる。

「先刻来、能が行き着くべきは、酷い老いを超えてなお残る美である、と繰り返してきたがな……」

草の海がひときわ大きくうねった。

「あれは、能役者の能の話だ。大名の能はまたちがう」

「どのように」

「俺が小姓だったことは言ったな」

「はい」

「小姓から目付になったと聞くと、おしなべてすっとは呑み込みにくいようだが、実はこの経路は御公儀を含めてめずらしいものではない」

「そう、なのですか」

「目付はあらゆる藩士の非違《ひい》を糾す御役目だ。もとより、すべての藩の事情に通じていなければならぬ。隅から隅までな。その目付が唯一目が届かぬのが奥向きだ。大名家の表と奥は厳に分かれておる。御用となれば顔を出さぬ処はない目付といえども、奥へは足を踏み入れることができぬ。この奥を識っているのが小姓だ。だから、必ず何名かは小姓上がりを目付に入れて、欠けた識らぬ穴を埋める」

聞けば、うなずくしかない。

「治めるとは、能《よ》く識ることだ。識らなければ、策の立てようもない。御公儀から御家の成立ちを護《まも》る江戸屋敷の責務も、突き詰めれば御家を取り巻く状況を能く識ることに尽きる。そのために殿席《でんせき》を同じくする御家と同席組合《どうせきくみあい》を設けて、同格の御家の諸事情に通じる一方、町方、小人目付《こびとめつけ》から御老中に至るまで、御公儀の要所要所に御用頼《ごようだの》みを依頼して、同席組合では識れぬもろもろを識ることに努めておる。しかし、ま、これらはどこでもやる。どこでもやれぬことをやらなければ、他に先んじて厄介を避けることはできぬ。このやれぬことをやるための取っ掛かりこそが御藩主の芸術だ。芸術を介した交わりによって、官位を超えた大名付き合いが可能になり、生々しい要る話や要らぬ話が入ってくる。大名の能はその芸術であって、美を求めるものではない。能役者と大名は、同じ舞台に立ってちがう景色を見ている」

十四代様は、大名であるにもかかわらず、能の舞台に立って能の景色を見てしまったということか。

「となれば、大名が勤めるべき能の曲もおのずと定まってくる。付き合いの番組にふさわしい曲だ。まずは、武将をシテとする二番目物、いわゆる修羅《しゅら》物《もの》だろう。それも、勝ち戦を語る屋島《やしま》や田村《たむら》あたり。もうすこし重くしたいなら、シテを齢老いた武将にして実盛《さねもり》、頼政《よりまさ》くらいになる。故事として知られていて入りやすい曲なら安宅《あたか》、橋弁慶《はしべんけい》、鉢木《はちのき》。そして、なんといっても、能の能たる三番目物だ」

大名が能の景色を見るのは、それほどに責められるべきなのだろうか。大名の能は評判を取って交わりを広げるためとはいえ、能の景色を見ずして、評判を取る能が舞えるものか。

「大名とて舞台を重ねれば武家らしい曲だけでは飽き足らず、やはり、幽玄《ゆうげん》優美の鬘物《かずらもの》を勤めたくなる。定番なら熊野《ゆや》、松風《まつかぜ》、大曲にも挑みたいなら野宮《ののみや》か。品位が欲しいなら三婦人の定家《ていか》、大原御幸《おはらごこう》、楊貴妃《ようきひ》。挑み甲斐《がい》を求めるのであれば井筒《いづつ》あたりだろう。いずれにしても、そこに老女物は出てこない。大名付き合いの手がかりに、深く重い老女物は馴染まない。重さもほどほどで、有り体に言えば、見栄えがして受けがよいものが好まれる。若い女がシテで、装束や作り物が美麗、そして古《いにしえ》より名作として親しまれてきた曲なんぞが頃合いだろう」

なぜか怒ったように、又四郎は語りつづける。

「それゆえ、老女物の入り口とされる卒都婆小町でさえ滅多にかからない。ごくたまに番組に載るときがあるが、シテの名を見れば、大名みずから舞うのではなく、お抱えの役者が免状を得た披露などに立ち会っているとわかる。ましてや、関寺小町など論外である。むずかしいからとか、最奥だからという前に、盛り上がりに欠け、客受けがわるいから嫌われる。平たく言えば、苦労して舞っても、賞賛が得にくいというわけだ。舞い手としての評判を高めて家名、藩名を売り、さまざまな江戸屋敷の催し能から招かれるようにならなければ、大名付き合いを広げることは敵《かな》わない。なんでわざわざ、関寺小町に挑まなければならんのか、というところなのだろう。老女物は舞台に立って舞うものではなく、見処に座して観るものなのだ」

怒りらしき色はまだ消えない。いったん止まった唇がすぐにまた動く。

「ごく内輪の御慰《おなぐさみ》の能ならば、評判を気にかけずとも済みそうだが、御慰だからこそ舞って楽しめるものを選ぼうとするようだ。能の彼岸《ひがん》である、酷い老いを超えてなお残る美は、どうあっても大名の能とは無縁ということだろう」

それが答か。それが十四代様から関寺小町を取り上げた理由か。

「誰も居ないのですか」

又四郎の呼吸を計って、話に区切りがついているのをたしかめてから剛は問うた。

「うん?」

「関寺小町を舞われた御殿様は」

すっと、関寺小町、を言えた。いつの間にか「最奥の曲」が見ず知らずの曲ではなくなっている。

「俺の識る限り、大名で関寺小町と深く関わったのは仙台《せんだい》藩の伊達《だて》吉村《よしむら》侯ただお一人だ」

間を置かずに、又四郎は説いた。

「ご自身で勤められたか否かは詳《つまび》らかではないが、吉村侯は名うての舞い手として聞こえていたし、御《おん》みずから型付《かたつけ》の伝書である『関寺小町極秘《ごくひ》習之伝《ならいのでん》』を著されてもいる。おそらくは、舞われたのではなかろうか。とはいえ、吉村侯は第五代の御藩主で、九十年近くも前に亡くなられておる」

又四郎の口調は淀《よど》みない。伝書の名前もすらすらと出てくる。

「他に、いまの越前《えちぜん》国鯖江《さばえ》藩を預かる間部《まなべ》家を興《おこ》された詮房《あきふさ》侯が三度舞われたと伝えられるが、詮房侯に至っては百二十年ほども前の御方であるし、もともとは能役者だった。側用人《そばようにん》として勤仕《ごんし》した将軍家第六代の文昭院《ぶんしょういん》様が無類の能好きであらせられたゆえ、御要望により勤められたのであろう。通常の舞台とはまったく事情が異なる」

話の滑らかさは変わらない。おそらくは、十四代様から関寺小町を勤めたいと告げられた際、又四郎は必死になって前例を当たったのではなかろうか。ひょっとすると、即座に否《いな》を伝えながらも、元子方として、弟子として、なんとか演能に漕ぎ着ける路を模索したのではあるまいかとさえ想わせる。又四郎はけっして、能の舞台で能の景色を見た十四代様を、拒んではいない。

「十四代様が八十年振りに伊達吉村侯を継ぐことは叶わなかったのでしょうか」

剛はちょっと触《さわ》ってみる。

「時世がちがうし、なによりも国柄がちがう」

用意していたかのように、又四郎は答えた。

「公の式楽《しきがく》になるとともに、能は御公儀による統制を受けた。その動きは柳営《りゅうえい》発足からおよそ四十年が経った正保《しょうほう》の御代《みよ》から始まって、芸力保持や古法の遵守《じゅんしゅ》等が申し渡される。まさしく能の画期ではあったが、今日《こんにち》から振り返れば統制の手始めといった観があり、まだまだゆるい」

記憶をたどる素振りすらなく、きれいに言葉が並んでいく。

「能がおもしろいのは、ともすれば停滞を招きかねない管理統制を逆に成熟への追い風にして、急速に洗練の度を高めていったことだ。その契機となったのは、正保よりもずっとあと、将軍家第八代、有徳院《ゆうとくいん》様が主導されたいわゆる『享保《きょうほう》六年書上《かきあげ》』と見てよいだろう。四座《よざ》一流《いちりゅう》の太夫、ならびにワキ方、囃子方、狂言方の家元格、合わせて三十六家に対して、家の由緒来歴から活動の実態、持てる芸の資産等に至るまでいっさいを書き上げさせ、丸裸にした。そこから、真の管理統制が始まったのだ」

ちょっと触っただけで、剛の識らぬ能が溢れ出る。言葉の硬い響きさえ快い。

「伊達吉村侯がいったいいつ、『関寺小町極秘習之伝』を著されたのか、俺にはわからない。が、享保の御代が始まったとき、吉村侯はもろもろに熟達いちじるしい三十代の半ばだ。すでに御藩主になられて十年余りが経っており、能の演者としても評判を取っていた。関寺小町の伝書が『享保六年書上』に先んじて書かれたと見てもおかしくはあるまい。だとすれば、当時だからこそ著すことができたし、舞うことができたと言えなくもない」

「当時だからこそ……」

「管理統制が行き渡り、家元の制度が揺るぎなくなる前だったということだ。先刻来、俺は、大名の求める能が老女物に馴染まないという筋路で話をしてきたが、むろん、すべての大名がそうであるとは限らない。あるいは往時なら、吉村侯の他にも関寺小町を舞われる御藩主がおわしたのかもしれん」

「でも、十四代様のように……」

その先だと、剛は思う。

「いまは、あきらめなければならない」

又四郎は小さく息をついてからゆっくりと唇を動かした。

「そうとも言い切れん」

そして、すぐにつづける。

「そこが、国柄だ。座るか」

剛の返事を待たずに膝を折った。

「二度と見ることもない贅沢な草っ原だ。ここで、こうして座すと、脇正面から本舞台を観る体《てい》になる。十三間の橋掛りの表情もよく伝わって、文隣院様がお好きな場処だった」

剛も膝を折って正座に構えた。そこは見処だ。胡座《あぐら》は組めぬ。

「能はもともと鬼の芸だった」

見えぬ本舞台へ目を向けて、ぽつりと又四郎が言う。又四郎は例によって、要らぬ話から要る話へ入ろうとする。

「鬼、の？」

知らずに耳に気が集まる。野宮で跳びまくる己れを、剛は鬼と重ねてきた。仏が海へ流れ出す河原で、独り、ひたすら跳びつづけている。野宮の鬼でしかあるまい。

「能の正式の番組を組むときは、五番立に先だって祝禱《しゅくとう》の曲である翁《おきな》が捧げられる。能の縁起《えんぎ》はさまざまに説かれていて、俺がこうと指し示せるはずもないが、翁の縁起なら、東大寺《とうだいじ》などの修正会《しゅしょうえ》、修二会《しゅにえ》の追儺《ついな》であると、はっきりと言える」

「ついな……」

「要するに、鬼遣《おにやらい》だ」

「ああ」

鬼遣が能の始まり……。

「悪鬼《あっき》を鎮めるための法会《ほうえ》の最後を締め括《くく》るのが追儺で、その昔は呪師《しゅし》と呼ばれる僧が勤めていたらしい。が、法会とはいっても善鬼《ぜんき》が悪鬼を追い払う外相《げそう》だ。それは盛大に跳《と》んで跳《は》ねてが繰り広げられる。跳んで跳ねてなら、どうやったって僧より役者のほうがうまい。で、この追儺を手掛かりに、能役者が祝禱の舞を任されるようになった。四座のひとつの家には、このとき用いた赤鬼黒鬼の一対《いっつい》がいまも伝えられていて、いちばん上座にしまわれているそうだ。追儺で跳ねていた鬼の家であったことを、忘れてはならぬという戒めなのだろう」

ほんとうに鬼か、と剛は思う。美の始まりが鬼か、跳んで跳ねてか……。

「元はといえば鬼の芸だった能が足利将軍の目に留まり、その目に適うために、雲の上だった和歌や古典の物語なんぞが取り込まれた。それが度の外れた上手を得て、芸の柄が変わる。鬼の芸から、美を究めんとする芸になる。以来、四百五十年余り、ひたすら鬼から遠ざかろうと走りつづけてきた」

ならば、よいのか。跳びまくっていてもよいのか。野宮の鬼で構わぬのか、自分を能役者と見なしてもよいのか。

「今日の能は、省略の舞台だ。型に象徴されるように、生《なま》の形を省きに省き、もはやそれより省きようがない処まで削《そ》ぎ落として、それでも消えずに残った形に美が宿るとする。所作だけではない。関寺小町で百歳の小野小町が棲《す》む庵《いおり》も、井筒の井戸も、船弁慶《ふなべんけい》で荒れ狂う海に漕ぎ出す船も、みんな白布のボウジが巻かれただけの竹の囲いだ。葵《あおい》上《のうえ》でシテが打擲《ちょうちゃく》する憎《にっく》き相手は、舞台に広げられた小袖《こそで》である。その酷いまでの省略が、一片《いっぺん》の濁りもない情念の世界を立ち上がらせることを可能にしたわけだが、それも穿《うが》って見れば、鬼の名残りをことごとく消し去ってきたと思えなくもない」

聞く剛のほうが大きく呼吸《いき》をする。草原を渡る風は土埃《つちぼこり》を孕《はら》まない。

「言ったように、能の比類のないところは、本来ならば相容《あいい》れない管理統制と成熟洗練が手を携えて歩んだことだ。能でしか届かぬ美に手をかけた代わりに、もろもろの管理の縛りもきつくなった。もはや、ゆるみはすくない。関寺小町を御留めにしている流派もあるし、家元限りの一子相伝と定めている流派もある。表立って門を閉ざしていない流派でも、実際にその門を潜って免許を許されるのは、技倆《ぎりょう》を認められた大名とて容易ではあるまい。免許に伴う合力金《ごうりききん》のことだけではない。事は、一度限りの演能では済まぬ。能の最奥の曲を御藩主が披くということは、将来にわたって最奥に見合うだけの礼節を御家が尽くすということだ。はたして、御藩主という人ではなく御家に、それだけの覚悟があるのかという筋になる」

又四郎が言った「国柄」の意味がようやく伝わる。

「ともあれ、もろもろを引き受け、大名ならではの多少の押しも利かせて、なんとか許されたとしよう。それでも、すべてが済んだわけではない。演能まで持っていくには、まだまだ壁がある。先刻、俺は関寺小町が最奥の曲となるのは、すべての条件がそろって行き着くべき処に行き着いたときだと言った。趣旨は、シテが名人であるだけではまったく足りぬということだ。シテのみならず、ワキ方も地謡方も囃子方も、諸役のすべてが関寺小町にふさわしい選り抜きの練達でなければならぬ。さらに、見処も、観るべき者が観ていることが必須である。関寺小町にあっては、見処も諸役だ。酷い老いを超えてなお残る美を察する者で埋まった見処でなければ、美が胚胎《はいたい》する場が生まれぬ。むろん、面《おもて》も装束もよいものが要る。このよいものというのが、贅を尽くすという意味ではないことが悩ましいところだ」

草と竹林に洗われた風がまた渡って、剛はふっと十四代様を想う。この台地の国の御藩主を、最奥の曲に向かわせたものはなんなのだろう。

「能で紅入《いろいり》の装束といえば若い女のものだ。老女は紅《べに》の入らぬ紅無《いろなし》を着ける。が、小町物に限っては、紅入がよいとされる。ただし、小さな柄で、長い年月のあいだに褪色《たいしょく》し、茶と見分けがつかなくなっているものに限るようだ。実は、これが、極め付きの無いものねだりで、この世にはありえない装束を説いたようなものとしか思えぬ。まず、あらかたの紅入は大柄だ。小さな柄はめったにない。次に、老女物にふさわしい色合いに紅が褪《あ》せるには、おおよそ二百年かかるとされる。加えて、その間に、舞台に上がっていてはならない。二百年の後に使われてもシテの動きに耐えられるごく上等の装束が、なぜか一度も袖を通されることなく眠りつづけて、掘り出してみれば色斑《いろむら》もなく、きれいに紅をほのめかす茶になっていたという、そんな、ありえぬ話が幾重《いくえ》にも折り重なって、初めて手に入る。カネに糸目をつけずにつくらせたどんな新しい装束よりも、高直《こうじき》になることは言わずもがなだろう。おそらくは装束をまとめるだけでも、能舞台の普請がかわいく思えてくるはずだ」

笑《え》みのような色をかすかに浮かべて、又四郎はつづけた。

「舞台を組み上げるすべてに、それより上はないものをそろえる……この台地の国に、そんなことができると思うか」

「十四代様は……」

又四郎はずいぶんと語り疲れて見えたが、最後に問わずにはいられなかった。自分はそういう国の、御藩主の、身代わりになるのかもしれない。

「素直に、聞き入れてくださったのですか」

「いや」

こんどは苦い色が差した。

「そこは触れずに済ませたかったところだ」

けれど、言ってしまうと、間を置かずにつづけた。

「善鬼が悪鬼と手を組んだところを見たことがあるか」

「いえ」

強いて見つけるなら、父と義母の仙《せん》だろうが、父が善鬼とは言えなかろうし、仙はすくなくとも、正《まさし》には悪鬼ではない。

「そういうこととは無縁だったはずの文隣院様が、どういうわけか派閥の一派と結んでな」

「そうですか」

なぜか、すこしも驚かなかった。初めて聴く言葉のはずなのに、「はばつ」がどういうものかも伝わってきた。

「どんなに小さな水溜まりにも波は立つということなのだろう。大波になる前に収まりはしたのだが、一度だけ、よんどころない仕儀により、結び合いにまで及んだことがあってな、相手側に加わっていた二名の藩士が斬死《ざんし》に至った。言わずもがなかもしれぬが、斬ったのは俺だ」

それも、やはり驚かなかった。

「済まぬが、事の経緯はよいか。今後とは関わりないと思うのだが」

「ええ」

それでも訊けば又四郎は語っただろうが、十四代様は名人とだけ覚えておきたかった。

「子方だった俺にとって、文隣院様は妖精でな……」

「はい」

名人が妖精を舞うと、本物の妖精にしか見えぬと聞く。

「あれほどに澄み切った御方が、あれほどに俗なる者とつながったというのが、未だに信じられんのだ」

それだけ言うと、唇を閉ざした。

「で、どうだ？」

ややあってから、おもむろに問う。

「さあ」

「まだ定まらぬか」

「はい」

「そうか」

一度、空を見上げてから、つづけた。

「江戸上がりの日は川を下る。江戸へは海路だ。船をつかう。弁才船《べざいせん》だ、大きな船だ」

「海、ですか」

聞くまでは、街道を行くものとばかり思っていた。旅籠《はたご》に何泊かするうちには跳ぶ機会もあるだろうと、漠と考えていたのだが、どうやらその目は消えたらしい。なのに、胸のうちには「海」が膨らんで、落胆を薄める。

「早朝ここを発《た》って、湊《みなと》のある町に着くのは夕だ。その日は町に泊って翌朝出航の手筈《てはず》だが、風の具合によっては一日二日、待つことになるかもしれん」

頭には入れたが、相槌《あいづち》を打つわけにはいかない。

「もしも、そうなったら、湊の町に辻能《つじのう》の一座が来ているらしい。めったに観る機会もないので、覗いてみるといい」

言い終えると、無言のまま、腰を上げた。

湊のある町まで往《ゆ》く川船は、対岸の川下にある河岸《かし》から出る。野宮からだと斜向《はす》かいと言うには少々遠くて、かろうじて認めることができる程度だが、それでも互いに川向こうではある。けれど、そこへ行き着くとなると容易ではない。渡しがないからだ。野宮からの渡しは望むべくもないにしても、ほど近くにもない。

で、まずは、野宮へ下りる路とはまるで方角ちがいの処に刻まれた崖の路を伝って、対岸とはまた別の他領へ出る。ここまでで二刻《ふたとき》かかる。その他領と対岸の他領とは渡しで結ばれているので、さらに一刻近くかけて渡し場へ向かうのだが、ようやく乗り込んで着いた向こう岸は、しかし、川船が出るあの河岸ではないのだ。河岸に着くにはさらに半刻、川沿いの路をさかのぼらなければならない。

そういうわけで、陽の出る前に隠居処を出たのに、河岸から川船に乗り込んだときはもう午《ひる》九つを過ぎていた。目で見えている処に着くのに半日がかりなのだから、いいかげんうんざりするところだが、剛の目に倦《う》んだ色は微塵《みじん》もない。早々と渡しに乗ったときから、台地と川との際《きわ》に釘付けになっていた。それからずっとそのままで、いまも波飛沫《しぶき》をものともせず、右の船縁《ふなべり》から身を乗り出して遠ざかる河原に目を注いでいる。むろん、見ているのは野宮だ。

初めは野墓《のばか》の地として野宮と出会った。死が集《つど》う場なのに、すぐに、そこは生きていく場となった。印地《いんじ》の大将だった保がそこで能の稽古をつけてくれて、消え失せた居場処をこじ開けてくれた。もしも、保という人間が居らず、野宮という場処がなかったら、まちがいなく自分も野宮から海へ流れていただろう。保はこの世との人の縁《よすが》であり、野宮は土地の縁だった。後に土地の縁は人の縁を見送ることになったが、それからも人の縁の記憶を留めて、剛の居場処でありつづけてくれた。跳ぶ場を分けてもくれたし、ノミヤや、もやもやとした仏たちとも引き合わせてくれた。そこは剛にとって、己れを壊さぬためのすべてがあり、つまりは世界だった。

だから、又四郎から湊のある町へ川船で出ると聞いたとき、野宮を見たいという想いでいっぱいになった。そこを失うことを考えることはあっても、そこを出ることなど一片たりとも考えたことがない。ましてや、そこを外から見るなど想像の彼方《かなた》だった。又四郎の話を聞いて初めて、そういうことがありうるのだと思った。前夜から気もそぞろで、振り返れば、隠居処を発ってから四刻のあいだ幾らでも跳ぶ機会があったにもかかわらず、頭をかすめもしなかった。とにかく、あの河岸から野宮をこの目にするのだとだけ念じて歩を進めた。野宮からは河岸が見えるか見えないかとされているが、剛の目は鷹の目だ、遠目が利く。跳ぶ跳ばぬにかかわらず、二度と戻ることはできぬであろう世界を、忘れようとて忘れることができぬほどに見覚えようとした。

河岸に着く手前で初めて捉えた野宮は想ったよりもずいぶんと小さかった。黒々とした段丘《だんきゅう》の根元にささやかな河原が真上からの夏の陽を真っ白に照り返して、冬毛の兎のようだ。剛は小さく嘆声を上げてそこに己れの生きた世界を察しようとする。六歳から十五歳まで十年、そこに居場処を借りた。ほんの子供が大人の入り口に差し掛かるまでだ。その時の折り重なりを認めて、目に焼き付けようとした。けれど、外から見る野宮は剛を知らぬ風だ。ひょっとしてそこではないのかと、鷹の目を凝らすと、白一色のなかに新しい二つの土饅頭《どまんじゅう》ならぬ石饅頭が築かれているのを認めた。丸石を仮り置いた野墓が次の大水を待って、そこは紛《まぎ》れもなく野宮だ。今日も死を集め、流そうとしている。ほらっ、と剛は音にはせずに呼びかける。俺だよ。でも、やはり野宮は剛の想い入れを去《い》なす。

剛は繰り返し、野宮を見る。渡し場から、川沿いの路から、河岸から、そして川船から野宮に目を遣《や》る。けれど、野宮は応えない。それほどに呆気なく切れていい縁ではない。なんで、と問いつづけて、見えなくなる間際になってようやく気づいた。そこに自分が居ない。内から見る野宮には自分が居るが、外から見る野宮には自分が居ない。ならば、世界を察しようとして得られぬのも当然だろう。世界は自分の居る処に在る。生きる人の心底《しんてい》に在る。場処に在るのではない。人を離れて、世界はない。橋掛り十三間の能舞台が消えても、隠居処が壊されて畑に還っても、鵜飼又四郎が文隣院様の舞を忘れることはあるまい。又四郎がどこに在っても、生きている限り、文隣院様は妖精として生きつづけるだろう。世界はかつてそこに在ったのではなく、いま、この身体と共に在るのだ。見覚えようと心して、記憶という過去の容れ物に仕舞うものではない。野宮の屋島《やしま》剛も岩船保も、そして剛が生きた野宮という場処さえも、いまは野宮にない。世界はこの川船に乗っている。剛は船端《ふなばた》から躰を離し、まっすぐに舳先《へさき》を見た。

湊のある町には又四郎の言葉どおり夕に着いた。想っていたよりもはるかに賑《にぎ》わっていて、通りという通りは石が敷き詰められ、百匁蠟燭《ひゃくめろうそく》を点《とも》した提灯の灯りを映している。「石の路なのですね」と又四郎に言うと「弁才船が重石《おもし》に使っていたのを敷いているのだ」と言った。「空荷のときは重石で安定させる。荷を積めば要らなくなる」。又四郎はなんでも知っている。台地の国の外でも、又四郎は又四郎のようだ。

夕餉《ゆうげ》は旅籠近くの飯屋で摂る。平たくはない魚の一汁二菜。「言うまでもないが」と又四郎は言った。「残さぬように」。済ますと、「船問屋に用がある」と言って背中を見せる。いくらなんでも自分を一人残すのは用心が足らなすぎるのではなかろうか。たしかに、ここでは自分は跳ばない。いや、跳べない。隠居処から河岸までは野宮を目にするために跳べなかったし、ここから江戸までは仏たちが流れた海を感じるために跳べない。又四郎に海路を聞いたときから、これでは……とは思った。これでは跳べぬ、と。ひょっとすると、企んだのではあるまいかと。自分は又四郎が配した仕掛けに促されて、ここまでつるんと運ばれ、そして江戸までもつるんと運ばれていく。

又四郎が要る話も要らぬ話も、そして能の話までたっぷりと語るのも企みと診《み》てまちがいはあるまい。又四郎は一度たりとも剛を説き伏せようとしない。ただ、事情を説き、その背景を解く。丁寧に解く。誠意さえ感じる。要らぬ話から要る話へ入るのも、おそらくはそのゆえだろう。言葉を重ねるほどにそれがわかってくるから、壁を設けずにとりあえず耳を傾ける。いつの間にか己れのうちに又四郎の言葉が溜まりに溜まって、その重みがないと気持ちの釣合を取りにくくなる。まして、剛には他に言葉を交わす相手が居ない。不意に重みが消えたら、他の誰かの言葉で埋めるわけにはゆかない。人はただ語るだけで取り込まれる。

弁才船は大きすぎて船着き場には着けない。湾の中ほどに碇《いかり》を下ろしている。独り湊へ足を向けた剛は、藍に染まった船影に目を遣りながら、又四郎の次の仕掛けを想う。川船のなかで又四郎はこの町に巡業に来ているという辻能の話をした。御公儀の統制とともに能は武家だけのものになったが、能が生まれ育った上方《かみがた》ではその限りではない。四座一流に組み込まれるのを逃れた役者たちが辻能を組んで町人や百姓相手に能を供している。なかでも行く先々で人気を集めて、流儀の勧進興行をもおびやかしているのが、いまこの町で小屋を張っている堀井《ほりい》仙助座《せんすけざ》らしい。「俺も観たことはないが、元お抱え役者の芸達者を座衆にそろえていて、侮《あなど》れぬらしいぞ」。例によって又四郎は、あくまで辻能がいかなるものであるかという語りのなかで、さりげなく、しかし、観に行かずにはいられない薦め方で仙助座を推《お》した。

もしも明日、弁才船が出なかったらの話ではあるものの、きっと今夜、船問屋から旅籠に戻った又四郎は、明日の出航は風の不調で取り止めになった、などと告げるのだろう。しかし、その企みの意図はなんだ。すでに、自分が船で江戸に運ばれていくのは定まっている。まさか、又四郎が見抜いていないはずがあるまい。なのに、なんで自分に仙助座を観せなければならない？　もしも、それがダメ押しであるとしたら、なんでダメ押しになるのかがわからない。あるいは、仙助座だけはただの自分の考えすぎで、又四郎が観たいだけなのか。簡単なことをむずかしく捉えているだけなのか。存外、それが、最も当たっているのだろうな、と思いつつ、旅籠へ戻った。すぐに、又四郎も帰ってくる。そして、言った。

「明日の船だが、やはり、風で出ぬことになった」

思わず、又四郎の顔つきをたしかめずにはいられなかった。

「ついては、川船で言った辻能を観てきたらどうだ。俺はちょっと行けんが」

行かぬのか、と思い、こうなったからには、観ないでたしかめずになるものかと思った。

翌朝、出向いた堀井仙助座の小屋にはいきなり驚かされた。辻能の巡業という話からは筵《むしろ》掛けで莫蓙《ござ》の舞台しか浮かばなかったのだが、正面に「能狂言」の大看板を高らかに掲げた小屋は常設小屋さながらにしっかりと組まれている。なかに入れば、本舞台は正式な三間四方の板敷きで、きちんと橋掛りを備え、正面には緑鮮やかな松の絵の鏡板《かがみいた》まで見えた。野宮の役者の剛には、なんでこれが辻能なのかがわからない。

囃子方の衣装が烏帽子《えぼし》素袍《すおう》なのはいかにも大袈裟《おおげさ》で、虚仮威《こけおど》しを伝えてくるが、ワキの名乗りもなしに笛がいきなりひぃいーっと高く吹き上げ、石橋の後場《のちば》が始まったときは度肝を抜かれた。前場《まえば》を省いた半能《はんのう》だからではない。一瞬で、深さ千丈の谷に架かる苔むした石橋に引っ張りこまれたからだ。間髪を入れずに太鼓が入って、すぐに、はおーという力の限りの掛け声と共に大小《だいしょう》がつづく。乱序《らんじょ》だ。唐《とう》は清涼山《しょうりょうせん》の幽谷《ゆうこく》に、凄《すさ》まじい雷鳴が響き渡って、席を埋め尽くす観客がそろって息を呑むのがわかる。

突然、雷鳴が止んで、静寂が訪れ、そこに太鼓がててん、小鼓がちち、と音を差し入れる。繰り返されれば、千丈の谷に露《つゆ》が落ちる様《さま》を表す、露の拍子だ。観客がふっと肩の力を抜いたところで、再び、笛が吹き出し、太鼓が割り入り、大小が負けてなるかと加わって吠える。四拍子《しびょうし》がシテにしっかりと闘いを挑んで揚幕《あげまく》がさっと開き、いよいよ獅子の登場だ。まずは白頭《しろがしら》の親獅子が進み出て、石橋に見立てた台の上から赤頭《あかがしら》の子獅子に、親獅子の威厳を醸しつつ、さあ来い、と促す。子獅子は獅子の力強さを見せつけつつも軽やかに伸びやかに進み出て、親獅子に並ぶ。すべての観客がこれから凄いものが始まるという期待を分け合うなか、獅子の相舞《あいまい》の躍動が始まる。紅白の牡丹を飾った台に激しく飛び乗り飛び下り、見事に毛をさばいて頭《かしら》を振って、宙を回る。辻能だからと手を抜くこともなく、客の気を掠《さら》い通して、たっぷりと九段を舞い納めた。

石橋は一にも二にも、獅子舞の能だ。未熟の者や躰の利かぬ者は置き去りにされる。トビ返リやトビ安座《あんざ》や、石橋にのみ奉仕する型が連続するだけではない。視野が極端に狭くなる面に加え、法被《はっぴ》、半切《はんぎり》、厚板《あついた》、腰帯《こしおび》の重さを引き受ければ、台へ飛び上がることすらすっとはゆかない。向こうへ飛び越えるくらいの気構えで踏み切らないとしたたかに脛《すね》を打つ。なのに、親子の獅子は、舞台をあとにするとき肩で息をする気配もない。さすが、石橋のような習の秘曲を、連日のように番組に書き込むことで評判を取っている堀井仙助座だ。舞台を勤めるだけで、躰ができていくのだろう。

昂《たか》ぶりが醒めやらぬうちに、幾人かの座衆が現われ、綱を手にして鐘を吊り始める。なんと、道成寺《どうじょうじ》だ。秘曲に次ぐ秘曲だ。鐘はきちんと紺緞子《こんどんす》で包まれている上に、その吊り上がる様からすると、竹の枠組に正しく鉛の錘《おもり》を藁《わら》巻きにしているのがわかる。だから、その重さに耐えられるよう、常設小屋並みの造りにしているのだろう。佳境に入れば、石橋の獅子舞ほどではないにしても鐘入りも見事で、剛はますますなにが辻能でなにが本能なのかわからなくなった。

すべての曲が終わったときには、感興が溜まりに溜まって、なかなか席を立てない。ようやく腰を上げ、大入りの客で支《つか》えた通路を止まっては歩んでいるあいだも、道成寺につづいた猩々乱《しょうじょうみだれ》の乱れ足がよみがえってくる。ほんとうに、海の妖精の猩々が、波を蹴っていた。足首の柔らかな遣い方を頭に浮かべようとして、ふっと、観ているあいだすっかり忘れていたことを思い出す。又四郎はなんで、仙助座を観るように仕向けたのだろう……。

この目でたしかめてやろうと木戸を潜ったが、観終えてみればかえってわからなくなった。気持ちが身代わりに傾くどころか、自分が向かうべきはこういう能なのではないかと思い始めている。跳んで跳んで跳びまくってきた野宮の役者だ。取り柄といえば、躰が利くくらいしかない。そのひとつしかない取り柄が生きるとしたら、まさに、この堀井仙助座だろう。

矢継ぎ早の秘曲はたまたまではなく、石橋や道成寺を一年に五十番から六十番も舞台にかけるらしい。だから、客だっていつも大入りで、能にもかかわらず喝采の嵐だ。どこから考えても、ここしかない。戻る処とてない野宮の鬼である。鬼の切能を看板にして全国を渡り歩く、辻能こそが己れの天職だろう。ひょっとすると又四郎はそれをわかって、仙助座の座衆に加えてもらえと言っているのか……。ここで跳んで、仙助座と共に行け、と言ってくれているのか。まさか、追い詰められた国の役人が、そこまで人が好《よ》いはずもなかろうが、しかし又四郎は、元子方だ。まったく、ありえぬわけでもなかろう。

ようやく木戸口を出て背中を返し、そういう腹で小屋を見やっていると、不意に、関寺小町の文字が入ってくる。思わず目を向けると、壁に貼られた引札《ひきふだ》に「関寺小町三日連続上演」とあった。矢も盾もたまらず、帰り客に挨拶をしていた座衆の一人に、これはいつからかと尋ねる。このまま風がわるければ、もしかすると明日観ることができるかもしれない。

「ああ、わるいね、お客さん」

けれど、座衆は済まなそうに言った。

「あれは初日なんだよ。初日からつづけて三日。今度の興行じゃあ、それが売りだったからね」

見せ場がないとされる関寺小町が辻能の売りになるのか。いったい、どういう関寺小町なのか。切能の秘曲も、最奥の老女物も等しく看板にする……仙助座の能への関心が、いやが上にも高まる。

「明日は？」

「明日はないよ。だって今日が千秋楽だもん。この町は今日が最後」

聞いたとたんに力がどっと抜ける。気落ちを隠せない剛に、座衆が窺《うかが》う風で言った。

「もしかするとさあ」

剛は目だけを向ける。

「もしかすると、お客さん、やるんじゃない？」

「はぁ」

「いや、能をさ。ウチでは能狂言って言ってるけど。御公儀のお達しでね、能だけは使えないのよ。でも、まあ、能なんだけど、お客さん、やるでしょ。そういう躰してるもん。いかにも利きそうだ」

なんと返してよいかわからず口をつぐんだままでいると、座衆は顔を崩して言った。

「やっぱり、やるんだあ」

ためらうことなく、剛の袖を取ってつづける。

「ならさ、ちょっとこっちへ来てみて」

言ったときにはもう木戸へ向かって歩き出していた。潜って、足を止めたのは、あとにしてきたばかりの舞台の前だ。

「なんでもいいから、なんか、やってみてくれない？」

「型を、ですか」

「そう、型。やっぱり、ほんとにやるんだなあ。ひょっとすると、トビ安座なんかもできちゃうんじゃないの？」

「やりはしますが」

答えながら、剛は、跳びたがっていると思った。自分は跳びたがっている。カマエとハコビ、サシ込ミヒラキだけは毎日欠かさぬようにしているが、もうずっと、跳んではいない。舞台を見れば、まして木の舞台の前に立てば、跳ぶ躰を抑えられない。

「なら、やってみてよ。一度っきりでいいから」

座衆は両手を差し伸べて文字のとおりに剛の背中を押し、階《きざはし》へ送り出す。もはや迷うことなく、剛は草鞋《わらじ》を脱いで段に足をかけた。袴は旅支度の裁着袴《たっつけばかま》だ。着ている物は動きを縛らないが、ずっと座したままからの、いきなりのトビ安座は無謀かもしれない。でも、硬くなった躰が動かぬかもしれない。でも、剛はやりたかった。無謀をやりたかった。無謀をせねば収まらぬものがあった。

舞台へ上がると、石舞台に慣れた足裏が木の弾力を感じ取って、これならどうということもないと告げてくる。早く跳べと板に急かされているような気になって、さっさと跳んだ。瞬間、うわっと思う。ずいぶん高い。これでは足が持たないと感じつつも腿を引っ張り上げ、膝を畳んで、ままよと着地したら、もう石舞台とは当たりがまったくちがう。綿《わた》だ、綿だ、と声にはせずにつぶやきながら立ち上がった。

座衆はきょとんとしている。

「舞台へ上らせてもらって、ありがとうございました」

それだけ言って立ち去ろうとする剛を座衆は慌てて呼び止める。

「ちょっと、ちょっと」

そして、呆《あき》れたように言った。

「すっごいね、お客さん」

思わず、崖の上のノミヤを思い出す。「あんたの、あの、跳ぶの、凄いね」。あれが、自分にとって生まれて初めての褒め言葉で、いまのが二番目の褒め言葉だ。保が言ったという三つの褒め言葉は、自分の耳で聞いていないので、数に入れない。

「あんなに高くてふわっとしたトビ安座、見たことないよ。それでさあ……」

座衆は上目でつづける。

「あと半刻あとに出る船で、先に役者たちだけ、次の町へ乗り込むんだけどね。お客さん、いっしょに行けないかなあ。若手が一人、膝を壊して急に帰っちゃってさ、弱ってんのよ。七代目から、とにかく早くなんとかしろって言われててさ。あ、七代目というのはうちの太夫。お客さんだったら、太夫もすっごく喜ぶよ」

すぐにうなずきはせずとも、なにかを言いたいのだが、あまりに唐突で、言葉が見つからない。

「あ、そうだよね。藪《やぶ》から棒だよね。でも、ほらっ、半刻あとだから。そんなには余裕がない。だから、腰入れて考えてさ。半刻経ったら、頼むから船着き場に来てよ。あのトビ安座だったら歌舞伎やっつけられるよ。うちの商売仇は流儀じゃないから。歌舞伎だから。じゃあね。もう、うちの役者と思ってるからね」

のぼせた頭のまま、とにかく海とは逆の方角に歩んだ。船着き場の近くに行ったら頭が冷えない。でも、冷えたって冷えなくたって結論は出ている。半刻経ったら船着き場へ行くのだ。だって、自分にとってなにがいちばんいいのかは、さっき番組が終わって木戸口へ向かっているときにさんざ考えた。とっくに、仙助座しかないということになって、その上、座衆にも誘われた。熱く誘われた。凄く嬉《うれ》しかった。いまさら考えることなんてない。だったら、半刻待つ必要なんてないんじゃないか……。もう、この足で小屋へ行って、お願いしますって頭下げればいいんじゃないか。そうだ、また変な考えが横槍入れてこないあいだに決めてしまおう、と思ったときには、もう踵《きびす》を返していた。一本道だったから、来た路を戻るだけだ。まっすぐ歩って突き当たったら小屋、その手前の四つ角を左に折れたら旅籠だ。ほんとうは又四郎にもちゃんと挨拶したいけれど、又四郎だって、そうか、とはいかないだろうし、それだとまたぐちゃぐちゃするかもしれないから、このまま突っ切ろう。絶対、そうしよう、もう絶対だ、と思っていたのに、四つ角に差し掛かると、躰は左へ曲がった。

そっちはちがうんじゃないかと思うのだが、足は止まろうとしない。逆に、どんどん大股になる。なんの迷いもないかのように、すたすたと歩いていく。旅籠が大きくなるにつれ、どういう涙なのか、ともあれ涙がじわっと滲《にじ》んで、やっぱりな、と剛は思った。やっぱり、そうだった。あのときから……保が遺《のこ》したという三つの言葉を又四郎が伝えたときから、こうなることはもう決まっていたのだ。

自分が隠居処から跳ばなかったのも、おとなしく川船に乗ったのも、これから弁才船に乗ろうとしているのも、又四郎が配した仕掛けのせいなんかじゃない。

保の三つの言葉の行方《ゆくえ》を、見届けるためだ。

素晴らしい役者。

想いも寄らぬことをやる。

うらやましい。

あれをたしかめるには、江戸へ出て、身代わりになるしかない。あのときから、他の路はなんにもなかった。

仙助座だけは、又四郎の企みだろう。一度、逃げようとして、自らの意思で戻ってきた者は、二度と逃げようとしない。その逃げようとするきっかけに、仙助座の船を使ったのだろう。そうとわかってても、又四郎を恨んだりはしない。ほんとうに仙助座の船に乗ることだってまったくないわけではなかったし、すくなくとも又四郎の立場からすれば、考えに入れなければならなかったはずだ。ひょっとすると又四郎は、それでもいいと思ってくれていたかもしれない。それに、逃げなかったのはひとえに保の言葉のゆえで、又四郎とは関わりない。

旅籠に戻ると、又四郎は居た。

目が合うと、一里塚《いちりづか》が苦笑いしたような顔をした。

「ひとつ、訊いておきたいことがあるのですが」

身代わりになると腹を据えた以上、なんとしてもたしかめねばならぬことがある。

「そうか」

又四郎は剛にまっすぐに躰を向ける。

「わたしに与えられた時はいつまででしょう」

「それは……」

予期はしていた問いのようだった。

「急養子の絡みか」

「ええ」

藩主が十六歳までは養子が認められず、没すれば藩は改易になる。だから、いま、剛が身代わりになろうとしている。ただし、十七歳になれば、急養子の制により、急逝しても養子による藩の継承が可能になる。

「あと七月《ななつき》経って、年が替わると、わたしは十六歳になります。ですが、身代わりとしてのわたしは十七歳になります。つまり、いつわたしが死んでも養子を迎えることができるということです。あるいは、晴れてちゃんとした養子を迎えて、要らなくなったわたしの口が封じられることもあるでしょう」

「俺も、それは考えた」

又四郎もまた、語らぬ話を語ると腹を据えたようだった。

「そんなことはありえぬと言い切れればよいのだが、隠居処でも語ったように、どんなに小さな水溜まりにも波は立つ。俺が二名の藩士を殺《あや》めたように、俺が殺められることもなくはなかろう。となれば、七月の後、おぬしが藩主を追われて口封じに遭うことも、まったくないとは言えぬ」

「そうですか」

自分に与えられた時は七月。それをはっきりさせたかった。

「俺は岩船保がおぬしを語った言葉に賭けた。賭けがどうなるかを見極めたい。七月を過ぎてもそれは変わらぬ。俺が生きている限り、そんなことはさせぬつもりだ」

又四郎の気持ちはありがたいが、身代わりになる以上、あてにはしない。

自分は七月のあいだに、保の三つの言葉の行方を見届けなければならない。

それが無理なら、己れのみの力で、七月を越えて生きることだ。なにもわからぬ江戸で。あろうことか大名として。

どうやって……。わかるはずもない。

でも、やる。

自分は「想いも寄らぬことをやる」者だ。

四

「御城の殿席《でんせき》で共に控えることになる諸侯のなかで、とりわけ意に留めておかれるべきは、」

と、江戸《えど》留守居役《るすいやく》の井波八右衛門《いなみはちえもん》は言った。下谷《したや》は御徒町《おかちまち》にある藤戸《ふじと》藩上屋敷の中奥《なかおく》の居間である。着いてまだ間もない七月七日、剛《たける》は五節句の七夕で初めて江戸城に上がり、まずは、控えの間である殿席の柳之間《やなぎのま》で儀に備える。それは藤戸藩の第十六代御藩主にとっても、初の年中行事である。本物の第十六代武井甲斐守景通《たけいかいのかみかげみち》様は公方様《くぼうさま》への初御目見《おめみえ》を果たして家督相続の仰付《おおせつけ》を受けたあとの初夏《はつなつ》に病《やまい》に臥《ふ》し、二度と登城することはなかった。

「豊後《ぶんご》岡《おか》藩の中川修理大夫久教《なかがわしゅりのだいぶひさのり》殿と、平戸《ひらど》藩の松浦肥前守熙《まつらひぜんのかみひろむ》殿、そして、もう、おひと方でございます」

八右衛門が剛を身代わりと識《し》っているのか否かは鵜飼又四郎《うかいまたしろう》から聞いていなかった。八右衛門に限らず、又四郎はそのあたりのことをいっさい口にしない。代わりに、「雑事だ」と言った。「誰が識っていて誰が識らぬかの類《たぐい》は頭からきれいさっぱり拭《ぬぐ》い去れ。

すべてこちらで然《しか》るべく処してておく。けっして、みずから身代わりを疑うな。おぬしは御藩主になり切っていればいい」。そのざっくりとした又四郎の言葉を、剛は、意外と受け止めなかった。

景通様は庶子で幼少の頃より寺に出されており、御先代様の急逝《きゅうせい》でこの春に呼び戻されて御藩主の座に就《つ》いた。そして程なく身罷《みまか》られた。御姿を目にした者は限られているらしい。が、剛が又四郎の言葉を意外に思わなかったのは、それが理由ではなかった。剛もまた「雑事」のつもりだったのだ。自分に与えられた時はわずかに七月《ななつき》だ。なにをやるかにも増して、なにをやらぬかが大事になる。真っ先にやらぬと決めたのが、身代わりを識る者の見極めだった。そんなことにいちいちかかずらっている暇はない。識るも識らぬも放り置いて、たとえ厄介に出くわしたとしても、藩主のまま突き進むと心した。

「豊後国は交代寄合《こうたいよりあい》の立石《たていし》領木下《きのした》家を含めて八つの小さな藩が分立する国でございます。そのなかにあって岡藩は最大の七万石を拝知されており、柳之間詰めとしては大きな御国なのですが、留意すべきと申し上げたのは石高ゆえではございません」

八右衛門に初めて目通りしたときも、剛は八右衛門の目の色を見なかった。〝雑事のつもり〟からすぐに〝つもり〟が取れて、〝雑事〟でしかなくなっていた。八右衛門もまた剛を藩主と見て対した。又四郎が居ても居なくてもだ。今日、又四郎は居る。居間の床《とこ》を背にして座す剛を上の角にして、江戸留守居役の八右衛門と目付《めつけ》改め御側御用取《おそばごようとり》次《つぎ》兼御《お》小《こ》納戸《なんど》頭取《とうどり》の又四郎が三角をつくっている。二人は齢《とし》が重なって見えるが、似てはいない。八右衛門は撫《な》で肩で色が白く、剣よりも筆と短冊が似合いそうだ。

「実は、修理大夫殿は中川家の御血筋ではなく、他家より御養子として迎えられた御藩主なのでございます。その他家というのが、あの彦根《ひこね》井伊《いい》家でして、実の父君は彦根藩の御先代である観徳院《かんとくいん》様でございます。つまり、いま御公儀にあって大老を務められている井伊家の御当代様《ごとうだいさま》、左《さ》近衛権中将《このえごんのちゅうじょう》直亮《なおあき》様は修理大夫殿の兄君に当たられるということです」

彦根井伊家が譜代《ふだい》筆頭で代々大老を送り出す家柄であることくらいは、すでに又四郎から導かれて識っている。その殿席は、公方様が日々を送られる中奥に最も近い黒書院《くろしょいん》と一体となった溜之間《たまりのま》だ。しかも、親藩《しんぱん》で御家門《ごかもん》の会津松平《あいづまつだいら》家と、水戸《みと》家御連枝《ごれんし》の高松《たかまつ》松平《まつだいら》家と共に、三家しかない定溜《じょうだまり》を分け合う。常に溜之間に在って、公方様の御求めに応じて政《まつりごと》への御意見を述べられる。

井伊家に限らず、すべての殿席の顔ぶれはほぼ頭に入っている。又四郎は剛の呑《の》み込みの速さに驚いたようだが、野宮《ののみや》で、岩船保《いわふねたもつ》から借りた謡本《うたいぼん》や型付《かたつけ》を速やかに覚えなければならなかったことを考えれば、どうということもない。当初、剛は能の曲を、岩船の庭先から保の稽古を覗《のぞ》いて、目で、耳で、覚えた。つまりは躰《からだ》で覚えた。が、能は所《しょ》作《さ》のみならず詞章《ししょう》の舞台でもあり、そして詞章は文字で綴られてから音になる。なんとしても文字でも曲の地肌に触《さわ》りたくて、必死になって漢字を覚え、史書でも和歌集でもあるとされる、さらには武家の言葉遣いの習本《ならいぼん》でもあるとされる謡本を脳裏に刻み込んだ。野宮の役者になるということは、そういうことだった。

「すなわち、修理大夫殿は御城でいっとう下の柳之間に控えながら、いっとう上の溜之間とも、また御大老とも直につながっているということです。そのように、御家の実のところは縁戚姻戚まで見ないと捉えられません。これは、平戸藩の肥前守殿にしても同様でございます」

八右衛門の語りを、又四郎はじっと聴いている。又四郎はすべてを跳ね返す風除《かぜよ》けになるのではなく、通すべき風は進んで通す簾《すだれ》であろうとしているようだ。

「肥前守殿の父君はあの松浦静山《せいざん》侯で、御正室は老中首座を務められた松平信明《のぶあきら》様の妹御でございます。すなわち、先年、御老中を務められた松平信順《のぶのり》様の叔母に当たられるということです。加えて、肥前守殿の御正室も守国公《しゅこくこう》、かの寛政の改革を率いられた松平定信《さだのぶ》様の御息女《ごそくじょ》でございます。おのずと当家の殿席である柳之間ではこの二家に重心がかかることになります」

そこまで語ると、八右衛門はひとつ息をつき、剛が事《こと》の次第《しだい》を了解している様子をたしかめてからつづけた。

「それを念頭に置いていただいた上で、冒頭に触れた『もう、おひと方』に話を進めたいのですが、この御方については、それがしよりも鵜飼からご案内さしあげたほうが適切でありましょう。ひとことだけ、それがしから申し上げれば、その御方は当家にとって、修理大夫殿や肥前守殿よりもさらに大きな重心になろうということでございます」

言うと、八右衛門は又四郎に目を遣《や》り、又四郎が柔らかく受けた。その遣り取りから、二人は似ていないけれど仲間であるらしいと識れた。なにげない目配せのうちに、容易には切れぬ紐帯《ちゅうたい》が見てとれる。あるいは撫で肩で色白の八右衛門も、又四郎が二名の藩士を斬殺した場に、似合わぬ本身《ほんみ》を手にして立っていたのかもしれない。

「申し上げるまでもなく、殿席は朝廷より頂く武家官位と、譜代外様《とざま》の別によって分けられております」

あたかもずっとそうしてきたかのように、又四郎は恭《うやうや》しく説く。江戸に着いたときより、又四郎は臣下の言葉遣いに変わった。二人だけで居るときも、けっして崩そうとしない。そうして、息をするときも藩主であれ、と圧《い》する。けれど、搦手《からめて》から入る話し振りは変わらない。目付の御役目を離れても、要る話も要らぬ話も語り、そして語るときは要らぬ話から入る。

「柳之間には、従五位下《じゅごいげ》で外様の大名が控えます。その『もう、おひと方』……三輪《みわ》藩の望月出雲守景清《もちづきいずものかみかげきよ》殿にしても、従五位下で外様であることにまちがいはないのです」

武家官位のことは、まだ臣下の語り口になる前に、要る話としても要らぬ話としても聞いた。要らぬ話としての武家官位は、もっぱら外様を統制する手立てであるということだ。譜代ならば、藤戸藩とさして変わらぬ石高の大名といえども、老中を頂点とする幕閣に手が届く。そして幕閣に就けば、武家官位はおのずと付いて回る。大坂城代ならば、いわゆる四品《しほん》である従四位下、その上の京都所司代ならば老中と肩を並べる従四位下侍従《じじゅう》だ。それに、大名の上下の関わりにおいて、御公儀の御役目は武家官位に先立つ。従四位下侍従の老中が、その上の従四位下権少将である石高数十万石の国持《くにもち》大名を「安《あ》芸《き》」や「備前《びぜん》」と呼び捨てにする。これに対して、外様は御公儀の御役目と無縁だ。己れの立ち位置をたしかめる手立ては武家官位をおいてない。それゆえ、より上の位《くらい》に渇《かわ》く。武家官位は朝廷より頂くとはいっても朝廷に取り次ぐのは御公儀のみだから、少将が、中将が欲しければ、常に御公儀の御意向を窺《うかが》わざるをえないということらしい。

「とはいえ、出雲守殿はいつまでも柳之間に居《お》られるわけではありません。いずれは大《おお》広間《ひろま》に移られます。望月家は四品、すなわち従四位下の家柄であり、本来の殿席は国持大名と同じ大広間だからです」

「ならば、なにゆえに」

剛は問う。藩主の構えで。

「いまは柳之間におわすのか」

見事な化け様《よう》だと、又四郎は嘆じつつ答えた。

「それが、武家官位というものなのでございます」

付け焼刃に見えぬし、聞こえぬのは、能役者のゆえか。あるいは、時のなさがそう強《し》いるのか。

「武家官位は一度定まりさえすればずっと変わらぬというものではございません」

慣れる間もないはずなのに、すでにして板に付いている。知らずに気圧《けお》されるのは、江戸屋敷の奥で育った者ならではの品さえ漂わせているからだろう。この凄《すさ》まじいなり切りを認めただけでも、岩船保が遺《のこ》した「素晴らしい役者」という言《げん》が信じられる。屋《や》島《しま》剛はすっと役に入る。思わず、文隣院《ぶんりんいん》様が舞った妖精を思い出す。どう目を凝《こ》らしても、人ではなく妖精にしか見えなかった。それも、舞台を重ねてそうなったのではない。初めて勤めたときから、妖精でしかなかった妖精だ。あの妖精のように、屋島剛は御藩主である。能舞台を観《み》るまでもなく、「羨ましい」。このまま齢を重ねれば名人にだって届くだろうにという想いに、ふっと「七月」が交《ま》じる。時はあまりに短い。残るは「想いも寄らぬことをやる」だが、こんな風にはゆくはずもあるまい。もとより、勝手な賭けだ。なんの目算《もくさん》もない。期待をかけることじたい誤っているのは重々承知である。とはいえ、血の一滴までなり切ったような御藩主ぶりを見せつけられれば、ひょっとすると、という気持ちが湧くのを抑えがたい。急場を凌《しの》げるだけでも上々なのに、因果なものだと思いながら、又四郎はつづけた。

「武家官位は動くものなのです」

「動く……」

それはまだ聞いていない、と剛は思う。

「たとえば仙台《せんだい》藩の伊達《だて》様は従四位上権中将の御家柄ですが、それはあくまで極官《きょっかん》でございます」

「きょっかん？」

「官を極めると記して極官。過去にはそこまで行った例があるというだけのことで、いついつまでに必ずなれると約束されているわけではありません。察するに、統制の用とするために、あえて曖昧のままにしておくのでございましょう。代々の御当主を、ひょっとすると自分の代だけは中将に行き着けぬのではないかと、疑心暗鬼にさせるのです。御先祖に申し訳が立たぬのは大名にとってなによりも耐えがたいことですので、統制する側がなにもしなくとも勝手に猟官の工作に動き出します。事実、伊達様も見事にその図をなぞられたことがございました」

統制の手立てならば、当然、そうして用いるだろう。

「伊達様は初官で従四位下侍従、家督を継がれて従四位下権少将、そして、いつかはわからぬ極官の従四位上権中将でございます。そのように望月家も、従五位下に始まって従四位下の四品に進むのですが、しかし、三輪藩は十万石のお国柄《くにがら》です。はじめから四品でもよいはずなのです。にもかかわらず、このように殿席を跨《また》ぐのは、おそらくは本《ほん》藩《ぱん》との格のちがいを明らかにするということなのでございましょう」

「本藩との？」

「三輪藩は寛永《かんえい》の御代《みよ》に、志賀《しが》藩が分封《ぶんぽう》して生まれた国なのです」

「志賀藩が、か」

志賀藩ならば、又四郎に導かれる前から識っている。外様の雄である。なんでそうなったのかはわからぬが、子供の時分から、台地の国と同じ外様でありながら光が降り注ぐ大きな国として、ずっと記憶のなかにある。おそらくは、父の屋島五郎《ごろう》がまだ父だった頃に語って聞かせたのだろう。屋島の家系は畿内《きない》の町役者とだけ覚えているが、ひょっとすると、系譜のどこかで志賀とも縁《えん》があったのかもしれぬ。

「御世継ぎの血筋を保つために、大藩の多くは幾つかの支藩を設けます。志賀藩も例外ではなく、三輪藩を含め三つの支藩を立藩《りっぱん》させましたが、最大の三輪藩を十万石としたため、同じ大広間の殿席になってしまいました。二之間と三之間のちがいこそあれ、大広間は大広間です。で、御公儀において、あの大藩の志賀藩と支藩の三輪藩がまったく同じであっては差し支《つか》えがあろうという配慮が働いて、三輪藩の初官を従五位下に下げたのでございましょう。そこ、でございます。当家と関わってくるのは」

語る又四郎よりもむしろ、控える八右衛門が静かに昂ぶっているのが伝わってくる。

ここからが本題と、目が言っている。

「実は、この武家官位の時のズレこそが、当家にとって、修理大夫殿や肥前守殿にも増して望月出雲守景清殿が大きな重心となる理由なのでございます」

剛はあらためて、耳に気を集めた。

「この御代にあって、大名の能の軸となっているのが、淡路《あわじ》左京大夫《さきょうのだいぶ》正尊《まさたか》様を御藩主に頂く志賀藩でございます」

又四郎はつづける。ようやく能が出てきて、剛はそうかと思う。光溢《あふ》れる志賀藩の記憶は、能の国の記憶なのかもしれない。

「その能を通じた交わりのなかには、三輪藩を始めとする支藩やもろもろの城主大名のみならず、実高が四十万石を超えるとされる徳島《とくしま》藩の蜂須賀阿波守《はちすかあわのかみ》様や、因幡《いなば》、伯耆《ほうき》の二国を預かられる鳥取《とっとり》藩の池田因幡守《いけだいなばのかみ》様らの大大名が含まれます。志賀藩こそは当代の、能の城の本丸なのでございます。しかしながら、この本丸の主《あるじ》は、志賀藩御当主の左京大夫様ではございません」

「ほお」

剛は記憶のなかの志賀藩を頭から除《の》けて、いまの志賀藩に気を集める。

「支藩である三輪藩の、望月出雲守景清殿こそが、志賀藩の能の城を率いておられるのです」

「それはまた、なにゆえに」

「ひとつには御齢《おとし》の差です。左京大夫様は二十一歳、これに対して出雲守殿は三十四歳でございます。そして、能の舞台の差です。左京大夫様もなかなかの上手とされていますが、出雲守殿は明日の名人と目されています。それがために、左京大夫様の能は幼少の頃より出雲守殿が導かれました。以来、能においては師弟の交わりがずっとつづいているようでございます。それゆえ、本藩と支藩の関わりが能では逆に転じている。支藩の三輪藩こそが、本藩なのです」

いったん止めてから、又四郎は気を込めてつづけた。

「すなわち、志賀藩の能に加わろうと欲すれば、御当主の左京大夫様ではなく、三輪藩の望月出雲守殿の目に留まらなければならぬということでございます」

「他にはないのか」

けれど、剛は問う。

「他と申しますと、志賀藩以外ということでございますか」

「そうだ」

二百六十を超える国が集まる江戸だ。大名の能の交わりは志賀藩だけではあるまい。即座に答が返ればそれも考えた末の判断であろうが、もしも間が空けば単なる思いつきということになるかもしれぬ。

「どこを目指すのかによりましょう」

答えながら、又四郎は内心、嬉々としている。それこそ的《まと》を射た、秀《ひい》でた問いだ。他にはないのか、という問いには、ひとつに偏するのは危うかろう、という見通しがある。しかも、さんざ大人どもからそのひとつを推《お》されたあとに臆せず問う。あえて加えれば、身代わりを忘れて堂々と問う。そして、おそらく、こちらの返答ぶりを視《み》て、思いつきなのか研《と》ぎ上げた案であるのかをたしかめている。まさに、御藩主の目ではないか。野宮で育った十五歳が、ここまで行き届くものか。あるいは逆で、野宮で育った十五歳だからか。独り生きていくということは、こういう十五歳を生むものか。それとも屋島剛という者の、持って生まれたものなのか。これではまた、「想いも寄らぬことをやる」と思ってしまうではないかなどと想わされつつも、又四郎はつづけた。

「それがしらは、いっとう高い処に的を据えております」

「いっとう高い処……」

「奥能《おくのう》、でございます」

「おくのう」の「のう」は「能」だろう。「おく」も「奥」だろうが、ならば「奥能」とはなにか。志賀藩の交わりに加われば、関寺小町《せきでらこまち》を伝授されるとでもいうのか。

「江戸城で能舞台といえば、大広間の南庭に設《しつら》えられた舞台でございます。正月の謡初《うたいぞめ》を始め将軍宣下《せんげ》や勅使饗応《ちょくしきょうおう》など、重い儀式の際はかならずそこで能が演じられます。今回の七夕も、柳之間詰めの礼席は大広間ですので、能舞台を目に入れておくことができるかと存じます。が、御城の本丸の能舞台は大広間のみではありません。もうひとつ、ございます。御座之間《ござのま》北側中庭の能舞台です。御座之間は中奥、つまりは政の場ではなく公方様の日々の暮らしの場にありますので、この能舞台も式楽《しきがく》のために用意されたのではございません。そこは表《おもて》とは切り離された、公方様の御慰《おなぐさみ》のみに供される舞台なのです。もう、おわかりと存じますが、その舞台で催される能が『奥御手廻り御能《おくおてまわりおのう》』、通り名で『奥能』でございます」

そのような能があるのだと、剛は思う。

「奥能が最も華やかだったのは、第五代の常憲院《じょうけんいん》様の御代でしょう。まさに能に魅入られた公方様で、大名という大名が能の大渦《おおうず》に巻き込まれました。奥能のみならず観能のための御成《おなり》も盛んで、この御成の能で舞台を勤めることが能をやる大名の彼岸《ひがん》だったそうでございます。そのように過ぎた熱を八代有徳院《ゆうとくいん》様が諫《いさ》められて、すくなくとも将軍はみずから舞うべきではないとされてからはめっきり目立たなくなりましたが、九代惇信院《じゅんしんいん》様はまた異なるお考えを持たれていたようで、十代浚明院《しゅんめいいん》様に至っては奥能で御《おん》みずから秘曲である猩々乱《しょうじょうみだれ》や石橋《しゃっきょう》を舞われました。それを契機に奥能が再び勢いを取り戻して、今日に至っております」

「往時さながら、ということか」

「さながら、とまでは申せません。なによりも時節が往時と異なっております。もはや、諸侯がこぞって能に打ち込む御代ではございません。が、だからこそ逆に、奥能に集《つど》う皆様方の傾注《けいちゅう》には並々ならぬものがあり、つながりはむしろ強く、密となっていると聞いております。それがしらはこの奥能の演者に、御藩主が選ばれるのを的としているのでございます。それには、まず、志賀藩の交わりに加わっていただかなければなりません。公方様の能の、お相手を勤めているのが、志賀藩の能に集まる面々だからです」

「だから、その要《かなめ》である出雲守殿が同じ柳之間に詰めているあいだに、門を開けていただかなければならぬというわけか」

ようやく、長い話がつながった。

「御意《ぎょい》」

「たしかに、『いっとう高い処』に的を据えたものだが……」

ならば、そうか、というわけにはゆかぬ。紛《まぎ》れもなく、奥能は大名の能の頂《いただ》きなのだろう。自分が「素晴らしい役者」であるか否かを試すには格好かもしれぬ。しかし、己れはよいとして、御国はどうだ。奥能を勧めるとなれば、装束も半端《はんぱ》では済むまい。囃《はや》子《し》方《かた》とて手《て》練《だれ》を頼まねばならぬ。自分がそうするかはともあれ、ふつうなら稽古だって重ねるのだろうし、もろもろ挨拶やらにも回るのだろう。おのずと、礼が要る。はたして、それが台地の国が狙うべき的なのかと思いつつ、剛は問うた。

「その的を射《い》貫《ぬ》くのは至難であろう。また、射貫けたとして、御国にそうするに足る益があるのか」

「国許《くにもと》でも申し上げた通り……」

即座に、又四郎は言った。

「仮に当家にとってよからぬ事件が起きて、明らかに不利な状況にあるとしたら、有利に変えることはそれこそ至難でございます。が、もしも、どちらに転ぶかわからないようならば、ないよりはあったほうが疑いなくよいでしょう。それだけでも、能の交わりを持つ意味はあると存じますが、真に物を言うのは、そもそも事件が起きぬようにするときです。起きてしまった事件を元へ戻すのは尋常ではない労苦を伴います。諸事情を能《よ》く識って、未然に防ぐことこそが肝要なのです。そのとき能の交わりは、欠くべからざると申せましょう。だからこそ、できることは着実にやって、備えなければなりません」

傍《かたわ》らの八右衛門が畳に目を預けてうなずく。あらためて、己れに説いているようだ。

「国許では、小藩はどこも細い糸を縒《よ》って紐《ひも》を組み、どこへ漂い流れていくかわからぬ御国を繋ぎ止めていると申し上げましたが、もしもすこしでも太い糸が使えるとしたら、使わぬのは怠慢であり、不実《ふじつ》でありましょう。で、いっとう高い処に的を据えた次第でございます。また、そのようにすれば、取り組みに芯が通って、弛《ゆる》みがなくなります。なににつけ、弛んではなりません。弛めば、求めるものが、向こうから去っていく。的を下げて弛めば、低い的さえ外すでしょう。そのためにも、的は高いほうがよいのです」

剛は無言でうなずいた。いかにも、又四郎らしい言い様だ。

「加えれば、もうひとつ理由がございます」

「聞こう」

剛は努めて気を集めた。流れからすれば、それが最も要る話になる。

「かつて江戸城には廊下番《ろうかばん》という御役目があったそうでございます」

「廊下番？」

ふっと、屋島の家の御役目である道具役が重なる。御国では、御手役者《おてやくしゃ》を道具役と言い替えた。それぞれの土地に、それぞれの呼び方がある。

「江戸城で最も能が沸き立った常憲院様の御代でございます。常憲院様のお目に留まった能役者が士分にお取り立てになりました」

やはりな、と剛は思う。

「幕臣ですので、栄誉ではございましょうが、辞退は許されず、固辞した者は軽くはない罰を受けました。能役者としてみれば、能で築き上げた一家を畳まなければならなかったということで、むしろ、喜ぶ者はすくなかったそうでございます」

公方様の目に適《かな》うほどの演者ならそうなるだろう。図抜けた演者たちだ。小禄の幕臣への登用はむしろ位落ちになろう。御国の道具役とはちがう。

「廊下番は表の能舞台や他家の舞台には立たず、もっぱら奥能のお相手を勤めたそうでございます。そういう廊下番が詰めていた座敷が桐之間《きりのま》で、彼らの長《おさ》を桐之間番頭《ばんがしら》と申しました。常憲院様がお亡くなりになってからは、いつしか廊下番も、また、桐之間も見当たらなくなったようでございますが、しかし、桐之間番頭だけは役名は消えたもののいまも御城に在って、申し上げた奥能の差配を勤めていると伝え聞いております」

奇異な話と聞こえなくもないが、中身そのものに無理はない。いまも在るという桐之間番頭がかつての廊下番だったのかどうかはともあれ、奥能の差配を勤める者は居て然るべきだ。

「名も伝わっております。中条加兵衛《ちゅうじょうかへえ》と申すそうです。又聞きの又聞きで、定かではございませんが、名称はともあれ、それがしは桐之間番頭は居ると存じております。もはや、大藩とて内証に不自由のない国は数えるほどでございましょう。抱え役者のみで演能をまかなうなど考えられず、それだけにもろもろの役者を差配して演能に持っていく役である能太夫《のうだゆう》の働きがますます重くなっております。いかに公方様の御城とはいえ、そうした流れと無縁ではありますまい。それに、奥能の差配は、表よりもむしろ才智が求められましょう。恐れながら、表の能は、式典をつつがなく彩《いろど》れば用を為《な》します。これに対して奥能は、公方様の気散《きさん》じを助け、気勢を回復していただかなければなりません。公方様の按配《あんばい》を量《はか》って番組を組み立て、然るべく役者を差配する……これは並大抵ではない。よほどの能太夫が居らねば奥能はたちどころに頓挫《とんざ》するでしょう。それがしは、その奥能のみに当たる能太夫こそが、桐之間番頭と存じております」

「なるほど」

語りのどこにも疵《きず》はない。

「そして、桐之間番頭は、公方様にとって最も心を許すことのできる臣下ではあるまいかとも存じております。気持ちの装束を脱ぐのを助ける相手なのです。すっかりくつろがれて思わず口が緩《ゆる》んでも、表の政に支障が及ぶわけでもございません。常に、いま自分がどういう心持ちで、どうしてほしいのかを気遣ってくれている相手でもあります。わざわざ説かずとも、もろもろ通じる。そしてなによりも能で、それも式楽ではない能でつながっています。むろん、頼るべき重臣は他に居られるかもしれませんが、用心を忘れることのできる相手ならば、一に桐之間番頭ではないでしょうか」

言われてみれば、そうかもしれぬ。いや、そうであろう。

「ですから、さらに申し上げれば……」

ひとつ息をついてから、又四郎はつづけた。

「桐之間番頭こそが、平《ひら》大名が公方様と気脈を通じる唯一の経路であろうとさえ存じております」

聴き取りはしたが、すぐには意味を結ばない。

「なんと言った？」

剛はたしかめる。

「奥能を差配する者が、平大名と公方様を結びつける、と言ったのか」

十五歳の身代わりだから驚くのか、事情を識る者ならもっと驚くのか。

「むろん、なにかを請願するわけではございません」

又四郎はすっと答えた。

「そうではなく、もしも、どうしても気持ちの一片たりともお耳に入れたいというようなことがあったとき、その小径《こみち》が通っておれば、届かなくはないかもしれぬという程のことでございます。とはいえ、それとて本来、厳にありえぬことなのです。三日後、御藩主は大広間で公方様に立礼《りつれい》をされますが、立礼の立は、御藩主の立ではありません。公方様の立でございます。公方様が大広間上段之間にお立ちになって、中段之間、下段之間、さらには畳敷きの廊下である入側《いりがわ》にまで平伏して居並ぶ大名の礼を受けられるのですが、その際、大名は面《おもて》を畳に擦《こす》り付けたままにして、けっして上げてはなりません。すなわち、儀礼のあいだを通して、公方様を目にしてはならぬということです」

同じ場を分け合っているのに見えぬ。それが見えぬという事実をよりくっきりとさせる。主と従の隔たりの遥《はる》けさが、いやが上にも炙《あぶ》り出される。

「柳之間詰めだけではございません。御一人ずつ独礼《どくれい》をなさる国持大名とて、それについては変わりありません。拝謁はしても、見てはならぬのです。口をきくことも同様です。公方様よりお言葉があっても、みずから御礼を述べてはならない。大名ではなく、御老中が代わってあらかじめ定まった謝辞を述べます。直に言葉を交わしてはならぬのでございます。さように、公方様と大名は遠く隔てられております。その大きな隔たりを、微《かす》かとはいえ、桐之間番頭が埋めるのではあるまいか。それがしは、その経路を得ることも、いっとう高い的を狙う所以《ゆえん》と心得ております」

思わず、息が洩れる。そこまで見据えた上での企《たくら》みならば、もはや是非もあるまい。

あとは、どうやって、志賀藩の能の交わりから認められ、招かれるかを語るべきだろう。

「望月出雲守景清殿だが……」

剛は話を切り替える。

「どのような御方か」

答えたのは又四郎ではなく、八右衛門のほうだった。

「変わり者、で通っております」

「変わり者、か」

「多芸多才の御方で、能の他にも和歌もなされば、蘭学もされます。通常、和歌は国学と結びつきますので、蘭学は馴染《なじ》まぬのではないかと思われますが、出雲守殿にとってはなんの境もないようでございます。それと、巷《ちまた》では『草癖《そうへき》』を噂されております」

「そうへき……？」

「草に癖《くせ》で、草癖です。草とは本草学《ほんぞうがく》を指しておりまして、つまり、草癖とは本草学に打ち込んでいるという意味になりましょうか。その本草学がなにかとなりますと、それがしはその方面に疎《うと》く、正しくご案内できるか心許《こころもと》ないものがあるのですが、ごくかいつまんで申し上げれば、薬用に供するための植物を始めとする天然の物質を、遍《あまね》く知悉《ちしつ》せんとする学問ということになるかと存じます。しかしながら、出雲守殿の本草学は、どうやら、そういういわゆる本草学ともまた異なっているようです。どのように異なるかは、まことに申し訳ございませんが、承知いたしておりません。もしも、必要になるなら当たってみますのでご用命ください」

「御藩主が指摘されたとおり……」

八右衛門の唇が閉じられて、又四郎が話を継ぐ。

「奥能の的を射貫くのは至難でございます。御先代は一度、三輪藩の能には招かれましたが、二度目はなく、つまり志賀藩の能には行き着けませんでした。おそらくは、文隣院様の嗣子《しし》ということで期待を集めていただけに、落胆も大きかったのでございましょう。しかしながら、文隣院様の名声はまだ消え失せたわけではありません。血は一代置きに伝わると申しますので、御当代の景通様の舞への関心は小さくないはずでございます。我々も御藩主の舞台はまさに文隣院様を想わせるもので、いよいよ病が癒えていっそうの稽古に励まれているという噂を流しております。未だ糸を垂《た》れたばかりで、鉤《はり》にはかかっておりませんが、焦りは禁物でございましょう。焦《じ》れずに魚信《あたり》を待つしかございません。まずは三日後、御藩主の目で出雲守景清殿を観られて、変わり者ぶりをたしかめていただくのが事の始まりになるかと存じます。あるいは、それが、縁《よすが》になるやもしれません」

「常との落差、か」

台地の隠居処で、関寺小町のむずかしさを語ったときの又四郎の言を思い出しながら、剛は言った。関寺小町の老女は誰かを恨むわけでもなく、狂乱に陥るわけでもない。往時の恋慕の記憶に身を投げ出すわけでもない。常との落差がなにもない。つまりは取り付く縁がない。だから、むずかしいのだと又四郎は説いた。となれば変わり者で、常との落差がたっぷりの出雲守殿に取り付くのは易《やす》いということになるが、さて、どうか。

「はい」

野宮育ちの己れが、れっきとした大名を変わり者と了解しているのが、なにやら奇妙だった。

初めての登城の行事が五節句の七夕だったのは、あるいは剛にとって幸運だったのかもしれない。礼席がいっとう広い大広間で、立礼だからだ。

殿席が控えの間であるなら、礼席は儀礼が行われる間である。武家官位と譜代外様の別によって殿席が分かれるように、礼席も殿席と行事のちがいによって替わる。

殿席はすべてで七つある。将軍家ゆかりがひとつで、大廊下《おおろうか》。譜代が四つで、溜之間、帝鑑之間《ていかんのま》、雁之間《がんのま》、菊之間《きくのま》。そして、外様が二つで、大広間と柳之間である。

七夕の礼席をこの殿席で見れば、大廊下と溜之間詰めは白書院《しろしょいん》で、雁之間と菊之間詰めは帝鑑之間になる。どちらも大広間よりは公方様との距離が近い。すなわち、一人ひとりが目に付く。残る大広間と帝鑑之間詰めは柳之間詰めと同じ大広間ではあるものの、柳之間詰めが居並んで平伏する立礼であるのに対し、個別に目通りする独礼だ。さように柳之間詰めは、まさにその他大勢《おおぜい》として扱われるのだが、その柳之間詰めも毎月の月《つき》次御礼《なみおんれい》では礼席が白書院になり、しかも五人ひと組になって公方様に拝謁する。つまり、見方を変えれば、柳之間詰めにとって五節句は最も人に紛れることのできる儀礼なわけで、初めて殿中の行事に臨む剛の肩にかかる荷をいささかなりとも軽くするはずだった。

とはいえ大広間は、一国一城の主である二百六十余の大名に、将軍の前には一介の臣下でしかないことを覚悟させる場である。儀礼のたびに、抗《あらが》うべくもないことを思い知らせてこその大広間で、豪壮この上ない。俗称〝千畳敷《せんじょうじき》〟は向こう受け狙いの謳い文句にしても、五百畳ならば掛け値なしだ。将軍の立つ上段之間から中段之間、下段之間と来て、さらに外側の剛らが額《ぬか》ずく入側までの長さはおよそ二十八丈。禁を破って面を上げ、上段之間に目を凝らしたとしても、公方様の御尊顔《ごそんがん》など米粒ほどの大きさもない。

もとより、唖然とさせられるのは広さだけではない。贅《ぜい》を極めた普請が、もともと遠い将軍との距離をますます遠くする。上、中、下の三つの座敷のあいだには七寸の段差があって、その二つの小さなはずの段差が二十八丈を何十丈の彼方にも想わせる。むろん、三つの座敷は造りもちがう。下段之間は花唐草が描かれた格子《こうし》組みの格天井《ごうてんじょう》だが、中段之間はその格天井の縁《へり》を額縁《がくぶち》様に残して一段高くした折上《おりあげ》格天井であり、そして上段之間はさらにもう一段を加えた二重折上格天井だ。絵も中段之間の牡丹から鳳凰《ほうおう》へと変わって、格のちがいをこれでもかというほどに見せつける。天井から障壁に目を移せば、金泥で輝く地に御抱えの狩野《かのう》派絵師の手で描かれているのは冬でも枯れぬ松と鶴である。伸ばした松の枝は実に七間《けん》になんなんとして龍のごとく、大蛇《おろち》のごとく、あたかも大名たちの気を呑み込もうとしているかのようだ。

そのあたりは江戸留守居役の八右衛門が重々承知で、登城までの毎日、駕籠《かご》を降りて己れの足で歩み出す下乗橋《げじょうばし》から大広間に至るまでの経路と様子を、図面を前にして繰り返し説いてくれた。

大手三之門前の下乗橋では供の者が待たされて主君の還《かえ》りを待つから相当に混雑していること、最後の中雀門《ちゅうじゃくもん》は枡形《ますがた》になっていて、冠木門《かぶきもん》を潜って右に折れ、さらに大門を抜けると玄関が見えること、玄関に入って真ん前の遠侍《とおさぶらい》は警護に当たる御徒《おかち》の詰処《つめしょ》で、襖《ふすま》には牡丹と獅子が描かれており、玄関式台をあとにしてきたばかりの目にはその獅子が意表を突かれるほどに威厳に満ちて見えること、入側を進むとすぐに定溜《じょうだまり》の皆様が控える溜之間に突き当たるので承知して歩みを進めることなどなど、微に入り細を穿《うが》って、あたかも己れがそこを歩んでいるかのように案内《あない》した。終《しま》いにはすっかり諳《そら》んじてずいぶんと気が楽にはなったものの、それでも身代わりの初登城だ、安んじられるはずもない。いくら頭には入れても、いざそこに身を置けば、やはり呑み込まれるのではないかと危惧《きぐ》せざるをえなかった。

ここまでは、なんとかやってきている。とりあえず、いきなり舞台が壊れることだけは避けられた。それどころか、日を経るほどに不安が積み上がってもよいはずなのに、むしろ、役に馴染んでいくのが我ながら不思議なほどである。おそらくは、要らぬことを怖れておらぬからだろう。しかし、それは己れに強いてのことだ。なにしろ野宮の育ちで、もろもろを怖れて齢を重ねてきた。怖れぬようになったのは、怖れてはおられぬ状況がつづくからである。重ねてきた無理が綻《ほころ》べば、八右衛門から聞いた松の大枝に呆《あっ》気《け》なくひと呑みにされるかもしれぬ。

問題はどれほどの無理を積み上げているのかだが、それが己れにはわからない。そもそも、野宮での怖れる日常が気質なのか育ちなのかがわからない。ともあれ、怖れぬ己れが怖れる己れを押し退《の》けたのは、身代わりを覚悟したときだった。とにかく押し潰《つぶ》されぬよう、なにをやってなにをやらぬかを、くっきりさせることを肝に銘じた。弁才船《べざいせん》に揺られるあいだ、その線引きをひたすら追ったものだ。船酔いで気持ちがわるいのか、考えすぎて気持ちがわるいのか、わからぬほどに頭を廻《めぐ》らせた。そうしてたどり着いた〝やるべきこと〟は、しかし、考える前と同じだった。岩船保の遺した三つの言葉の行方《ゆくえ》を、見届けることだ。

素晴らしい役者。

想いも寄らぬことをやる。

うらやましい。

もとより、自分が江戸へ出て身代わりになるのは、それをたしかめるためだった。そんな結論なら、あらためて考えるまでもなかったはずだ。なのに、気持ちがわるくなるほどに考えたのは、自分が御藩主の身代わりであるだけでなく、岩船保の身代わりでもあるからだ。

あんな事件がなければ、御藩主の身代わりになるのは保のはずだった。自分は身代わりの身代わりである。もしも保があのまま身代わりになっていたら、どうしていたかは目に見えている。保は印地《いんじ》の大将だ。次々と無理を無理でなくして、万能《まんのう》の靄《もや》を周りに醸《かも》してきた者だ。身代わりだからといって、つなぎ役の藩主をなぞるつもりなど毛頭なかっただろう。己れの信じる藩主の路を突き進んだにちがいない。つまり、「この国をちゃんとした墓参りができる国にする」路を。

保自身は死んだら「流されて、海へ出たい」と言った。すっごく遠い、広い処へ流されたかった。けれど、そうじゃない人だっていっぱい居る。保の父上や母上を含めて、真っ当に葬られたい人がいっぱい居る。だから、「この国をちゃんとした墓参りができる国にする」と決めた。能に背を向け、御城勤めを選んだのも、その言葉を現実にするためだ。己れの立身を企んだのでも、国を富まそうとしたのでもない。保はただ台地の国を「ちゃんとした墓参りができる国に」したかった。あるいは、そのためには国を富まさなければならぬのかもしれぬが、もしも、国を富まさずとも「ちゃんとした墓参りができる国にする」路があるとしたら、保は疑いなくその路を選んだことだろう。保はいつも、能のように雑味がない。

自分はそういう保の身代わりだった。保が一命を託した主題に目を背《そむ》けることなどできるわけもない。けれど、自分は保ではない。なんでもできて、無理を無理でなくしていく保ではない。気持ちがわるくなるほどに考えたのは、そのことだった。能で跳ぶことしか取り柄のない自分が保に代わって「この国をちゃんとした墓参りができる国にする」ことができるのかだった。

結論は見えていた。できるわけがない。自分に歯が立つはずもない。それこそ、ひとつの縁《よすが》もない。七月しか時がないことなんてなんの言い訳にもならぬ。時があり余っていたって、できぬものはできぬ。それでも、考えた。身代わりの身代わりになったのだ。保になり代わって御藩主として振る舞うのだ。せめて、ひとつくらいまともな策を考え出さなければ、保に顔向けができない。国を富ますのは野宮育ちの自分にはどうあっても無理だろうから、国を富まさずとも「ちゃんとした墓参りができる国にする」路を考えた。

けれど、たどり着いた手立ては、幾らでもある崖に路をたくさん刻《きざ》んで骸《むくろ》を収める横穴を掘るといったいかにも子供じみたものばかりで、考えるほどに己れの無力さを突きつけられた。

台地の崖という崖に無数の穴が開いていて、それが墓なのだ。船で川をさかのぼって来た旅人は、藤戸藩を台地の上の国ではなく、墓の上の国と見るだろう。それが保の目指した「ちゃんとした墓参りができる国」でないことは明らかで、なんでこんなくだらない策しか出てこぬのかと苛立《いらだ》った。それでも諦めずに考えるうちに胃の腑《ふ》が働かなくなり、ひどくむかついて、時には胸や喉さえ痛み、なのに、なんとか出てきた策はみな〝崖に横穴〟よりも拙《つたな》くて、弁才船が江戸の湾に入る頃にはもはや降参せざるをえなかった。やはり自分は保ではない。できぬものはできぬ。そうして、保の三つの言葉に舞い戻った。

だから、三つの言葉は気持ちわるくなるほどに考える前のそれと同じようでいて、ずいぶんとちがう。「この国をちゃんとした墓参りができる国にする」ことを諦めたあとの三つの言葉であり、〝やるべきこと〟はそれしかないと見極めざるをえなかった三つの言葉だ。他のことは打ち捨て、保に顔向けができぬ己れを引き受けて、ただ、三つの言葉の行方を見届けるためだけに藩主としての七月を送る。そうと腹を据えたから、要らぬことを怖れぬようになれたし、〃やらぬこと〃の見極めもまたついて、身代わりを識る者と識らぬ者の区別も「雑事」と見なすことができた。

そういう己れの変わり様に、剛も手応えのようなものを感じていなくはない。が、そんな不確かなものなど、七間の大枝を伸ばす松の前に立てばひとたまりもなかろうとも感じてきた。はたして七日、白帷子長上下《しろかたびらながかみしも》の七夕の装束に身を包み、柳之間から大広間へと歩を進めてみれば、松の大枝はずいぶんとおとなしい。たしかに異様に大きくはあるが、見る者の気を呑み込まんとする禍々《まがまが》しさがない。生きてはいるようだ。しかし、それだけだ。絵にはなんの縁もない剛だが、きっとこの絵師は己れの想うままに絵筆を振るったのではないのだろうとは感じた。豪壮であれと、大名たちの気を奪えと、命じられての絵だ。あるいは、誰々のように描けと、枠を嵌《は》められての絵だ。それでも、どこかに抗う気が残っていて、絵が死ぬのだけは免《まぬが》れているが、生命《いのち》の脈動は望むべくもない。はてさて、これが八右衛門の言ったあの大枝なのかと若干の落胆を覚えながら目を離し、五百畳を見渡してみれば、どこも大枝と似たようなものだ。いったいなんでこんな風に見えるのかと訝《いぶか》りつつ、剛はいっとう公方様から遠い入側の席に座した。ほどなく公方様の御成が告げられて、白帷子長上下が一斉にひれ伏し、剛も倣《なら》う。そして眼前の畳に七間の大枝を映して、ひょっとすると……と想った。自分は無理をしていないのではあるまいか。無理をすることなしに、怖れておらぬのではなかろうか。だから、大名たちの気を呑み込むはずの大広間が、このように映るのではないか。そのときふっと、見なければならぬと思った。大広間では足りない。公方様を見なければならぬ。見咎《みとが》められれば御家取り潰しとわかってはいても、見ずには済まない。剛は背中に気を集めて、己れに向けられる視線を感じようとした。いかに警護の目が厚くとも、ひとつも届かぬ間《ま》はあるはずだ。その間を捉えれば剛の目は鷹の目だ、一瞥《いちべつ》で顔形《かおかたち》を見て取れる。二十八丈ならどうということもない。すぐに、そのときが来て、剛は一瞬、視線を通した。ずいぶんと小柄だ。そして、あの松の大枝のようだ。でも、松の大枝は見たとおりだが、この小さな大枝は底の処に脈動を飼っている。この御方にはたしかに、能が必要だ。

その日、剛は柳之間で、本来の目当てであった三輪藩の望月出雲守景清殿と顔合わせを果たすことができなかった。八右衛門から柳之間の重心と説かれた豊後岡藩の中川修理大夫久教殿には挨拶をして、その際、想いを切って、それとなく出雲守殿の不在について尋ねると、「病であろう」と答え、そしてつづけた。「あの御仁《ごじん》は病がちでな、めずらしくはない」。能の本丸への入り口をたしかめるどころか目にすることすらできなかった上に、病を得やすいという。次の月次御礼でも会えるとは限らぬということだろう。それどころか、もしも床に臥せがちであるとすれば、ここ当分、能舞台への御声がかりも望めぬかもしれぬ。はたして、その当分がいつまでなのか……。いずれにせよ、かけがえのない時が徒《いたず》らに過ぎる。思わず気落ちして、それからずっと引きずっていたのだが、意を決して通した視線の残像が拭ってくれた。小さな大枝が秘めた脈動を感じているうちに、予感と言うにはいささか強い気持ちが湧き上がってきて、きっと、と剛は思った。

どこで、どういう形でかはわからぬが、おそらくはそれほど遠くはないいつか、あの御方は、三つの言葉のどれかを、見届けさせてくれる。

大広間を背にしても、望外の燭光《しょっこう》は消えない。川で冷えた躰が陽《ひ》を吸った河原の石であったまっていくような心持ちで廊下を往《ゆ》くと、前方に修理大夫殿がこちらに顔を向けて立っているのが見えた。思わず、せっかくの温もりが失われそうな気になって、深く御辞儀をして通り過ぎようとすると、はっきりと剛の顔に目を寄こして、「茶はいかがか」と言う。おそらく自分なのだろうとは思ったが、いちおう背後を振り返って誰も応える者がないのをたしかめてから、「それがしでございましょうか」と問うた。

「いかにも」

そうとくっきり答えられれば、八右衛門から繰り返し念を押されているように、修理大夫殿は譜代筆頭で代々大老を送り出す彦根井伊家の直系である。兄君はいま御公儀にあって大老を務められている井伊家の御当代様、左近衛権中将直亮様だ。遠慮できるわけもない。それに、身代わりを呑んでからの剛は、すべての流れは三つの言葉の行方を見届けるための手がかりと心得ており、動くか動かぬかとなれば動くと決めていた。

「されば、ありがたく頂戴つかまつります」

迷うことなく受けると、修理大夫殿は背中をくるりと返し、御数寄屋坊主《おすきやぼうず》に案内をさせてすたすたと歩き出した。例によって八右衛門の言では、ひと月ほど前に御老中から殿中控えの間について御達しがあって、近年、殿席で控えぬ者が目に余るため御坊主衆が差配する茶室を用いるのを禁じたらしい。修理大夫殿はその茶室に向かうようだが、儀礼のあとならば使ってよいのか、ひと月経って禁が解けたのか、それとも大老の弟君の御威光か。やはり、入ったのは茶室のひとつで、御数寄屋坊主はさすがの所作で茶を点《た》てると、まるで影のように座敷を出ていった。あたかも人払いの意を汲《く》んだかのように。

「病だがな」

茶碗を手に取り、ひと口含んだ修理大夫殿がぽつりと言う。

「はい」

いったい何用かと思っていただけに、唐突の感は否めないが、先刻からの流れで「病」といえば、三輪藩の望月出雲守景清殿の病しかなかろう。努めずとも耳に気が集まる。

「いかなる病か、察しがつかれるか」

やはりそのようで、得心《とくしん》はいったが、察しなどつくはずもない。

「いえ」

修理大夫殿は御齢四十歳と聞いていたが、不惑のようには映らない。いかにも彦根井伊家の御曹司らしい鷹揚《おうよう》さが漂うが、いっぽう、屈託のようなものも窺えて、それが時おり言葉の端《はし》に漏れ出る。

「熱の病のようだ」

「熱の病……？」

思わず気持ちが暗くなる。出雲守殿は子供ではない。三十四歳だ。大の大人が繁《しげ》く熱が出るとなれば、軽い病ではなかろう。だから、人払いをしたということか……。知らずに、温まった躰が冷えていく。

「熱に取り憑《つ》かれておられるらしい」

修理大夫殿は重ねて言う。それほどの病であるなら、いくら焦れずに釣糸を垂れても魚信は望めまい。この際、はっきりと尋ねて病状をたしかめようかと想う剛に修理大夫殿はつづけた。

「草癖という熱にな」

「そうへき……」

剛はいったん音を呑み込んでから反芻《はんすう》する。

「……でございますか」

おそらく、「そうへき」は八右衛門から聞いた「草癖」にちがいあるまい。本草学なる学問に没頭しておられるということだ。ならば、「病」は修理大夫殿一流の言い回しか。御趣味への傾注を病に喩《たと》えているのか。〝病膏肓《やまいこうこう》に入《い》る〟の病か。消え入ろうとしていた光がおずおずと戻る素振りをする。

「あの御仁は池之端《いけのはた》の中屋敷に林女那斯《リンナウス》園なる薬草園を設けていらしてな」

「恐れ入りますが、いま一度お願いできますでしょうか」

いきなり聴いただけでは捉えられぬ薬草園の音だ。

「薬草園の名をご所望か」

「はい」

「リンナウス園と申される」

「りんなうす園……」

「なんでも、蘭学の地の、欧羅巴《エウロッパ》の学者の名にちなんでいると聞いた」

どうやら、修理大夫殿もリンナウスなる学者を能くは知らぬようだ。

「さすがに大名が探草の旅に出るわけにはゆかぬので、人を各地に遣わして薬草を集めているらしい。その探草役が池之端に戻ってくると、成果の仕分けにかかり切りになるので、御城へ上がる暇もなくなる。で、出雲守殿は病になる、という次第のようでござる」

ふーと息をついて、剛は茶碗に手を伸ばす。これではっきりと出雲守殿が本物の病ではないと知れた。さすがの香りを立てる茶を含みながら、しかし、己れは安堵《あんど》したが、修理大夫殿はずいぶんと危ういことを言っていると思う。

「まことに羨ましい」

残った茶を啜《すす》ってから、修理大夫殿はつづける。

「実にもって、優雅なものだ」

話の行く先が見えない。とりあえず剛は話を流す。

「あの御仁の御国はずっと旱魃《かんばつ》つづきでな」

相槌《あいづち》は打たずにうなずいた。

「十年ほど前に未曾有の大旱魃に見舞われてから、たてつづけのようだ。昨年も酷《ひど》かったし、本年もよくないらしい、おそらく国の内証は相当に傷《いた》んでおるであろう。なのに、平然と草遊びをつづけておられる。薬種による産物振興を隠れ蓑《みの》にされてな。真似《まね》ができん。れっきとした嗣子で御家を継いだ御方というのは、ああいうものなのかの？」

問うてはいるが、返事を求めているわけではない。いまの修理大夫殿には聞き手が要るということなのだろう。剛はその役を務めることにした。なんで聞き手に選ばれたのかはわからぬが、理由があるとすれば、十六歳の藩主だからか。修理大夫殿の目には、〝年端《としは》もゆかぬ〟と見えたということか。それならそれで、あながちわるい話でもない。すっかり警戒を解いておられるということだ。きっと、要る話や要らぬ話がたんと入ってくるだろう。

「それがしは養子でな」

「さようですか」

聞き手は流れを止めないのが肝要だ。

「御先代も養子であった。中川家はそれがしで十一代目なのだが、四代前から養子つづきで、養子でなかったのは九代様のみだ。きっと、それがしの次も養子であろう。それがしには子がないでな。ここ六代のうち五代が養子ということになる。いかに養子による家の継承がめずらしくないとはいえ、さすがに多かろう」

修理大夫殿はいよいよ独り語りになる。

「しかも、それがしとちがって、御先代には実の男子がおありになったのだ。にもかかわらず、それがしが婿養子に迎えられた。大方の目には持参金が目当てと映ろうが、この一件に関してはそれだけではない」

剛はいよいよ己れを薄くする。

「御先代が大失敗をされたのだ。絵に描いたような〝藩主の失敗〟であった。これはと見込んだ人物の献策を容《い》れて、御主法替《ごしゅほうが》えを許された。この『新法改革』なる藩政改革がものの見事にしくじったのだ。専売制を軸とした、打って出る御主法替えでな、それがまさに裏目に出た」

台地の隠居処で、「この国に、〝そつなく〟はない」と言った又四郎の声がよみがえる。あのとき又四郎は、もはや台地の国が大事《だいじ》をとっても安寧《あんねい》に繋がるわけではないと言い、保が言うなら賭けてみたくなると言った。修理大夫殿の御先代も、もはや〝そつなく〟はないと決断し、己れの信じる人物に御国の将来を賭《と》してみたくなったのだろう。追い詰められるほどに、救いの神を見たくなる。座して死を待つより勝負に出たくなる。御先代の失敗はすべての藩主が犯してもおかしくはない失敗だろう。

「その上、ただの失敗では済まなかった。国中の百姓を巻き込んだ一揆を招いてしまったのだ。さらには、あろうことか、この一揆が隣藩にまで飛び火した。国を越えて一揆が広がった。本来なら改易を申し渡されてもおかしくはない。なんとしてでもそれだけは避けるために、それがしが藩主に迎えられたのであろう。譜代筆頭の彦根井伊家の七男で、大老の弟のそれがしがな」

いつかしら、剛は要る話や要らぬ話を仕入れるためではなく聴いている。

「お蔭で、それがしにはやることがなにもない。打って出て大しくじりをした反動で、いまの御国はなにもやろうとせぬ。羹《あつもの》に懲《こ》りて膾《なます》を吹く、というやつだ。手をぎゅっと固く握り締めて、袖のなかからけっして出そうとせん。やっていることと言えば、ただただ御省略だ。一に倹約、二に倹約、それがしの役割は事あるごとに井伊風《かぜ》を吹かしてばらばらになりがちな藩内をどうにかひとつにまとめつつ、御省略を叫びつづけることしかない」

愚痴には聞こえぬ。きっと、いま己れは大名という種族の地肌に触れている。

「まっこと、出雲守殿が羨ましい」

自分に声をかけてきたのは気まぐれか、避難か、勇気か……なんであれ、廊下で待とうと思ったその気持ちの動きに剛は謝した。

「甲斐守殿は……」

心なしか、修理大夫殿の声の色が変わる。声に芯が戻る。

「なにかしら出雲守殿に御用の向きがおありか」

こんどは、はっきりと問うている。己れが口にした「出雲守殿」で、なんで剛が柳之間で尋ねたのかに想いが行ったのだろう。

「できうれば、出雲守殿に……」

そこまで言って、剛は次の言葉に迷った。先刻、出雲守殿の不在の理由を問うたのは己れだ。問うたからには問うた理由を問われるのは当然の流れで、「御挨拶を申し上げたいと存じまして」というしごくまっとうな答を用意していた。が、理由はともあれ、独り語りを繰り広げてくれた修理大夫殿に対して御挨拶云々はあまりにも通り一遍で、礼を失しているとしか思えぬ。想いを切って、ありのままに近い言葉に切り替えた。

「能のお話をお伺いできればと存じまして」

「ああ」

修理大夫殿は即座に応える。

「奥御手廻り御能か」

「奥能」ではなく、そう言った。「奥御手廻り御能」と言った。八右衛門からそうとは聞いていないが、修理大夫殿は奥能をよく識っていることにならないか。ひいては、能そのものをも。

「あの御方は奥能の元締のようなものであるからな」

やはり、識っている。

「そのことを甲斐守殿は存じていらっしゃるのだな」

そして、逆に問い返された。誰もが識っているわけではないということだろう。

「はい」

もはや、逃げは打てない。

「そう申せば、甲斐守殿はかの文隣院様の御孫でおわすとか」

修理大夫殿とは正直に語りたいが、その問いにだけは嘘を言わねばならぬ。

「さようでございます」

「能く血を引いておられるという噂は伝わってくるが……」

後ろめたいいっぽうで、そうであればいいと思う。血は引いておらぬが、妖精が妖精にしか見えぬ演者と繋がっているといい。保が「うらやましい」と洩らすほどに、「素晴らしい役者」であってくれればいい。

「噂で聞くだけでなく、この目に一度覚えさせたいものだ」

いかにも素《す》とわかる声でそう言ってから、なにかを思いついたようにつづけた。

「先ほどわが国はただひたすら御省略で、なにもやっておらぬと申したがな」

「はい」

「たったひとつだけ従前と変わらずにつづけているものがある」

「さようでございますか」

「それがなにか、おわかりか」

剛は知らぬと言って修理大夫殿から引き出すよりも自分の口で答えようと思った。

「能、ではございませんでしょうか」

「御明察だ」

初めて笑顔を見せて、つづけた。

「難問に能く答えられた」

「恐れ入ります」

意外に軽妙なところもあるらしい。

「御省略ということで、真っ先に能の自粛が出てくると想っていたのだがな。細々《こまごま》と重箱の隅をつつくような倹約を言ってくるくせに、なぜか能だけはけっして口にしようとせぬ。四代宝浄院《ほうじょういん》様が無類の能好きだったと聞いておるが、その能好きが家中に広まってから百七十年余り、よい時よりもよくない時のほうがはるかに多かったと思うが、その間、一度として能舞台が冷え切ることはなかったようだ。これほどに傷んだ時局においてすら止めぬというのだから、外から来たそれがしの目から見てもこの国の能は本物と思う。藩士のそれぞれが、能を大事にしている」

その藩士の方々の能はどういう能なのだろうと剛は想う。己れにとって能は生きて大人にたどり着くための手立てでしかなかったのに、又四郎に拾われてからいろいろな能があるのを識った。老いてもなお残る美を追う関寺小町の能があり、国を護るための大名の能があり、娯楽の盟主の座を歌舞伎と張り合う堀井《ほりい》仙助座《せんすけざ》の能があった。身代わりで江戸へ出てくれば、「奥御手廻り御能」があり、藩士のお仕着せとはちがう能がある。能はひとつでなくていいということか。それとも、ひとつの能がいろいろな現われ方をしているということか。それも、保の三つの言葉の行方を見届けているうちに見えてくるのかもしれぬと剛は思った。

「その代わり、これはずっとそうであるようなのだが、能でも御省略でな。式楽でない限り、四拍子《しびょうし》も地謡も、さらには狂言もみんな藩士が演《や》る。おそらくはわが国だけではないかと存ずるが、シテまで演る。通常なら殿様しかできぬシテを藩士が勤めるのだ」

はたしてどういう能なのだろうと想ったばかりだ。それは是非とも観てみたいと願う剛に修理大夫殿は言った。

「近々、また、そういう内々《ないない》の能を催す」

ならば、機会はあるかもしれぬ、と剛は思う。

「御都合がつくなら、甲斐守殿にもお越しいただけまいか」

まさに、願ったりで、俄《にわ》かに期待が膨らんでいく。早々と見処《けんじょ》に想いを馳《は》せる剛に、修理大夫殿はつづけた。

「もしも差し支えなければ、一曲、勤めていただけるとありがたい」

「それがしが……」

一瞬、言葉が出ない。

「……でございましょうか」

舞うことなど考えてもみなかった。自分が招かれるのは見処とばかり決め込んでいて、舞台はまったく想いの外だった。

「むろん、甲斐守殿にお願い申し上げておる」

とたんに、躰が熱くなる。どうしようもなく舞いたがる。

「当家の能舞台では物足らぬかもしれぬが、出雲守殿の処で勤められる前の稽古のつもりで舞台を踏んでみたらいかがか」

修理大夫殿はこちらの目論見《もくろみ》をとうに見通している。

でも、自分のいまの気持ちをわかってはいないと剛は思う。

志賀藩の能に加わるための、稽古代わりにするつもりなんぞ毛頭ない。

自分はそこで舞いたい。

藩士がシテを勤める能舞台で舞いたい。

「御招き、まことにありがたく存じますが、日取り等をお伺いした上で、持ち帰ってからお返事差し上げるのをお許しいただければと存じます」

なんとか礼法どおりに答えたが、そこで舞わぬ自分を、剛は想い描くことができなかった。

五

たとえ反対されても舞台を勤めるつもりだったが、鵜飼又四郎《うかいまたしろう》は異を唱えなかった。ただし、両手《もろて》を挙げてというわけではなかった。

「修理大夫《しゅりのだいぶ》殿のお招きを、辞退するわけにはまいらぬでしょう」

賛意も半ばという風である。

「意に染まぬか」

剛《たける》は問う。最初から「いっとう高い処」に的《まと》を据えている又四郎だ。本音では、要《い》らぬ寄り道と踏んでいるのかもしれない。

「めっそうもございません」

けれど又四郎は、笑《え》みを浮かべて答える。取って付けたよう、ではない。

「実は、本命の志賀《しが》藩の能がいよいよむずかしいようであれば、ひとまず他藩の能から取り掛かる手もあろうかと思っておったところでした」

そして、つづけた。

「志賀藩の外《ほか》の目ぼしい大名能と申さば、修理大夫殿の豊後《ぶんご》岡《おか》藩に加え、筑後《ちくご》久留米《くるめ》藩、播磨《はりま》姫路《ひめじ》藩等がございますが、それがしに選ばせていただくならやはり岡藩です。能との接し方に、他にはないものがございます」

「藩士がシテを勤められるとか」

相槌《あいづち》を打つくらいのつもりで口にしたのだが、又四郎は驚いた顔を向けた。

「真《まこと》でございますか」

先刻承知と想っていたのに、又四郎でも知らぬことはあるらしい。

「修理大夫殿の口からお聞きした」

「諸役《しょやく》のすべてを藩士が演《や》るのは耳に入っておりましたが、そこまでとは……。もはや、大名能を通り越しておりますな。岡藩の能には、志賀藩の能を取り仕切る三輪《みわ》藩の望月《もちづき》出雲守景清《いずものかみかげきよ》殿も一目《いちもく》置かれている風な話も伝わってきておりますが、もしも事実であるとすれば、理由はそのあたりにあるのかもしれません」

「出雲守殿が」

「あくまで噂でございます。が、噂とはいえ、それがしが岡藩の能から取り掛かる手もあろうかと思い至った所以《ゆえん》ではあります」

「ならば、お受けしてかまわぬのだな」

「もとより。それがしからお願いしたいくらいでございました」

安堵《あんど》して息をつくと、背筋がぞくりとする。なんだ、この寒気《さむけ》は、と思う間もなく、そのぞくりが怖れに変わる。舞いたい気でいっぱいでいたはずなのに、いざ決まってみれば自分は舞台へ上がるのを怖《こわ》がっているようだ。大広間《おおひろま》の松の大枝を怖れなかった己れはどこへ行ったのだろう。

「曲はもうわかっておりますか」

剛の変容を知ってか知らずか又四郎は話を進める。

「ああ」

気取《けど》られぬように、剛は答えた。

「養老《ようろう》、と伺っておる」

「養老……ですか」

「小書《こがき》、とも」

「ほお」

小書はもともとの曲に別段の演出を施したものである。もろもろ、変わる。ずいぶん変わる。

「養老の小書……」

又四郎の様子も変わった。つぶやくように言ってから、押し黙った。

「なにか考えるところでもあるのか」

一向に消えぬどころか広がろうとする怖さを、剛は問うことで紛《まぎ》らわそうとする。

「いえ、修理大夫殿はなにゆえに養老の小書を選ばれたのかと思いまして。知らずに思案しておりました」

「こちらの齢《とし》に見合った、颯爽《さっそう》とした曲を、とおっしゃっていたが」

「脇能《わきのう》の神舞《かみまい》ですので、むろん颯爽とはしておりますし、年寄りにはきつい曲であることもたしかではございますが……」

能の正式の番組は翁《おきな》付五番立《ごばんだて》である。翁の次、つまりは脇に組まれる曲を脇能、あるいは初番目物《しょばんめもの》などと言う。いずれも神が神威《しんい》を現わしてこの世を言祝《ことほ》ぐ。

「たとえ若く躰《からだ》が利《き》く演者であっても、実際に舞台の上で養老を颯爽と舞うのはそう簡単ではございません」

剛の意に反して、又四郎は怖さを煽《あお》る。

「もともと脇能は清々《すがすが》しくまっすぐなものでございます。どこもかしこも外連味《けれんみ》なく、ぱあーんっと張っているものなのでございます」

神の能だ。そうあらねばならぬだろう。

「まして、養老の神は山神《さんじん》です。養老の滝《たき》を激り落ちる清澄な薬の水を豊かに産み出す巨大な山塊《さんかい》の神なのです。背筋をすっくと伸ばして美しく、しかし、力を漲《みなぎ》らせて舞わなければなりません。躰をきっちりと保って、きびきびと動き、強《つよ》づよと謡《うた》わねばならぬということです」

又四郎に煽りをゆるめる気配はない。

「おのずと養老は作為を拒みます。元来、能は半可《はんか》な芝居心《しばいごころ》を撥ね付け、演者の色を受け付けぬ舞台ではございますが、その最たるものが脇能であり、養老なのです。すべてがあまりにまっすぐなので、小手先の繕《つくろ》いなんぞたちどころに露《あら》わになる。ですから、能役者はまず脇能から能へ入って、己れのうちに能の軸を育てます」

「軸」か、と剛は思う。岩船保《いわふねたもつ》の口から、軸という言葉を聞いたことはない。軸とはなにかを問おうとして唇を開きかけたが、すぐに閉じた。いまは養老の話の先を聞きたいし、それに、自分の能の師はあくまで保である。又四郎にはさまざまに教えられてきたし、教えられているが、ことはおそらく演能の大本に関わっている。保ではない者に本《もと》の本を導かれるとなると知らずに引く。剛はあらためて、江戸に移っても己れが野宮《ののみや》の役者のままであることを識《し》る。

「養老で求められるのは技ではなく地《じ》であり、能にあって地とは軸に他なりません。おそらくは、修理大夫殿もそのあたりを見極めようとされているのではありますまいか」

また「軸」が出て、剛はとりあえず、軸とは強づよと謡い舞うために要る躰の心棒のようなものと理解する。心棒の強さならば己れを恃《たの》むこともできるが、問題は清々しく颯爽と勤めることができるかだ。養老は作為を拒むという。企《たく》んで現わせるものではない。はたして、自分に勤まるか。六歳から十五歳までの十年を、死を集めて流す野宮に逃れ、もろもろを怖れて生きてきた己れのうちに、颯爽が、清々しさが育っているのか。

「わざわざ小書にされたのが、また、なんとも……」

浮かぬ顔で又四郎がつづけて、剛の心胆《しんたん》はますます凍《こお》る。

「なんとも……なにか」

「いや、修理大夫殿は御藩主にどこまでを求められているのかと思いまして」

「どこまで、とは」

「同じ脇能でも本格二曲とされる高砂《たかさご》と弓八幡《ゆみやわた》の神舞では、品よくきれいな足遣《あしづかい》をします。舞もシマラズ、つまり、動きを止めることなく一気に舞い納めます。ところが養老の神はなにしろ山神ですので上品さにも増して圧するばかりの力強さが伝わってこなければなりません。先ほどはきびきび動くと申し上げましたが、むしろ、ずかずかと足をハコブくらいでちょうどよいのです。舞もいったんシマッテからまたぐーんと高まって、うねりが生ずるように持ってゆかねばならない。とはいえ、能であり、神舞ですから、あくまで品格は保たなければなりません。逆に申さば、能ならではの品格を踏み外すことなしに、どこまでずかずかと野太《のぶと》く舞い切れるかを問われるのが養老なのです」

元子方《こかた》の言葉はずいずいと入ってくる。

「それだけでもむずかしいのに、小書が付きますといっそうむずかしくなります。もともと養老の神舞は速いのですが、さらに速くなる。神舞の枠《わく》が外れる、と言ってもよいでしょう。こと養老の小書に限っては、能が武家の式楽《しきがく》になる前の、自由な舞に戻って構わぬとでもいうような了解があるのです」

「自由な舞……」

「かつて能にはさまざまな舞がありました。曲の数だけ、舞があったのかもしれません。それが公方《くぼう》様の御代《みよ》となって式楽となり、管理統制と成熟が進むに連れて二十足らずに収斂《しゅうれん》されていった。すべての曲が、そのうちのいずれかを選ぶようになったのです。しかし、そうと定まっているわけではありませんが、養老の小書だけはあえて枠に嵌《は》めぬと申しますか、厳密な目を向けぬと申しますか、そういう気分の雲のようなものが常にかかっているかに感じられます」

「なにゆえに」

「これも定かではございませんが、それがしが信じるのは、神舞はもともと養老の舞だったという説でございます。養老の舞が式楽となった能の神舞と定められて、他の脇能にも使われていった。そうだとすれば、いわば神舞の本家への敬意を、小書に込めたということになろうかと存じております」

「速いと、どうなる」

「卑近に申せば、ずかずかがばたばたになります。どたどたになります。己《おの》が躰を御《ぎょ》せなくなるのです。地謡《じうたい》と囃子《はやし》に追いつくだけでいっぱいになって、動きが、形がそっちのけになる。すなわち、能ではなくなります。品と美しさを失えば能ではありません。醜《みにく》さをも美しく描くのが能です」

ふっと、美しさをも醜く描く己れの舞台が浮かんで、なんとか堪《こら》えていた怖れがつーと尖《とが》る。

「装束を着るのではなく、装束に着られもします」

変わらぬ様子で又四郎はつづける。

「養老の山神の装束は狩衣《かりぎぬ》で、大きな袖を持ちます。なのに、身頃《みごろ》と繋がっているのは背側の左右のわずか五寸ばかりの縫い付けのみです。おまけに袖先にはツユという重みのある括《くく》り紐《ひも》が一周しているので、袖が勝手に動きやすい。腕を振り回すと、ずいぶん暴れます。とはいえ、速い拍子に遅れまいとして袖を披《ひら》こうとしたり巻き上げようとしたりすれば、どうしても振り回しがちになる。つまりは、袖にまつわりつかれるなどして装束に着られてしまうことになるわけです」

怖れはいよいよ尖って、なんで、あれほど舞いたいと願うことができたのかと剛は思い始める。装束を着けたこともなければ、四拍子《しびようし》に囃《はや》されたこともない。板が敷かれた能舞台へ上がったのはあの辻能《つじのう》の堀井《ほりい》仙助座《せんすけざ》で跳んだ一度っ切りだ。保の遺《のこ》した言葉だけでここまで来て、どたどたと神舞を舞おうとしている。評判を取れぬどころか、身代わりを見破られて国を壊すかもしれない。こんな大騒ぎをした挙句《あげく》に、自分はあっさりと保を嘘つきにするのだ。自分は「素晴らしい役者」ではない。「うらやましい」わけもない。「想いも寄らぬこと」なんぞやれるはずもない。弁才船《べざいせん》の湊《みなと》で据わったはずの覚悟が揺らいで、どうしよう、と剛は思う。どうしよう、どうしよう、どうしよう……言葉が言葉を追いかけて、このままでは口を衝《つ》いてしまうと思ったとき、わずかに首を傾《かし》げて又四郎が言った。

「修理大夫殿はどのような位《くらい》をお考えなのか……」

一瞬、剛の裡《うち》で「位」という言葉が「どうしよう」に置き換わる。怖れを離れて、野宮での保との稽古を思い出す。能役者どうしが交わす言葉でおそらく最も多く出てくるのは位だろう。保と自分もそうだった。新たな曲に取り組むごとに位を語った。

「申し合わせの日取りは、すでにお聞き及びですか」

「いや」

能の位は世の人の口に上るそれとはずいぶんちがう。世間で位は高い低いと語られるが、能では重い軽いである。意味は剛もまだ捉え切れていない。が、繁く使われるときの意味なら曲の速さと言ってよいだろう。もっと軽くと言えば速くなり、重くと言えばゆっくりになる。

「申し合わせの話は出なかった」

舞台へ上げる曲の位がどの程度なのかは定まっている。けれど、演者それぞれに捉え方がちがう。己れの想う位を持ち寄って曲が求める位を探る場が「申し合わせ」だ。擦り合わせる、のではない。雑味を駆逐した能ならではの構造のなかでそれぞれの能を研《と》ぎつづけてきた諸役は己れを擦らぬし、他に合わせもしない。築いた能を貫き、ぶつかれば組み伏せんとする。申し合わせはその闘いの場と言ってもいい。闘えば熱を発する。発した熱は舞台に溜《た》まる。溜まりに溜まると、熱は行き場を求めて演者の躰に戻り、満ちる。満ちた熱はまた舞台へ還《かえ》って、そうして諸役の躰を廻《めぐ》り廻って、舞台は闘いつつひとつになってゆく。地謡方が檜《ひのき》の板に扇子の先を突いて謡うとき、一同は扇子から熱を入れて扇子から還しているのだ。だから能では、他の芝居のように一同会しての通し稽古を重ねることがない。申し合わせは一度切り。ただ一度の闘いだからこそ、溜まりに溜まり、廻り廻る。

「舞台の日取りとともに、後日、伝えられるということなのでしょうか」

重ねて申し合わせの日取りを問う又四郎はさながら本身《ほんみ》での仕合を待ち構える剣士のようだ。闘わねば舞台がひとつにならぬことがひしひしと伝わって、思わず剛の気が後《おく》れた。剛も保と数え切れぬほど位を語ったが、語り合う風でいて導かれたのであり、闘ってはいない。位は論じたが、申し合わせてはいない。子方から舞台を勤めてきた又四郎のほうが、一度切りの申し合わせの重さをよほど識っている。

「はて……」

申し合わせだけではない。あるいは、剛がいきなり舞台をしくじることへの怖れだって剛より大きいかもしれぬ。もろもろ試みて万策尽きた改革派の旗頭《はたがしら》は、岩船保の遺した言葉に国を賭けるという呆《あき》れ返った挙《きょ》に出た。どうしようもない台地の国とはいえ、一国を野宮の役者に委ねた。その断《だん》がろくでもないほどに、怖れも果てがなかろう。

「ともあれ、よほどきっちりと位取りを詰めなければなりませんな」

けれど、又四郎は怯《おび》える気配すら見せない。懸念は語るが、舞台は迎え討つ気で居る。だからこその懸念である。剛はふっと息をついて、あらためて又四郎に目を遣《や》る。この臣僚《しんりょう》は保を信じている。たぶん、いまの自分が保を信じるよりも、ずっと。

「そうだな」

気づくと、怖れは鈍《なま》っていた。

岡藩の「内々《ないない》の能」の日取りを伝える使者はなかなか姿を現わさなかった。肝腎の催し日がわからないのだから、申し合わせの日取りがわかるはずもない。そうこうするうちに月末の二十八日がやってきて、七月の月次御礼《つきなみおんれい》となった。使者を迎えるよりも先に再び修理大夫殿と城中柳之間《やなぎのま》で顔を合わすことになったが、挨拶を申し上げても修理大夫殿からは型どおりの返礼が戻ってくるのみで、「内々の能」に触れる気配すらない。

月次御礼の礼席《れいせき》である白書院《しろしょいん》に向かいながら、あれからまだ二十一日しか経っていないという想いと、もう二十一日も経ってしまったという想いがせめぎ合う。二十一日とはいっても、ただの二十一日ではない。剛に残された六月《むつき》余り、二百日足らずのうちの二十一日である。白書院の控え席に宛てられる松之廊下《まつのろうか》に座す頃には、あるいは、その場限りの思いつきだったのか、などと案じたりもした。修理大夫殿にしてみれば、十六歳の藩主相手のほんの座興《ざきょう》だったのかもしれぬ。それを真に受けて早々に又四郎に語り、気を持たせてしまった。もしもそうだとしたら、この先、どうしたらよいものか……あれやらこれやら思案が巡る。いまはそれどころではなく、月次御礼をつつがなく勤めることに気を集めなければならぬと自戒するのだが、思うに任せない。

ようやく、公方様への謁見の順が来たことを告げられて堂々巡りを断ち、気持ちを切り替えた。ここは抜かりなく、重ねてきた稽古の甲斐《かい》を見せようと肝に銘じる。国が壊れる危うさで測るなら、舞台をしくじるより御前《ごぜん》でしくじるほうがよほど危うい。岡藩からの知らせが気になりつつも七夕からずっと、初めての白書院での月次御礼に備えて又四郎と井波八右衛門《いなみはちえもん》と共に稽古を積んできた。

なにしろ、初登城のときの一同打ち揃っての立礼《りつれい》ではない。五人ひと組での謁見である。又四郎が御老中、八右衛門が御奏者番《ごそうじゃばん》、そして小姓と小納戸《こなんど》が四人の同役に扮し、十六畳と十二畳のつづき部屋を白書院になぞらえて当日の式次第《しきしだい》を繰り返した。むずかしいことはなにもない。大身《たいしん》の大名ならば、御老中による披露を受けて下段之間へ膝行《しっこう》するが、柳之間詰めは関わりない。奏者番の読み上げすらないままに、そこより下がれば中庭の板縁しか残っていない広縁に例によって畏《かしこ》まり、下げた頭をなお下げて次々と退出するだけである。又四郎の御老中と八右衛門の御奏者番は、ただそこに御老中と御奏者番が居ることを目に覚えさせるための役にすぎない。最初は子供でもたやすそうなことをなんで延々となぞるのかと想ったが、又四郎と八右衛門のゆるみの欠片《かけら》もない様《さま》を目にすれば、剛も気を入れざるをえない。いつしか剛も二人と同じ様になっていた。

その甲斐あって、白書院に足を踏み入れてみれば、初めてとは映らない。もとより、江戸屋敷のつづき部屋と異なる点は多々あるのだが、八右衛門から聞いていた念の入った注釈が勝手にちがいを埋めていく。大きくちがうのはやはり広さで、柳之間詰めがけっして上がれぬ下段之間は二十四畳半、公方様のおわす五寸八分高い上段之間は二十八畳。加えて、中庭からの光がふんだんに届く広縁と、半ば垂《た》らされた御簾《みす》のうちという光の落差が公方様をいっそう遠くする。むろん、剛の目ならば御簾の向こうの薄暗がりとて見通すことができるのだが、その日の剛は定めのとおりに畳に額《ひたい》を擦《こす》りつづけた。あとにしてきた松之廊下の松に、すでに剛はあの御方を見ていた。松之廊下とは言いながらも、襖《ふすま》をはめ殺しにした貼付壁《はりつけかべ》に、大広間で認めた諸侯を呑《の》み込まんとする風のことさらな大松はない。ゆったりと長閑《のどか》な浜辺に、小ぢんまりとした松がささやかな枝を伸ばし、千鳥が飛んで、雲がたゆたっている。あくまで浜辺の点景でしかないその松のほうがよほどあの御方らしく、そして、あの御方ならではの脈動が伝わってくる気がして、知らずに襖の松を胸奥《きょうおう》に呼び込んだのだった。

そうして広縁に額《ぬか》ずけば、上段之間との隔たりも、陽光の隔たりも関わりなく、とたんに脈動が流れ来て、御姿を目にするまでもない。もとより、なにゆえかはわかろうはずもないが、その脈動はあまりによんどころなく、やはり、あの御方には能が要ると感じざるをえない。剛は広縁の畳に額を押し当てつつ、大広間で御姿を盗み見たときの感慨をたしかめる。考えちがいではない。過ぎた願望が生んだ幻想ではない。やはり、あの御方は、それほど遠くはないいつか、なんらかの形で、保の遺した三つの言葉のどれかを、見届けさせてくれるはずだ。七夕のときと同様、柳之間での気落ちをあの御方に埋められて、剛は初の月次御礼を終え、御城を辞した。

すぐに月が替わって、八月一日の八朔《はっさく》を迎える。八朔は八月朔日《ついたち》の略で、在方《ざいかた》にあっては早生《わせ》の初穂《はつほ》を祝う田実《たのみ》の節句だが、御公儀と諸侯にとっては申すまでもなく東照神君《とうしょうしんくん》様が江戸初入府《にゅうふ》を果たした天正《てんしょう》十八年の八月朔日を祝う日となる。つまりは、今日《こんにち》の能にとっても大きな節目であるわけで、月次御礼のときの温もりを残した心持ちのまま、今日あたりは修理大夫殿からお話があるかもしれぬと想っていたら、ほんとうにあった。儀礼が終わって大広間をあとにすると、まるで七夕のときを写したように修理大夫殿が廊下に立っていて、剛を呼び止めると、なんの前置きもなく「この暑さが能装束にはきつうてな」と言ったのだ。「もすこし、和《やわ》らいでから催したいと存ずる」。

「内々の能」が口に上ったのは嬉《うれ》しいが、いっぽうで「もすこし」がどれほどなのかが気にかかる。仮に九月に入ってしまうとすれば、七月《なつき》のうちのふた月余りが過ぎる。目指す奥能に通じる志賀藩の能ではない。志賀藩の能を率いる三輪藩の出雲守殿からも一目置かれているとはいえ、あくまで本島に対する離島のようなものだ。はたして、離島でふた月余りを送ってよいものか、三人で額を寄せ合い、とりあえず十日待って、知らせが来ぬようならそのときあらためて策を講じるという、つまりは様子見ということで場を収めたのだが、しかし、岡藩よりの使者は想いもかけぬ現われ方をした。なんと、翌日に玄関に立ったのである。そして、応対に出た又四郎に、さらに想いもかけぬ修理大夫殿からの伝言を語った。「はなはだ急で、誠に申し訳ござらぬが」と、使者は言ったのだ。「よんどころない仕儀により、明後日に舞台を持ちたいと存ずる、とお伝えするようにとのことでございます。急なことゆえ、ご都合が許さぬこともあろうかと存ずるが、その折はまた別の機会に、とのことでございました」。

「明後日が舞台、ということは……」

通常ならば、小なりとはいえ一国の大名相手に、明日明後日《あすあさって》の用件を言ってくることはありえない。

「申し合わせは明日、ということでございますか」

それを非礼と見れば非礼であり、非礼とあらば、受け取りを拒まなければならぬ。受け取る受け取らぬを明らかにする前に、又四郎は問うた。

「申し合わせ……ですか」

使者は困惑した風である。

「いかにも」

「その儀については、言われておりません」

「お言葉はなかった、と」

「さよう、です」

「つまりは、申し合わせはない、ということになりますか」

「それがしは使者ですので言われておらないとしかお伝えできませんが、あえてそれがしの一存として申し上げれば、もともと内々の能ですので申し合わせはございません。今回も、そうであろうかと存じます」

「申し合わせがなければ、位が定まりませんが……」

「そうおっしゃられても、内々の能じたいが申し合わせのようなものですので」

結局、その伝言を、又四郎は受け取った。そして、剛に伝言の中身を語ってから、受け取った理由に触れた。

「むろん、修理大夫殿が、御大老、左近衛権中将《さこのえごんのちゅうじょう》様の弟君であることもございますが……」

伝言を受け取った上で辞退することはできても、彦根《ひこね》井伊《いい》家一統の伝言そのものを突っぱねるのはむずかしいと言おうとしているのか。ともあれ、受け取ったと聞いて、剛は安堵していた。受け取らぬなどありえない。いま優先されるべきはただひとつ、時だ。明後日の申し出が非礼であるなら、非礼を大いに喜ばねばならぬ。藤戸《ふじと》藩の立場がなくなるというのなら、なくならぬ策をこそ講ずるべきだろう。

「修理大夫殿の御伝言はかならずしも非礼とは申せません」

おっ、と剛は思う。

「すでに承知した演能の日取りが明後日ということであれば非礼にもなりましょう。が、当家よりの返答はこれからでございます。加えて、修理大夫殿は舞台を強要されているわけではございません。無理であればまたの機会に、と添えられておられます。いわば文書による正式の招請《しょうせい》ではなく口頭での内示なのですから、伝言を受け取っても、当家の立場を損なうことにはならぬかと存じます」

その気になりさえすれば、又四郎は理屈をこねることだってできるらしい。

「非礼でなければ、受け取らぬ手はありません。時を惜しむ当家にとっては、願ったりの日取りでございます。ただし……」

ひとつ息をついてから、又四郎はつづけた。

「受け取りは致しましたが、むろん、返答はしておりません。どうするかを決めるのは御藩主でございます」

「是非もない」

即座に、剛は言った。

「と思うが」

おそらくは又四郎とて想いは同じはずだ。

「申し合わせがございません」

けれど、又四郎は剛の想いを断ち切るように言った。

「養老の小書を申し合わせなしに勤めるのは、御藩主といえども危ういかと存じます」

「そうか」

過《よぎ》った意外と落胆を遠ざけて、ひとまず己れを置いた。舞台は己れの舞台であり、又四郎の舞台でもある。

「危ういか」

とはいえ、危ういと言うなら、すべてが危うい。ここでこうしているのが危うい。

「よんどころない仕儀により、明後日に舞台を持ちたいと存ずる、との伝言でございましたが……」

一語一語、言葉の輪郭を確かめるように又四郎は音にする。又四郎には又四郎の危うさがある。それは御国の危うさでもある。

「それがしには、よんどころない仕儀とは思えぬのです」

「ほお」

剛は問うた。

「企んだ、と」

「藪《やぶ》から棒の明後日は、つまりは、申し合わせを設けぬための口実ではありますまいか」

言葉は淡々と、又四郎は説く。

「先刻、申し上げたように、養老の小書に限っては神舞の枠が外れます。式楽以前の、自由な舞に戻って構わぬとでも言わんばかりの了解がございます。もともと、なにがどうなるかわからぬのです。加えて、申し合わせが持たれないとなれば、霧中を独り往《ゆ》くかのごとき舞台になりかねぬと存じます。あるいは修理大夫殿はそうまでして文隣院《ぶんりんいん》様の孫である御藩主を試そうとされているのかもしれません。譲《ゆず》って観《み》れば、期待の現われと取ることもできましょう。しかしながら、その試しの舞台で立ち尽くせば、演者としての御藩主は終わります。あくまで申し合わせを求め、ならぬときは、またの機会に挑まれるべきではないでしょうか。たしかに、あえて危うさを引き受けるに足る舞台ではございますが、それにしても危うさが過ぎるかと」

「たとえ、申し合わせても……」

演者としての終わりは、そのまま藩主としての終わりかもしれない。又四郎の判断は常に正しいのかもしれない。けれど、その日の剛は折れなかった。

「いざ舞台となれば、変わることもあるのではないか」

申し合わせの重さは疑いない。闘わねば舞台はひとつにならぬ。とはいえ、申し合わせでなにもかもが定まるわけではない。いかにゆるみのない構造を持つ能といえども舞台はそれぞれにちがう。とびきりの舞台も、どうにもならぬ舞台も、等しく申し合わせは持ったはずだ。いまは申し合わせの重さに増して、早く舞台を勤めることのほうが重かろう。

「それは、たしかに」

「ならば、申し合わせがなくてはならぬとも言い切れぬのではないか。舞いつつ申し合わせる能があってもよいのではないか」

慣れぬ言葉を組みながら、これまでずっともやもやと想っていたことが輪郭を取ろうとしているのを剛は察していた。感じてはいたけれど言葉になろうとしなかったものが、想わぬ不一致に遭って、いちどきに胸底《むなそこ》で文字の列をつくっているようだった。

台地の国の隠居処からずっと、又四郎には能を導かれてきた。野宮の役者と、子方から能に浸ってきた武家だ。齢とて、父子《おやこ》ほどではないにしても長兄と末弟ほどには離れている。導かれる立ち位置を外れることなどありえなかった。けれど、そのように導かれつづける流れのなかで、ひとつだけ又四郎について感じていたことがある。

又四郎は通り一遍の武家ではない。小姓上がりで目付を拝命したのだから、上士《じょうし》の家で育ったことは疑いない。それも、ずいぶんと上のはずだ。にもかかわらず、鍛えられた目で広く世の中を観る。もろもろを観て、容《い》れるべきものは容れようとする。大名の能の規範を遵守《じゅんしゅ》しつつ、関寺小町《せきでらこまち》の能に震《ふる》えることができる。だからこそ、剛も導かれた。しかしながら又四郎の能を、武家の能と能役者の能のいずれかに分けるとすれば、やはり、武家の能に入れなければならない。

武家の能とはいかなる能か。失敗してはならぬ能である。今日、能は武家の式楽である。式楽が失敗しては式楽にならない。まして、能は公家から下げ与えられたのではなく、軍人《いくさびと》である武家が己れで見つけて、軍人の己れの儀礼のために、軍人の己れが育てた楽芸《がくげい》だ。それは軍人が世の中を治める、御公儀の御代を宣言する調べに他ならず、なおのこと失敗は遠ざけられる。だから能は、まだ又四郎が語っていない路筋《みちすじ》をたどって育ってもきた。又四郎は、能が武家の式楽となって以来、本来ならば相容れない管理統制と成熟洗練が手を携えて歩んできたと導いたが、別の窓から覗《のぞ》けば、能を勤めることができる唯一の身分である武家が、失敗をせぬように、成熟洗練を管理統制してきたのである。

式楽となった能は失敗できぬが、武家もまた失敗できぬ者である。御公儀の御代にあって武家が支配者に在る由縁《ゆえん》は、武家が自裁《じさい》をできるからだ。他から言われて腹を切るのではない。みずからを裁いて、みずからに死を与える。腹を切ることができるから武家なのではなく、みずからを裁くことができるから武家なのである。すなわち、武家にあって失敗は自裁に繋がる。能とて例外ではない。それどころか、舞台には失敗の機会が、つまりは自裁の機会が溢《あふ》れている。だからこそ能は、武家に失敗をさせぬように組み直されてきた。型をはじめとする、能ならではの雑味を排除した構造は、軍人である武家でも理解しやすいように、曖昧さを遠ざけた結果とも言えるのである。

それゆえ、武家の能に馴染《なじ》んだ者は知らずに失敗を怖れる。けっして怯《ひる》んでいるのではない。臆しているのでもない。精緻な織物のように、織り込まれているのだ。まして又四郎は子方から能へ分け入った。秀《ひい》でた演者ほど、微細な織り目まで察する。おそらくは己れが失敗を怖れているとは想いもせずに失敗を怖れる。あるいは、失敗を織り込んだ能は能ではないと信じている。一片の破綻もない完璧な美を現出する舞台のみが能であることを疑わない。無謀なまでに保を信じる又四郎が、申し合わせについては譲らぬのも、だからではないか。そこが野宮で育った自分と、地平の端《はし》と端ほどもちがう。

自分はただ能で生き延びて、大人にたどり着くためだけに稽古を重ねてきた。たしかに、能で生き延びるためには式楽としての能が勤まらねばならぬが、それは理屈だ。野宮に逃れた六歳の子供がそんなことにまで考え及ぶはずもない。自分はただしゃにむに、躰の利く役者になろうとした。あえて言うなら、又四郎に聞いたあの修二会《しゅにえ》の最後を締め括る鬼遣《おにやらい》の、鬼になろうとした。跳《と》んで跳《は》ねて、善鬼《ぜんき》が悪鬼《あっき》を追い払う鬼遣。善鬼でも悪鬼でもいいから、鬼が勤まる役者になろうとしたのだ。おのずと失敗は数え切れなかったが、それを失敗と思ったことなんぞ一度たりとてない。失敗という言葉を知らなかったわけではないが、野宮で生きるうちに言葉も意味も忘れた。失敗を咎《とが》める者も居なかった。野宮の見処《けんじょ》に集《つど》ってくれたのはノミヤたちと、もやもやと居る流された仏たちだけだ。彼らはむしろ失敗をおかしみ、喝采してくれた。失敗の痛みを消し、前へ押した。自分は失敗できぬ能を学ばなかったし、稽古《し》をしたこともない。

どちらがいい、ということではなく、ちがう。強いてどちらが正しいかと言うなら、又四郎の能であろうと見なしてきた。もしも自分が想うように、たとえ武家の能が育ってきた旅程に失敗させぬという意があったとしても、結果として、そうすることでしか現出しえなかった美にたどり着いたのは疑いないのである。けれど、いまはやはり、ただ、ちがうのだと思う。どちらかを選ばなければならぬとしたら、己れは己れなのだから、失敗できぬ能ではない能を取るしかない。

「ならば、明後日……」

おもむろに、又四郎は問う。

「舞われますか」

答える前に、ひと息、置いた。あるいは、又四郎の言に従いたがる己れが現われ出るかと想ったが、そんなことはない。保の遺した言葉をいきなり嘘にしてしまう怖さも、もはや、ぶり返すことはないようだ。

「舞う」

すっと、剛は返した。

「稽古をされるなら用意を整えますが」

翌朝、又四郎は言う。最後の稽古をするなら、今日しかない。

「いや」

剛は答えた。稽古よりも先に決めねばならぬことがある。一夜明けても、明日、舞台を勤める気持ちは揺るぎない。が、逆に時が経つほどに広がっていく迷いがある。そいつは夜半、剛の眠りを割《さ》いて湧いて、それからはずっと向き合っているのだが、どうにも考えが定まらず、一向に消えようとしない。

「ここはどのような土地か」

ひとつ息をついてから、剛は問う。

「ここ、と申されますと……」

又四郎の声音《こわね》から昨日のしこりは伝わってこない。あるいは口にしなかっただけで、剛が感じたのと同じことを、又四郎もとうに感じていたのかもしれぬ。子方の頃から文隣院様のお側《そば》に居て、言うに言われぬ時を送ってきた又四郎だ。己れの能が武家の能であり、武家の能が失敗してはならぬ能であることくらい、とっくに弁《わきま》えていただろう。だからこそ、言わぬ。言ってみればそれは、又四郎の腰にある物のようなものなのだろう。に、口には出さぬ。言ってみればそれは、又四郎の腰にある物のようなものなのだろう。抜けば、結び合うしかなくなる。言葉が役に立たぬ世界になる。剛も又四郎も、斬る気なんぞ露ほどもない。まだまだ、いっぱい言葉を交わさねばならない。語り合いたいからこそ、互いに言わぬ。言うのは、他の一切を語り尽くしてからだ。

「この、上屋敷のある土地の町柄《まちがら》、ということでございますか」

変わらぬ声で、又四郎は返す。

「そうだ」

「御公儀の歩行の兵である御徒《おかち》が棲《す》み暮らす小ぶりの屋敷が延々と広がっております」

「さようか」

町柄は尋ねたが、町が知りたいわけではない。剛は場処が欲しい。考える場処が欲しい。独りで考えて迷いを消す、江戸屋敷とはちがう場処が欲しい。むろん、大名が相応の供連《ともづ》れなしに町歩きすることはありえない。屋敷の外で独りになるなど望むべくもなかろうが、ともあれ、どこにそんな場処があるのかだけは知らねばならぬと想いつつ訊《き》いた。

「川は、遠いか」

六歳からあらかたの時を野宮で送って思い知ったのが、人は考えずにはいられないということだった。剛は野宮で畑をつくっていたわけではない。漁をしていたわけではない。能で生きる稽古を重ねていたが、命じられたわけではない。己れの気持ちの持ち方ひとつで、たちどころに野宮に居る根拠は消える。だから、なぜそこに居るのかを常に自問して、絶えず自答しなければならない。腹が足りているときは足りているときなりに、空のときは空のときなりに、陽《ひ》が照りつけるときは照りつけるときなりに、凍てつくときは凍てつくときなりに、なぜ崖下の仏を流す河原に独り居るのかを己れに言い聞かせる。そのように、いっときも休むことなく考えつづけなければならぬことに気づくと、他から根拠を与えられたとしても、考えが止まるわけではないことにも気づいた。人の頭というのは考えつづけるように仕組まれている。空になるのは、きっと人でなくなるときだろう。生きている限り、あれやらこれやらがとりとめもなく映り込む。だから、いつも考えているくせに、ひとつのことに絞って考えを進めるのはむずかしい。考えが考えの邪魔をして、ふだんの通りに、ではすぐに散る。考える時が要るし、場処が要る。技もすこしは要る。いま剛はその時と場処を求めている。江戸屋敷の近辺にそういう場処があるのかどうかは皆目わからぬが、川があれば葦原《あしはら》くらいは探せるだろう。渡る鳥のように、その陰に独り潜んで、迷いを溶かすのだ。

「川なら、遠くはございません」

即座に又四郎は言う。

「歩いても四半刻《しはんとき》もあれば着くでしょう。隅田川《すみだがわ》が流れてございます」

「隅田川が」

能の曲にも隅田川がある。五番立の四番目物《よばんめもの》で、京都は北白川《きたしらかわ》の女物狂《おんなものぐるい》が人買いに拐《さら》われた我が子を探してはるばる東国まで下ってくる。実は、子は一年前に命を落としている。母が子を求める狂女物で、子と会えなかったのは隅田川のみだ。

「あの隅田川か」

「はい」

「都鳥《みやこどり》は居《お》るか」

曲の隅田川は、古典を入れるという能のひとつの約束通り、伊勢物語《いせものがたり》第九段の『東下《あずまくだ》り』を織り込んでいる。

「上流に都鳥の名処がございます」

「ほお」

しばし考えて、剛は正面から切り出すことにした。

「そこへ行ってみたいが、独りでも路はわかりそうか」

もはや、又四郎の隙を見て跳ぶわけにはゆかぬ。弁才船の湊のある町で、みずから選び採った身代わりだ。御藩主と、そして保の身代わりだ。独りで表へ出るときは、開《あ》かずの門ではあろうが、又四郎という門を開《ひら》いて出てゆかねばならぬ。

「そうでございますね」

顔色を変えずに又四郎は答える。

「表門を出たら、とにかく東へ路をたどります。四半刻足らずで日光《にっこう》街道へ突き当たるので、渡っていずれかの路地へ分け入る。抜ければ、そこはもう隅田川の右岸で、あとは上流へと進むだけでございます」

耳に気を集めようとしたが、まさか、いきなり路案内が始まるとは想いもしなかったので、頭に入ってこない。

「右手に大きな橋が見えますが、そのまま川岸をお進みください。ほどなく最初の小さな橋に掛かるので、そこは渡ります。さすれば今戸町《いまどちょう》で、都鳥の名処がある町でございます」

どういうことだと訝《いぶか》る剛に、どうということもないように又四郎はつづける。

「ただし、今戸は瓦を焼く窯《かま》が集まっている土地でもありますので、煙には用心ください。けっこうな黒煙が流れますので、いきなり襲われると火事と誤って驚かれる御仁《ごじん》も多ございます」

まるで、独りで行っても構わぬと言わんばかりの物言いではないか、と思いつつも剛は問うた。

「その辺りには葦原もあるか」

暗に、想わせ振りなら止《や》めにしたらどうだ、と言っている。

「上手《かみて》にすこし足を延ばせばございますが……」

庭にさっと目を遣ってから、又四郎はつづけた。

「そこらあたりまで行きますと仕置場《しおきば》が近くなります」

「しおきば……」

「小塚原《こつかっぱら》の刑場でございます。刑死に遭った骸《むくろ》は葬られることなく、土をわずかにかぶせるくらいで捨て置かれますので、風向きによっては川岸からでも仕置場が近いとわかります。今日は西風ですのでそのようになるかもしれません」

庭を見たのは樹の枝で風向きをたしかめるためだったらしい。隅田川行きを受け容れる素振りが微に入って、そいつは罪ではないかと剛は思う。野宮で育った己れが、その西風を厭《いと》うはずもない。

「なんら、かまわぬ」

気を持たせるのはなしにしてくれという想いを込めてつづけた。

「その葦原あたりへ行ってみよう」

「されば……」

顔をまっすぐに向けて、又四郎は問う。

「御支度をなさいますか」

剛もまたまっすぐに顔を向けて返した。

「そうしよう」

そのように流れに乗ってはみたものの、又四郎が用意させた藩士の風体《ふうてい》に映る衣装に替えているときも半信半疑だった。

生まれて初めて財布というものを持たされ、八つ半には戻ると約定《やくじょう》して表門を出ても、まだ現《うつつ》という気がしない。

ようやく、己れはたしかに江戸屋敷の外に独りで居るのだと感じられたのは、又四郎に教えられた通りに東へ東へと歩を進め、街道を渡って隅田川の川岸に立ったときだった。

それまでは、独りの体《てい》ではあるけれど、己れの目には入らぬよう又四郎があいだを置いて付いてきているのだろうと想っていた。ほんとうの独りではなかろうが、それでも又四郎の立場からすれば精一杯を超えていようと思いつつ足を送っていたのだが、いかにも懐《ふところ》深そうな川を渡る風に吹かれ、水の匂いを嗅ぐと、もう、どうでもよくなる。

そんなことより、いくら歩んでも途切れようとしない家並が気になる。江剛にとって川岸とは、河原であり崖であり、あるいは対岸の田んぼだったのだが、江戸は右岸も左岸も岸の際《きわ》まで人家や商家や蔵に埋め尽くされて、歩いても歩いても河原は見えない。それどころか、又四郎に右手の大きな橋と教えられた大川橋《おおかわばし》に差しかかると、横切る路は路とも思えぬほど広く、人が湧き出るように溢れ出て、さながら祭りのようだった。どうやら、盛り場が間近らしい。

知らずに足が停まって、目が人波に行く。自分とは無縁の場処のはずなのに、嫌《いや》ではない。おかしなものだと感じつつ、渡ろうとして一歩を踏み出す。とたんに人波のつくる脈のようなものが押し寄せて容赦なく触《さわ》ってくるが、逃れようとは思わない。むしろ、交《ま》じりたくなる己れを感じながら広い通りを渡り切り、再び川岸を往く。背中を追う喧騒が薄まりかけたとき、知っていると思った。自分はあの脈を知っている。前にも触られている。

数歩、足を送っただけで、そこがどこかに思い当たる。見処、だ。野宮の見処。そこにもやもやと居る流された仏たちの想いがあの脈と重なる。きっと、と剛は想う。人波をつくる人の多くは祭り気分に浮かれているわけではないのだろう。明日は川に身を投げて仏になるかもしれぬからこそ、今日はへらへらと笑っているのだろう。そういう半ばの仏たちが、生きている己れをたしかめに集まるのがあの場処なのかもしれぬ。剛はまた、脈を感じる。こんどの脈は小さいが、己れが打っている。その脈に合わせるように足を送る。やがて、風が渡って仕置場をほのめかし、そして、黒煙が目の前を掃いた。都鳥は見えぬが、今戸らしい。遠くへ目を遣ると葦原も広がっている。

知らずに足が早まって、河原が近づく。ひょーという、声ともつかぬ声を上げて砂地へ下りた。ずかずかと水辺へ走り、流れの際へ着く。脈が脈を呼んでどうにも躰が疼《うず》き、剛はいきなり跳んだ。トビ安座《あんざ》を跳んだ。青空がすこしだけ近くなり、隅田川がすこしだけ低くなって、ふっと宙に乗る、宙に座る。ああ、これこれと思いつつ、右足が折り畳まれ、左足の膝が曲がり、ざっという砂の音がして、隅田川が戻って、さてっ、と剛は思った。明日、どう舞おうか。

舞台を勤める気持ちは揺るぎないが、どのように勤めるかが定まらない。剛にとって能はずっと生き延びて大人になるための手立てだった。それが昨日初めて已れの能を分けた。又四郎の能が武家の能であり、失敗できぬ能であり、対して、已れの能を失敗できぬ能ではない能とした。夜半、それでよいのかという声に促されて目覚めた。以来、ずっと考えている。ほんとうにそれでよいのか、と。それで舞えるのか、と。

武家に失敗をさせぬという今日の能の意は小手先の策にではなく、型の遵守をはじめとする能の骨格そのものに現われている。能は壮大な社《やしろ》のように、定まった約束によって構築されている。木組《きぐみ》の数は多くない。軍人でも覚えるのにむずかしくない数に削っている。その削った木組でも美が現出するように、舞台をも削りに削っていった取り組みが、又四郎の言う成熟洗練である。已れが野宮で我がものにしようとしていた能も、その削られた能に他ならない。たしかに自分は失敗に構わず武家の能の曲を舞ってきたが、曲そのものが失敗させぬ意の収穫なのである。はたしてそれを、失敗できぬ能ではない能、と分けられるのか。いざ舞うとして、その能は失敗できぬ能とどのように異なるのか。答は見つからない。

失敗できぬ能だからといって、演者が失敗をただ怖れるとも限るまい。鵜飼又四郎が、已れの能が武家の能であり、武家の能が失敗してはならぬ能であることを弁えていることは疑いない。おそらく又四郎は失敗できぬ能を、承知して、失敗を怖れ、勤めるのだろう。能は武家が失敗をせぬように舞台から削れるものをことごとく削ったが、それでも美を失わなかったどころか、そうしなければ人の目に触れることのなかった美をこの世のものにした。自分はまだその極《きわ》みを眼前にしていないが、そこまで求めずとも能が見えない美を見えるようにするのは否応《いやおう》なくわかる。まして、鵜飼又四郎は文隣院様の舞台を観た。妖精が妖精にしか見えぬ舞台を目に刻《きざ》んだ。演者としての又四郎にとっては、そこで震えた美が能のすべてだろう。又四郎が大名の能を標榜《ひょうぼう》するのはあくまで臣僚としてであり、演者としての又四郎はどこまでも文隣院様の弟子のはずだ。そういう又四郎にとって、その美の旅立ちが武家に失敗をさせぬためだったなどというのはどうでもいいことにちがいない。失敗を怖れてその美が手に入るなら、いくらでも怖れるだろう。そこまで踏み込んだ又四郎の能を、失敗できぬ武家の能とひと括りにできるはずもあるまい。

分けたばかりに、己れの能があやふやになる。己れの能と言えるものがあるのかどうかさえ不たしかだ。剛は陽を明滅させる流れに目を預けて野宮を想う。己れの能が育てられた場処を想う。そして、思った。岩船保の能はどういう能だったろう、と。

自分は岩船の屋敷での保の稽古を庭先から覗いて曲を覚えた。覚えた曲を野宮で保に見てもらって己れの曲にしていった。保はただ一人の能の師だ。己れの能を識りたければ保の能を識ればよい。なんで、そんな当たり前に過ぎることを思いつかなかったのかが不思議というよりも腹が立つ。生き延びることでいっぱいで、立ち止まって己れの能を考えることなどなかったとはいえ、昨日の夜半からずっと迷ってきたのだ。この河原にまで来て初めて思いつくなど、迂闊を越えて愚かではないか。剛は頭にあるすべての映り込みを消して、保の能を描こうとする。けれど、像は結ばない。どういうことだと剛は思う。もう、ずいぶん、あらためて像を呼び出すことをしなかったとはいえ、消えてしまうような結びつきではない。想う間もなく浮かび上がるはずだ。もう一度、剛は気を集める。が、甲斐はない。ならば、謡はどうだと試みると、なんなくよみがえった。保の謡は口から声を放つのではなく躰を響かせる。だから、背中はむろん骨張った足の脛《すね》だって鳴る。その保ならではの凄《すご》い謡を得て、三たび舞う姿を想う。そして、三たび無人の舞台を見る。思わず大きく息を吐く。まるで、拐われたようではないか。誰が拐ったのか、なんで拐ったのか……。己れの能まで拐われたような気になって、思わず砂地から立ち上がった。

保は万能《まんのう》の靄《もや》に包まれていた者だ。能をも易《やさ》しいと言った。易しいから、「能があると、つい、そっちへ行ってしまう。能のほうを選んでしまう」と言って、御城勤めへ向かった。保の易しい能は、きっと己れの能をも易しく説いただろう。その能が拐われた。明日、どう舞うかの手がかりを得たくてここまで来たのに、かえってわからなくなった。剛は襲ってくるであろう落胆に身構える。が、不思議と薄い。怪訝《けげん》を抱いて構えを解《ほど》くと、そいつは了見《りょうけん》ちがいだろう、と責める己れが居る。保の能が拐われたのは、明日の舞台に劣らず重かろう、と。突かれてみれば、抉《えぐ》られる。たしかに、どちらも等しく重い。どちらかのためにどちらかがあるのではない。保の能が拐われて明日の舞台の手がかりがなくなったのが問題なのではなく、保の能が拐われたことじたいが問題なのだ。

もともと身代わりを呑んで江戸へ出てきたのは、保が遺した三つの言葉をたしかめるためだった。折に触れて国を慮《おもんぱか》るのも、この国が、保が能に背を向けてまで「ちゃんとした墓参りができる国」にしようとしていた国だからだ。すべては保から発している。ならば、己れの裡から保の能が消えたのは、むしろ、明日の舞台よりも重いかもしれぬ。

そのように思い至れば、己れを突き動かしている三つの言葉にしても、三つの言葉だけの問題ではないことに気づかざるをえない。己れがこれほどまでにたしかめずにいられぬのは、きっとそれが保の死と繫がっているからだろう。保は又四郎に、半藤拾史郎《はんどうじゅうしろう》に脇差を向けた理由を「父の御勤めを愚弄《ぐろう》された」からと語った。「能は侮《あなど》られてよいものではない」と語った。易しい能よりも困難な御城勤めを採った保が、なぜ軽挙と糾《ただ》された振舞いに及んだのか、得心《とくしん》できぬままにここまで来たが、いま、時を置いて振り返ってみれば、保がそのとき、能を護《まも》って、御城勤めを捨てたのはくっきりしている。保にとっての玉《ぎょく》は御城勤めではなく、能であったということだろう。そうであれば、保の振舞いには一点の疑念もなくなる。父の御勤めを愚弄し、能を侮る者を捨て置くわけにはゆかぬ。残る疑念は、なぜ保が己れの玉が能であることを伏せたかだ。玉よりも御城勤めを採ったかだ。能が易しいから、だけでは得心できぬ。それを解く鍵が能に絡んだ三つの言葉にあると察したからこそ、自分はたしかめずにいられなかったのだろう。ならば、三つの言葉だけでは足りぬ。己れの裡から消えた保の能を探し当てなければ、残る疑念が解き明かされることはない。なによりも、自分にはそうする責めがある。〝もう、わかっているだろう〟。考えを進めていくなかで、己れを抉った己れはさらに抉った。〝保の能をおまえから拐ったのはおまえなのだから〟。

あくる朝、剛は人形になることにした。結局、剛はどう舞うかを決め切れなかった。あるいは、そこに気を集められなくなった。ならば人間ではなく人形になればよいと思った。それは能の意でもあった。今日の能は演者に人形になることを求める。興に乗じて勝手をすることなく、あくまで型付《かたつけ》のままに舞うことを求める。応じれば、演者は失敗を免れる。人間は失敗するが、人形なら失敗しない。剛は応じた。その限りにおいて、剛は武家の、失敗できぬ能を舞うことになるが、もはやそんなことは意に留めない。人形になんぞなり切れるものではないからだ。

修理大夫殿に誘われてから二度、屋敷で稽古をした。ずっと能舞台代わりに使っていると聞く板敷きの間で養老を勤めた。剛は一度舞台を目にすれば型を覚える。あるいは、一度型付をめくりさえすれば型を覚える。そういう躰に生まれついたのか、そうせざるをえなかったからか、あるいはその両方なのかはともあれ、すっと躰に入る。加えて躰も利くから、型をなぞるだけの人形でよいなら苦もなく収まる。だからこそ、稽古をしてみて悟らざるをえなかった。人形になどなれるはずもない、と。

江戸屋敷での初めての稽古は、剛が諸役と共に勤める初めての舞台だった。野宮の石《いし》舞《ぶ》台《たい》で独り稽古を重ねてきた剛が、生まれて初めてワキやワキツレ、シテツレ、地謡方、囃子方と一緒に稽古をした。あのとき己れを揺り動かした熱のうねりはいまも躰の裡で拍を打っている。前シテの老人の装束を着け、鏡の間代わりの席で控えていたとき、ワキの登場楽である真《しん》ノ次《し》第《だい》が板敷きの間から届くと、剛はただただ戦慄《わなな》いた。これはなんなのだと慄《おのの》いた。幕が揚がって、大小の鼓《つづみ》が速目《はやめ》ガシラをたたみかけ、ワキとワキツレが橋掛りに見立てた廊下へ進み出ていった頃には、囃子とはこれほどまでに演者を震わせるものかと驚嘆せざるをえなかった。とどめは、己れが「おしまり」と声を発して小牛尉《こうしじょう》の面《おもて》の紐が締められ、「はい」を言って立ち上がって、真ノ一声《いっせい》が響き渡るなか幕の向こうの三ノ松まで進み出たときだ。ワキ方と囃子方が発する熱が廊下にまで伝わって足裏からかーっと己れの躰を這い上がり、冷たい人形のままでありつづけるなどできるはずもないのを識った。

　そのように察しつつ「年を経し……」の一セイを謡い終え、板敷きの間に入って常座《じょうざ》に立てば、共に勤める諸役のみならず、文隣院様をはじめとする幾多の先人たちの想いまでもが脈を打って板を温めている。能がシテ独りでつくれるものではないのを思い知ったのはそのときだ。己れ独りのみで舞台が成り立つのなら、人形になり切ることもできなくはないのかもしれぬ。が、そうではないのだ。夢幻能が物語るごとく、鏡の間と橋掛りのあいだには超えがたい落差がある。その超えがたい落差を超えさせるのは、舞台に蓄えられた熱である。そのうねりである。孤立する諸役がひとつになっていくための闘いが生み出す熱と、熱が循環するうねりが、シテを鏡の間から引っ張り出して循環のなかへ拐う。どんなに抗《あらが》っても、人形では居られない。

稽古を終え、己れを幾倍にも大きくしていた山神の狩衣と三日月《みかづき》の面から放たれて中奥に戻ったとき、大河を泳ぎ渡ったあとのような躰で、おそらく能は……と剛は想ったものだ。人形になれ、と、強いているのではないのだろう。むしろ、人形でも構わぬと、赦《ゆる》しているのだ。型付さえ躰に入れれば、あとはこっちでやる。息を吹き込む。入ってきた人形を人間として出す。あるいは、人間として入ってくるよりも人間らしく。だから、人形でいい……。

あのとき漠と抱いた想いを、今日、剛は能にする。鉄砲洲《てっぽうず》の豊後岡藩上屋敷の能舞台へ人形として上がる。己れは型付を忠実になぞる。それより先は預ける。人形がどうなるかは、岡藩の舞台しだいだ。四代宝浄院《ほうじょういん》様が能を家中に広めてから百七十年余り、よい時よりもよくない時のほうがはるかに多かったにもかかわらず一度として冷え切ることがなかったと修理大夫殿が語った能しだいだ。岡藩の能は諸役のすべてを藩士が勤めるという。熱のうねりを湧かせてまず舞台を立ち上がらせるのは藩士の各々《おのおの》である。人形を巻き込むも巻き込まぬも各々だ。今日の舞台で試されるのは己れだけではない。本物、と聞いた岡藩の能もまた試される。御徒町《おかちまち》から鉄砲洲へ向かう駕籠のなか、剛がずっと考えを巡らせていたのは、これから勤める能よりも、己れが拐った岩船保の能のことだった。

もとより、拐った覚えはまったくない。が、己れの裡に脈づく保の能を、己れでない何者かが拐えるはずもない。己れを抉った己れが言うように、拐ったのは紛れもなく己れなのだろう。ならば、なんで拐ったのか、なんでここに至るまで拐ったことを忘れてきたのか、なによりも保の能はどういう能だったか……あれからずっと考えつづけている。今戸の河原では、今日の舞台を勧める手がかりを得るために保の能を呼び出そうとしたが、いまは、保の能を取り戻す手がかりを今日の舞台に求めている。たしかに、拐いはしたのだろう。が、消し去ってはいないはずだ。保の能を消すことのできる己れではないはずだ。それだけは疑いない。どこかにある。脈づいている。きっとなにかの拍子で、ずっと己れの裡にあったようによみがえる。これからは三つの言葉と共に、そのなにかの拍子を、探しつづけることになる。もとより当てはない。が、能の界隈ではあるだろう。もしも鵜飼又四郎の言うように、今日の「内々の能」で修理大夫殿が己れを試す企みを用意しているとしたら、それとてなにかの拍子となりうるかもしれぬ。剛は海に面した鉄砲洲までの道程《みちのり》を、いかにも遠く感じつつ駕籠に揺られていた。

しかしながら、潮の香りに包まれた上屋敷に着いてみれば、企みを孕《はら》んだような気配は露ほども感じ取れない。あるいは、「内々の能」は招請能を控え目に伝えるための言い回しなのかもしれぬと想わないでもなかったが、表門にも能舞台にも大名の客を招く構えはまったく認められず、掛け値なしの言葉のようだった。

「椀飯行事《おうばんぎょうじ》でござるよ」

まだ誰も居らぬ見処で、隣に座した修理大夫殿が言った。椀飯行事とは、国から知行取りを許されて知行地の領主となった藩士が、年の瀬、名主などの村役人を招いて酒肴《しゅこう》と余興を披露し、一年の慰労をする催しである。年貢は個々の百姓ではなく村で一括して請け負うから、預かった領地を然《しか》るべく回していくためには、村役人との絆《きずな》を固める椀飯行事が重い意味を持つ。その椀飯行事が、「内々の能」と繫がるらしい。

「この御代、苦しくない国などなかろうが……」

正対する能舞台はいかにも年季を感じさせるが、能《よ》く手入れが行き届いて様子がよい。冷え切ることがなかった能舞台であることがよくわかる。

「過日、申し上げたように、とりわけ当家は苦しい。それがしが藩主に就《つ》かねばならぬほどに苦しい。在方には、言うに言われぬ無理を強いておる。それゆえ、みずから能を舞って椀飯行事に当たる藩士がすくなくない。例年は地謡だけで舞う仕舞《しまい》だが、数年に一度は本能を催す。その昔とちがって、最寄りにもずいぶんと在町《ざいまち》が多くなりはしたが、それでも在の暮らしは文化、芸事《げいごと》から遠い。まして、わが国の在は窮迫が常であり、観劇など無縁だ。日頃、目にする機会のない能と出会えたときの庄屋たちの喜びようは、さながら子供のごとくらしい。それだけに、武家の素人芸であってはならぬ。領主のお遊びと映れば、逆に怒りを煽る。己れらの苦境を他所《よそ》に芸事三昧《ざんまい》かということになる。で、芸を磨く。磨き上げてはじめて椀飯行事の能となりうる。その芸を磨く場の頂《いただ》きがここだ。江戸の芸風を躰に入れて国許《くにもと》へ持ち帰り、在国の藩士に伝えて、それぞれの在処へ届ける」

舞台にはまだ諸役の姿はない。本来なら、五番立の脇能を勤める剛は最初の舞台に立つはずであり、用意を整えなければならぬ頃合いなのだが、どうやら、出番は中頃らしい。

「それゆえ当家の内々の能は文字のとおりの内々の能であり、ひたすら研鑽《けんさん》に努める場である。七夕の折、甲斐守《かいのかみ》殿に、出雲守殿の処で勤められる前の稽古のつもりで舞台を踏んでみたらいかがか、と申し上げたのは本心でもあるのだ。それゆえ、お招きしておきながらはなはだ申し訳ござらぬが、通常の招請能とはなにからなにまでちがう。まずは番組が五番立ではない。本日は十一番が組まれている。次に、初番目物に始まり五番目物で終わるという定まった流れではない。十一番の順番がどのような所以で定まっているのかは掛《かかり》の者が決めており、それがしにもわからぬが、甲斐守殿の養老は五番目に据えられている。おそらくは最初のおつもりでもろもろ整えられてきたとお察しするが、御異存はござらぬか」

「ございません」

即座に、剛は答えた。今日、自分は人形として臨む。何番目であろうと関わりない。それに、なにかの拍子を求める身としては、番組は多いほどよい。

「さようか。それは安堵つかまつった。ならば、最後のちがいを申し上げさせていただだくが、とにかくこの内々の能はひとえに研鑽の場であるので、一同そろって切磋琢磨する。それぞれが孤立しつつ己れの能を研ぎ上げるという通常の形ではない。一曲終わるごとに、その日、集《つど》った者たちが歯に衣《きぬ》着せることなく舞台を評する。これが、まさに情け容赦がないという厳しさでしてな、それがしも初めて合評に臨んだときは、そこまで立ち入って踏み込むかと驚愕した。己れの能を責められるということは、己れの人格を責められるに等しい。当家の藩士だから、それもこれも知行地の安寧《あんねい》のためと堪えることができるが、そうでなければ、おそらくは本差《ほんざし》の鍔《つば》に指をかける仕儀に及んでもおかしくないのではあるまいか。ともあれ、そういうわけなので、甲斐守殿の養老については合評を省略するつもりでおるのだが、一応、御意向を伺っておきたい」

「お答えする前に……」

剛は言った。

「たしかめさせていただきたいことがございます」

今日、鵜飼又四郎は伴をしていない。人形遣いが隣に居ては一丁前の人形になれない。

「なんなりと」

「いかに御家の藩士といえども、他家の藩主の舞台にも、常のごとく遠慮とは無縁に物を言えるものでありましょうか」

「その点については……」

間を置かずに、修理大夫殿は返した。

「合評の機会を持つ場合も考慮して、本日、舞台を勤める者たちには、甲斐守殿が勤められるとは伝えておらない。同じ柳之間詰めの国の藩士とだけ伝えておる。面と装束を着ければ、誰やらわからぬでな。他家の藩士が加わるのはめずらしくもないので、合評も家の隔てなく行われている。つまりは、合評を省略せぬなら、申し上げたような苛烈《かれつ》な言葉の嵐に曝《さら》されるということでござる」

「ならば」

迷わず、剛は返した。

「合評をお願いしたい」

それこそ、望むところだ。望外の幸運、と言ってもいい。「苛烈な言葉の嵐」とは、いかにもなにかの拍子の棲処《すみか》のようではないか。

「よろしいのか」

修理大夫殿が舞台に向けていた顔を寄越す。意外のようとも、待っていたかのようともとれる色が過る。

「お願いいたす」

あるいは、そこに企みが潜んでいるのかもしれぬが、そんなことはどうでもよい。己れが拐った保の能と出会う期待がただただ膨らむ。

「いまひとたび伺うが、よろしいか」

「もとより」

くっきりと答えたとき、揚幕《あげまく》の向こうからお調《しら》べの音が届いた。囃子方が音色を調《ととの》えるのもこれで最後だ。間もなく幕が揚がる。

「それでは、それがしにも藩主の役回りがござれば、これにて失礼させていただくが……」

おそらくは、己れと共に居るところを演者たちに見られぬためもあるのだろう、修理大夫殿が見処を離れる旨を伝えてからつづけた。

「甲斐守殿はいかがされるか。このまま観られるか、それとも、早めに演能の準備に掛かられるか」

「このまま、でお願いしたい」

己れの出番は五番目なので、四番目の曲が演じられているあいだに支度を調えればよい。とりあえず三曲は観ることができる。別れ際、三曲の曲目を尋ねると、羽衣《はごろも》と、そして井筒《いづつ》がつづけて二曲ということで、そのあたりも研鑽の能ならではである。難儀な知行地を治めるためという切実な裏付けがあっての同曲つづきで、通常ならばありえない。剛にしてみれば、ありえぬことにこそなにかの拍子が潜んでいる気もして、舞台に気を集めた。

羽衣は三番目物だが、まっすぐに爽やかで美しいそのまっすぐさにおいて脇能に通じるむずかしさがある。が、「武家の素人芸であってはならぬ」椀飯行事の能だけあって、演者は曲舞《くせまい》から切舞《きりまい》に至る舞尽くしの曲を序之舞《じよのまい》を含めて能く舞っていた。思わず剛は台地の国の、印地《いんじ》の合戦でつかったお宮を頭に浮かべて、もしも子供の頃あそこでこの羽衣が舞われたとしたらずっと目に焼きついたことだろうと想ったが、しかし、修理大夫殿の言のままに合評は容赦がなかった。

／天人《てんにん》は常に角柱《すみばしら》の方向遠くにある月に心を付けて舞いゆくのに月がおろそかになっている／月にも負けぬ地上の美しさを現わしてこその羽衣にもかかわらず、地上の美しさがまったく足りていない／本来は上出来の面で舞いたい羽衣を貸与の道具で舞わなければならぬむずかしさはあるにせよ、もうすこしどうにかならなかったものか／

言いたい放題である。藩から貸し出される面装束も悪《あ》しざまに言う。

井筒のほうは、その取り付きにくさにおいて、本鬘物《ほんかずらもの》とされる定家《ていか》や野宮《ののみや》にも増してむずかしい曲であると剛は捉えている。あるところまでは行くのだが、あるところを越えるのは至難というよりも不可能に近い。それだけに同じ舞台がつづくと優劣がはっきりとする。別々ならばまあまあとなる舞台でも、比べるから粗《あら》ばかりが赤裸々になって、劣っていたほうの演者には気の毒だった。

曰く、そもそも井筒を勤めようとするのがまちがっている。脇能と切能からやり直したほうがよい／切能を舞えぬ者が鬘物を、それも井筒を舞うなど笑止だ／見せ処の井戸の見込みがひどい。面の目の孔《あな》から井戸を見ようとするから形も動きも醜くなる。躰の外に己れの目を置かねば美しい所作《しょさ》は望めぬという当たり前のことを弁えていない／もろもろ足りぬところが多過ぎて評するに値せぬ舞台である／

それで、優っていたほうは救われたかといえばそうではなかった。
／居グセのときの形が後ろに掛かってよくない／地謡が謡い終えるのを待っているかのようで、己れも胸の裡で謡っていない。己れの躰を通して地謡の謡が発してゆかねばならぬのにまるで他人事のようだ／動かぬ能だからこその美しさが立ち上がってこない。そもそも、井筒のような動かぬ能がわかっていないのではないか／

剛は健闘と言ってよいだろうと感じていた。井筒の満点である、あるところ、まではまだ距離があるものの、迫ってはいる。それだけに、この舞台でこれだけ言われるのなら、己れもなにを言われても致し方ないと逆に腹が据わった。それに、今日、舞台を勤めるのは己れではなく人形である。苛烈な合評を引き受けるのは人形に任せて、己れはその苛烈さのなかになにかの拍子を探せばよい。ずいぶんと軽くなった気持ちを感じつつ、剛は着付の席へ向かった。

そのゆえなのだろう、鏡の間から美濃《みの》国は本巣《もとす》の養老の滝にはすっと入った。それも野宮で独り育ったからなのか、いつもなら前場《まえば》の勅使と対面する場面、ワキの「これは帝《みかど》よりの勅使にてあるぞとよ」に対して、素直に「ありがたや雲居《くもい》遥かにみそなはす……」と畏まるのがむずかしいのだが、今日はどうということもない。「千代に八千代の……」のあまりにまっすぐな掛け合いにも気持ちが澱《よど》むことがなかったし、「養い得ては……」の前場の型どころも乗り切った。流れはそのまま後場《のちば》につづいて、「我はこの山《やま》山神の宮居《みやい》」と謡いつつ橋掛りを進み往くときには、もう熱のうねりに突き動かされている。いよいよ神舞に入っても特段に速いと感じることもなく、意識せずとも足はずかずかとハコンデ、滾り落ちる滝の大きさとそれを産み出す緑の山塊の豊かさに包まれつつ舞い納めることができた。
合評に入って、演者の一人が「いくら、なんでも……」と最初の声を発したときは、それ、来たぞ、と思ったが、聞けば、その言は剛に向けられたものではなかった。「……あの囃子と地謡はさすがに速過ぎよう」とつづいたのである。その評を緒《いとぐち》に、速さへの言及が堰《せき》を切った。
／たとえ小書といえども、あの速さはない／あんなに速い太鼓のキザミは初めてだ。囃子方と地謡方はなんの意図をもってあれほどに速くしたのか／事前に演者とは申し合わせの場を持ったのか。持たなければ不意打ちではないか／
それほどに速かったのなら、やはり修理大夫殿の企みはあったのか、と想いつつも、頭は合評のつづきを追った。尋常ならざる速さを責める激しさの分、舞台への評は優しくなったようだった。
／よくぞ、あの速さに付いていったものだ／あれが不意打ちならば、あの神舞は信じられぬ／あれほど速く舞っているにもかかわらず、ゆっくり舞うよりも丁寧に見えた／常ならぬ速さなのに拍子を所作の後ろで合わせていた、凄いものを観せてもらった／
その合評の余韻を遠ざけて、剛は残りの五曲を観た。求めるなにかの拍子とは出会えなかったが、なにかの拍子ではないなにかには近づいている感覚があった。けれど、そのなにかはたぶん、己れが求めているような、たとえて言えば羽衣の、麗《うら》らかな春の朝のような気配に包まれたものとはちがうのだろうと、剛は察していた。

六

次の舞台は想ったよりも早かった。あるいは、次の舞台へ気を集め切れぬうちに招請《しょうせい》の知らせが届いた。

鉄砲洲《てっぽうず》から十日と空くことなく、江戸留守居役《えどるすいやく》の井波八右衛門《いなみはちえもん》の口から、日向延岡藩《ひゅうがのべおか》の江戸屋敷より御招きがあったことが告げられたのだった。

「延岡藩の石高は岡《おか》藩と同じ七万石ではありますが、ただの七万石ではございません」

八右衛門はつづけた。

「まず、延岡藩を預かられる内藤《ないとう》家は外様《とざま》ではなく御譜代《ごふだい》でございます。それも柳営《りゅうえい》が開かれる前からの古来御譜代ですので、控える殿席《でんせき》は帝鑑之間《ていかんのま》になります」

八右衛門は変わらずに、念の入った注釈を加える。

「次に、内藤家が治めるのは日向延岡藩だけではございません。他に、支藩が二家と別《べっ》家《け》が三家ございます」

これまでも八右衛門の丁寧さにはずっと助《す》けられてきた。

「支藩は陸奥湯長谷《むつゆながや》藩と三河挙母《みかわころも》藩、そして別家は越後村上《えちごむらかみ》藩と信濃高遠《しなのたかとお》藩、同じく信濃の岩村田藩《いわむらだ》であります」

この臣僚《しんりょう》の手抜きのなさには感謝を通り越して爽快の感すら覚えることがある。

「これら五家の石高を合わせれば、実に二十万石ほどにもなります。御譜代で二十万石となりますと、さすがに彦根井伊家《ひこねいい》には及ばぬものの、やはり御大老を送り出す御家柄である酒井家《さかい》の姫路藩《ひめじ》をも上回ります」

その日も、知らずに耳に気が行くように言葉を組んでいく。きっと八右衛門はどんなに軽い御役目に就《つ》こうとも、あるいは士分を離れようとも、変わることなく目の前の己れが為《な》すべき事に励むのだろう。

「さらに申し上げれば、別家の三家の殿席はいずれも雁之間《がんのま》でございます。すなわち、御譜代は御譜代でも、幕閣が輩出する殿席に詰めておられます。事実、村上藩内藤家の御先代である内藤紀伊守信敦《きいのかみのぶあつ》殿は奏者番《そうじゃばん》から寺社奉行、若年寄《わかどしより》、京都所司代と絵に描いたような栄進の径《みち》を歩まれました。四十九歳で急逝《きゅうせい》されなければ、まちがいなく御老中になられていたでしょう。跡を継がれた御当代《ごとうだい》の信親《のぶちか》殿もただいま奏者番で、寺社奉行を控えていらっしゃいます」

なるほど、「ただの七万石」ではない。

「さらに若年寄を眼前にされているのが高遠藩内藤家の御当代、大和守頼寧《やまとのかみよりやす》殿です。残る岩村田藩にしても、わが国よりもさらにすくない一万五千石の拝知《はいち》で、城を持たぬにもかかわらず、御当主の内藤豊後守正縄《ぶんごのかみまさつな》殿は伏見《ふしみ》奉行を拝命されています。内藤家とはそのような御家柄であるということでございます」

「その内藤家から、」

思わず剛《たける》も問いを発した。

「なにゆえに、御声掛かりがあったのだろう」

岡藩の修理大夫《しゆりのだいぶ》殿は柳之間《やなぎのま》の同席だ。が、延岡内藤家は帝鑑之間詰めで、別家三家は雁之間詰めという。そこには越えがたい溝がある。時期が合っているとはいえ、外様である岡藩の「内々《ないない》の能」での舞台がその溝を埋めたとは思えない。

「それを語るのは易《やす》くございます」

けれど、八右衛門は間を置かずに返した。

「実は、延岡藩御当代の内藤能登守《のとのかみ》政義《まさよし》殿は岡藩の修理大夫殿の弟君なのです」

「ほお」

「すなわち彦根井伊家のお生まれで、修理大夫殿が七男、そして能登守殿が十五男に当たられます。修理大夫殿同様、延岡藩には御養子として入られたということでございます」

そういうことか、と剛は得心《とくしん》する。そうでなければ、鉄砲洲より幾日も経たぬうちに、一統合わせて二十万石の譜代の御家から声が掛かるはずもない。

「察するに、兄君の修理大夫殿が過日の能の御様子を能登守殿に伝えられたという次第なのでしょうが、しかし、それもこれも、御藩主が勤められた養老《ようろう》の舞台あってのことでございましょう」

けっして、ついでという風ではなく、八右衛門は剛の功に触れる。

「御兄弟とはいえ、いまは互いに一国の御当主です。よほど感に入らなければ、このわずかな日数のあいだに大名家から大名家へ話が通じて、事が動くことなどありえません。大名家とは本来、石橋が壊れるまで叩くものなのです」

八右衛門は留守居役らしい言葉で称えるが、剛のほうは受ける言葉を見つけられない。

「実は、一昨日、柳之間に詰める国の江戸留守居役が会する同席組合《どうせきくみあい》の寄合があったのですが、そこでも岡藩の同役から御藩主の養老の話が上がりました」

語るのは八右衛門だ。どの言《げん》にも誠《まこと》が宿る。それでも剛の唇は動こうとしない。言葉が重ねられるほどに、気持ちが退《ひ》いていく。

「それは見事な神舞《かみまい》であったと、感に堪《た》えぬ様子で繰り返されておいででした」

むべなうどころか、否定する気にすらなれぬ。鉄砲洲で舞ってからずっと、剛は思いつづけている。どれほどかはともあれ、あの養老は買いかぶられている。すくなくとも、こぞって持ち上げられるほどの舞台ではない。

「かつて耳にしたことのない速さの囃子《はやし》と地謡《じうたい》であったにもかかわらず、よくもあのように颯爽《さっそう》と舞えるものだと」

そこ、なのだ。まさに、そこがちがう。舞い納めたあとの合評でも例のない速さを糾《ただ》す声一色になったが、あの速さはけっして舞台を妨げなかった。むしろ、自分はあの速さに助けられたのだ。躰《からだ》の利《き》く己れにとって囃子と地謡の速さはさしたる障《さわ》りにならない。逆に序之舞《じょのまい》のようなゆったりとした舞のほうが勤めがたい。往々にして序之舞は舞い始めに序なる足遣《あしづかい》を見せるのでその名があるように語られるが、そういう説き方ではこの能にしかない舞踊を見誤らせる。序之舞はあらかたを序破急《じょはきゅう》の序だけで舞うから序之舞なのである。終始、変わらぬゆるやかさで舞い、静止することがない。躰のどこかが常に動いている。能の舞でも基《もと》となる中之舞《ちゅうのまい》などは穏《おだ》やかとはいえ序破急で舞う。つまりは緩急があるが、序だけの序之舞は緩急に逃げ込むことも、緩急で挽回することもできぬ。粗《あら》は粗としてそのまま露《あら》わになるということだ。そんな舞踊は能の外《ほか》を見渡しても序之舞くらいしかない。それに比べれば、速さは優しい。険《けわ》しそうに見えて優しい。もろもろを速さの中《うち》に包み込む。おまけに、見処《けんじょ》の目は険しさだけに行ってそれより外に甘くなる。己れの養老は尋常ならざる速さに厚く護《まも》られて、修理大夫殿が語った合評の「苛烈《かれつ》な言葉の嵐」とは無縁でいられた。

「それがしも拝見しとうございました」

場の流れが能に寄って、鵜飼又四郎《うかいまたしろう》が話に加わる。あの日、剛は又四郎を遠ざけた。人形遣いに遣われない人形になるために、鉄砲洲への同道を申し付けなかった。うがって捉えれば、独りで舞台を勤めたことへの不服を訴えているようにも取れるが、又四郎がそんな子供じみた真似《まね》をするわけもない。

「あるいは、これまで観《み》たことのない養老を目にできたのではないかと」

それどころか、今日に限って言葉が甘いのは、やはり二十万石の御譜代からの招請を得て、ようやく「奥御手廻り御能《おくおてまわりおのう》」へ幾分なりとも動き出すことができたと感じているからか。目指す志賀《しが》藩から声が掛かったわけでも、志賀藩の能を取り仕切る三輪《みわ》藩の望月出雲守景清《もちづきいずものかみかげきよ》殿から招かれたわけでもないが、剛とてじっと動かなかったものがごとりと揺らいだのかもしれぬという気にはなれている。とはいえ、又四郎までもがそのごとりをもたらしたのが鉄砲洲での養老と見なしている風なのが引っかかるし、それに、己れが内藤家からの御声掛かりを又四郎と八右衛門の二人と一《いっ》になって喜んでいるかとなると心許《こころもと》ない。

奥能の演者に選ばれることは変わらぬ高い的《まと》である。岩船保《いわふねたもつ》が「ちゃんとした墓参りができる国」にしようとしていた国を成り立たせるためにも、保が遺《のこ》した三つの言葉をたしかめるためにも的を射貫《いぬ》かなければならぬ。が、いまの剛にはそれに加えて己れが掠《さら》った保の能を取り戻すという的がある。この的もまた高い。鉄砲洲での養老ははっきりとその手がかりを得るために勤めたし、延岡内藤家の能もそのように勤めることになるだろう。同床異夢《どうしょういむ》とまでは言わぬが、共に同じ夢を見ているとは言い難い。いつになく甘い能吏《のうり》にもまた返す言葉に詰まる剛に、又四郎はつづけた。

「百回の稽古よりも、一回の本番でございます」

語りがいかにも唐突に響いて、一瞬、又四郎がなにを言っているのかわからない。

「本番の舞台を勤めるごとに、演者は変わります」

戸惑う剛に構わず、又四郎は言葉を繋げる。

「御藩主の養老も変わったのではありますまいか」

どうやら、又四郎は甘くなったわけではないらしい。速い養老をただ称えているのではなく、額面どおり、「百回の稽古よりも、一回の本番」を言いたいようだ。「内々の能」とはいえ、鉄砲洲での養老は剛が初めて見処のある本物の能舞台で勤めた「本番」だった。つまりは、養老を舞って剛の能が変わったと言っているのだろうが、なんでいまそれを語らねばならぬのかが見えてこない。

「逆に、本番を勤めなければ変わることはむずかしゅうございます」

ともあれ、剛は聞く。耳に気を集める。相手は鵜飼又四郎だ。要《い》る話をするときは決まって要らぬ話から入る者だ。

「百回、稽古を重ねても、視《み》るのは百人の己れだけです。つまりは、己れ独りの目でしか視ておらぬ。己れがいいとする己れしか視ていません。己れがいいとする間合い、己れがいいとする向き……それらを延々となぞることになる」

野宮《ののみや》での独りの稽古で最も怖れたのが、それだった。だからこそ、保の能と離れることはありえなかった。

「もしも美しくない所作《しょさ》を美しいとして稽古を重ねたとしたら、それは美しくない所作を固めるだけです。だからこそ、本番を勤めて己れではない百人の目に晒《さら》されなければならない。そうして、百回の稽古では表に出ることのなかった無様《ぶざま》がいちどきに浮かび上がります。その百の手酷《てひど》い声こそが美しく動き、美しく舞い、美しく居る己れを彫るための刀なのです」

剛にとって保の能は百人はおろか千人の目にも優《まさ》った。野宮に下りた六歳からずっと、己れの能の「無様」を映し出す鏡だった。その保の能を己れが拐った。ありえぬ成り行きを元へ戻すために、「百の手酷い声」を求めた。修理大夫殿が「本差《ほんざし》の鍔《つば》に指をかける仕儀に及んでもおかしくない」とまで語った「苛烈な言葉の嵐」に、保の能をよみがえらせるなにかの拍子を探ろうとした。が、速さを糾す声で消されてしまい、甘い声だけが残った。おそらく、己れの養老も変わっていない。初めての「本番」は「苛烈な言葉の嵐」を招かず、「無様」を責めず、己れを嬲《なぶ》らなかった。変えるにはあまりに刃味《はあじ》が温《ぬる》い。

「一方で、己れはまったく気に留めていなかった所作や動きを美しいと称えられることもあるでしょう」

又四郎の話の矛先《ほこさき》が変わって、まさに鉄砲洲がそうだったのだと剛は思う。もしも又四郎が鉄砲洲に居たら、優し過ぎる合評の声をどう聞いただろう。見処が膨らませる養老とありのままの養老との落差を危ぶんだことは疑いあるまい。あるいは又四郎のことだ、それで合評に交《ま》じって落差を消しにかかったか。そうすれば、買いかぶられた養老が勝手に独り歩きをすることもなかったか。やはり、同道を言うべきだったかと惑う剛に、又四郎はつづけた。

「それもまた、己れの能を彫る刀です」

音は届いたが、意味は曖昧としている。

「厳しい声ばかりが能を彫るわけではございません」

ゆっくりと意味が輪郭を結べば、又四郎の言とも思えない。

「寄せられる言葉の心地よさは歯痒《はがゆ》いでしょう。それが刀とは思えぬでしょう」

どうやら、優し過ぎる合評もまた己れの能を彫る刀として受け入れろと説いているようだ。

「しかし、刀なのです。本舞台《ほんぶたい》を踏まぬ限り、けっして手にはできなかった刀ではあるのです」

それが要る話ならば、又四郎は剛が想っていたのとはまったく逆の趣旨を切り出したことになる。鉄砲洲での養老を取るに足らぬ舞台とする剛を見咎めて諫言《かんげん》したということだ。いったい、なにがいけない、どこを見かねた？

「聞けば、鉄砲洲の能舞台に集《つど》われた藩士の方々《かたがた》の能は、傷んだ知行地を治めるための能であるとか」

又四郎は切り込む。

「いかにも、そのように聞いた」

じっと聞くばかりだった剛が返す。知らずに羽衣《はごろも》と井筒《いづつ》の舞台へ向けられた情け容赦のない合評が浮かんで、つづけた。

「そのように、見もした」

それでも足りぬ気がして言葉を重ねる。

「武家の素人芸は断じて許されぬらしい」

彼らは村役人との絆《きずな》を固める椀飯行事《おうばんぎょうじ》の演物《だしもの》としてみずから能を振る舞う。そうして、疲弊《ひへい》した領地を回していく。だからこそ、己れの能を研《と》ぎ上げる。領主の遊びと映れば逆に怒りを買って一揆を煽《あお》りかねない。それがために剛の想いも寄らぬ視座から、次々と「苛烈な言葉」を繰り出す、常ならば……。

「つまりは、」

半ばの気を鉄砲洲に引かれた剛に、又四郎は念を押す。

「思いつきでの語りとは無縁な皆様でありましょう」

それは疑いない。彼らの能は破《や》れた田畑と結びついている。興に乗じて発する言葉の用意はあるまい。

「その皆様が凄《すご》いものを観たと声をそろえたと聞いております」

「だから、それは……」

又四郎から水を向けられれば答えぬわけにはいかない。唇は重いが、そういう縁《よすが》だ。

「小書《こがき》にもなかった囃子と地謡の速さに助けられたのだろう」

「言葉を変えれば、」

くっきりと、又四郎は返した。

「皆様方が速さに惑わされた、と」

彼らにとって能は領主たる武家の証《あか》しそのものだろう。むべなえば、その証しを軽んずるかのごとくになる。が、正面から問われれば、ちがうとは言えぬ。

「そういうことになろうか」

ひとつ息をついてから、剛は答えた。

「それがしには皆様が速さに惑わされる方々とは思えません」

又四郎は退かない。

「速さのみを観て感嘆する方々の能で、はたして知行地の安寧《あんねい》が得られるでしょうか」

顔をまっすぐに向けて、否としか答えようのない問いを突きつける。

「他の演者の舞台への評も、そのように幼いものでありましたか」

なおも又四郎は畳み掛ける。幼かろうはずもない。彼らは羽衣を観て月に心を付けて舞いゆくのに月がおろそかになっていると言い、井筒を観て動かぬ能だからこその美しさが立ち上がってこないと言った。

「皆様は速さだけを観て凄いと口に出されたのでしょうか。もっと、もろもろを観ていたのではありますまいか」

もうよい、と剛は思う。もう、わかった。さらに合評を思い起こせば、己れの気が彼らの言葉の背後には及んでいなかったことを認めざるをえない。耳を研ぎ澄ましてはいた。が、知らずに、保の能を取り戻す手がかりのみを捉えようとしていた。他のあらかたは素通りしている。

「きっと、そのとおりなのだろう」

声にも出す。きっと彼らは速さ以外のもろもろを観ていたのだろう。もろもろを呑《の》んだ上で、称えてくれたのだろう。それでも、と剛は思わざるをえない。だからといって、あの養老が凄いということにはならぬ。彼らの言は正しい。誤る方々ではない。けれど、その正しさと養老の凄さが、己れの裡《うち》で繋がらない。

「いましがた、それがしは、もしも美しくない所作を美しいとして稽古を重ねたとしたら、それは美しくない所作を固めるだけであると申し上げました」

そこで剛が得心していれば、もう言葉を足すつもりはなかったのだろう。

「美しくない所作を美しくないと認めぬのは論外。しかし、さらに論外の論外がございます」

乾いた声で又四郎はつづける。

「美しい所作を美しいと認めぬことです」

すぐに剛はわかる、己れのことだと。己れの所作が美しいとは思わぬが、己れを言っているのはわかる。六歳から十五歳までの十年を、死を集めて流す野宮でもろもろを怖れつつ生きてきた。なにがどうあっても図には乗れぬよう組まれている。

「どちらも、ありのままを認めぬという点で演者としては論外です。とはいえ、独り善《よ》がりはただ幼いか、あるいは愚かなだけのこと。その逆は、己れに厳しいようでいて、実は己れを護っています。己れの舞台をみずから貶《おとし》めて、身を削る精進の要る高みから遠ざけようとする。離れた処から冷徹に己れを観る体《てい》を取りながら、いつまでも己れの能を安穏《あんのん》な場処に置いて、楽を貪《むさぼ》っておるのです。そうして美しい所作を美しいと認めねば、やはり、美しくない所作を固めることになる。結果は独り善がりと同じですが、不実《ふじつ》であり、怠惰であり、卑怯《ひきょう》であり、そして愚かから遠いという点において、より罪が重い。それゆえ、論外の論外なのでございます」

それが己れか。

「鉄砲洲の皆様はもろもろを観ていた。それはよろしいでしょうか」

深く、剛はうなずく。

「そのもろもろのなかに、どうあっても己れが届かぬものを捉えたからこそ、凄いという一語が出たのではないでしょうか」

「届かぬもの……」

いったん腹の深くへ落としてから呼び戻し、それはなんだと剛は思う。なにがよくないもろもろを退《の》けて、凄いと言わせた？　やおら膨らもうとする想いを、又四郎の言がさえぎる。

「すっとお受けなさいませ」

声の色をわずかに和《やわ》らげて言う。

「いや、すっと受けねばなりません」

要る話を言う。

「能を鍬《くわ》とする岡藩の皆様が凄いと折紙を付けたのです。きっと、御藩主の能は変わられています。変わった已れの能をお認めください。ありのままを認めなければ、次の本番で変わるのがむずかしくなる。御藩主には本番を勤めるたびに変わっていただかなければなりません。誰もが変われるわけではないのです。変われる者しか変われない。変われる者は変わる務めがあるのです。そのためにも、凄い養老を舞う武井甲斐守景通《たけいかいのかみかげみち》様として、延岡藩の舞台をお勤めなさいませ。このたび、先様《さきさま》から望まれている三番目物は手強《てごわ》いですぞ」

よくも、ここまで……と剛は思う。手酷く、そして心地よく追い込むものだ。そして、ふと、企《たくら》んだか、とも思う。当初、又四郎は、剛が岡藩の「内々の能」の舞台を勤めることに異を唱えた。申し合わせの場を設けぬままの舞台はあまりに危うく、修理大夫殿の企みではないかとさえ口にした。が、いま、又四郎の言に耳を傾けていると、又四郎こそが企んだのではあるまいかと思えてくる。深く危惧《きぐ》したのは事実だろう。だからこそ剛に、よほどの覚悟を求めたのではなかろうか。たとえて言えば、自分の反対を押し切ってでも、鉄砲洲の舞台を勤めようとするほどの覚悟を。已れが立ちはだかることで、剛がみずから退路を断つように仕向けたのだ。さらには、その先だって見据えていたのかもしれぬ。譲ることのできぬ対立に直面して初めて、剛は導かれるばかりだった又四郎との関わりから已れの意思で抜け出た。生まれて初めて、已れの能がいかなる能なのかを立ち止まって考えもした。あれは、ほんとうに成り行きだったのか。明くる日の隅《すみ》田川《だがわ》行きをむしろ後押ししたかのような振舞いからしても、又四郎が仕組んだと観たほうが無理がなかろう。だとすれば、そこまで見通していた男がいま言っていることも、聞かぬわけにはゆかなくなる。むろん、導かれるばかりだった関わりから抜け出た己れとしてだ。

「ひとつだけ訊《き》いておきたい」

剛は言う。

「なんなりと」

「先刻、おぬしは岡藩の藩士が速さの向こうに己れが届かぬものを捉えたから凄いと口に出したと説いた」

「御意《ぎょい》」

「その、届かぬものとはなにか」

「別段のものではございません」

どうということもないように、又四郎は答える。

「本《もと》の本でございます」

間を置かずにつづけた。

「軸、でございますよ」

軸。

過日、又四郎は能にあって地《じ》とは軸に他ならないと言った。が、保は軸を語らず、又四郎からは軸をあえて聞かず、剛は勝手に軸を、強《つよ》づよと謡い舞うために要る躰の心棒のようなもの、と解してきた。

その意味を、まだ識《し》らない。

又四郎が手強いと言った三番目物の曲目を聞くのは翌日になった。通常、三番目物の大曲といえば野宮《ののみや》か定家《ていか》だが、おそらくそれはあるまいと剛は想っていた。若輩の己れには不相応だからではない。日向延岡藩とてやはり文隣院《ぶんりんいん》様の孫の能を見定めようとしているのかもしれぬ。ならば、大曲もありうると心すべきだろう。そうではなくて、もしも野宮や定家であれば、又四郎が手強いと言うとは思えなかったからだ。

まだ国に居た頃、能は酷《むご》い老いを超えてなお残る美を追う、と又四郎は言った。それゆえ、美の輝きがあとかたもなく消え失せた末の姿を描いた老女物《ろうじょもの》に重きが置かれる、と。なかでも最奥《さいおう》の秘曲が関寺小町《せきでらこまち》で、それは演じる上での縁を見せぬからだった。百歳の老女となった小野小町《おののこまち》は昔を追想しつつひたすら老いの哀れを物語るが、誰かを恨むでも狂乱に陥るでも往時の恋慕《れんぼ》の記憶に煩悶《はんもん》するでもない。さりとて達観しているわけでもなく、得意の和歌さえ我が身と同様に衰えていくのが残念であると嘆じて、極意を語ることもない。そのように百歳の現《うつつ》の日々をただただ生きるだけの小野小町に、老いを超えてなお残る美を醸《かも》させるのが関寺小町だ。勤める者はあまりの常との落差のなさに曲の世界に入るに入れず、うろうろと周りを巡るだけになる。

これに対して野宮は常との落差に溢《あふ》れている。後《のち》シテの六条御息所《ろくじょうのみやすどころ》の霊は後場の出だしから破れ車に乗って現われ、光源氏《ひかるげんじ》の正妻である葵上《あおいのうえ》の一行から受けた車争いの屈辱を語る。それも通常なら武者の合戦の場面でしか使われない修羅《しゅら》ノリの激しさだ。御息所の業《ごう》は全編を支配して、妄執の輪廻《りんね》から離れるための回向《えこう》をワキの僧に頼みつつも、源氏との野宮での思い出を吐露《とろ》せずにはいられない。閑居《かんきょ》と達観の日々を表そうと序之舞を舞うが、それだけでは想いを尽くせぬらしく破之舞《はのまい》まで舞う。三番目物のなかで大《だい》小序《しょう》之舞に破之舞をつづけるのは、昨今では舞台に乗ることも稀《まれ》になった落葉《おちば》と、この野宮の二曲だけだ。もとより、能は人の業を描く舞台とも言える。業をも美しく描くのが能であるとすれば、野宮は美の素材に満ち満ちていることになる。ゆえに大曲と称えられるのだろうが、関寺小町を能が現出《げんしゅつ》する美の彼岸《ひがん》に据える又四郎からすれば、業を業としてことさらに押し立てる、縁が過ぎる曲ということになるだろう。

野宮は削りに削って練り上げてきた能をより芝居らしく組み直す試《こころ》みでもあったと聞く。削らず、足した。又四郎ならば足して芝居に寄った曲よりも成熟洗練と管理統制が手を携えて削った奇跡のほうをためらうことなく採るだろう。業をあからさまに打ち出す曲よりも、業を見据えつつも業として表そうとしない曲を手強いと語るはずだ。やはり、延岡内藤家から求められた三番目物とは井筒あたりであろうかと、剛は見込んで曲の名を待った。が、又四郎の口から出たのは井筒よりもさらにさらりとした東北《とうぼく》だった。

「昔、東北との絡みで文隣院様にきつく灸《きゅう》を据えられたことがございました」

微《かす》かに笑《え》みを浮かべつつ、又四郎はつづけた。

「当時のそれがしはまだ十七、八といったところでしょうか。若輩ではありますが、子《こ》方《かた》上がりですので三番目物の舞台もそれなりに積み上げており、羽衣や二人静《ふたりしずか》、半蔀《はじとみ》なども済ませておりました。いまとなってみれば、それも文隣院様の光彩《こうさい》のおこぼれに過ぎぬのですが、評判も取っておりまして、その評判を己れのみの力とはきちがえて、あわよくば次はいくつかを跳び越えて野宮か、わるくても井筒あたりを勤めさせていただけるのではないかと期待しておったのです」

鵜飼又四郎にもそういう時期があったということだろう。己れにはなかったが、誰にでもあるそういう時期が又四郎にもあって、剛はふっと温まる。

「ところが、文隣院様から言われた次の舞台は東北でした」

往時は又四郎がまだ縁に目覚める前だ。むせかえるような業をいかに己れの能として取り込むかに、勤め甲斐を見いだしていたにちがいない。

「瞬間、言葉に詰まって、それがしは空いた間《ま》を埋めるように、東北、でございますか、とだけ申し上げました」

若い又四郎の気落ちが時の隔たりを易々《やすやす》と超えて伝わってくる。

「落胆は隠したつもりですが、気取《けど》られぬはずもありません。文隣院様は、ふん、と短く息を吐いてから、それがしには目もくれずにおっしゃいました」

「どのように？」

「いまだ子方か、と」

二人のやりとりが目に見えるようだ。

「結局、それがしは野宮、井筒はむろん、東北も勤めることが敵《かな》いませんでした。黙って舞台から外されたのでございます。舞えぬそのあいだ、それがしは懸命に東北の謡本《うたいぼん》を読み込みました。そして、たしかに己れが『いまだ子方』であるのを思い知ったのです」

おそらく又四郎は要る話として語っていない。けれど、剛はこれよりは要る話と思った。

「井筒が業を表に出さぬ曲であることもそのときはっきりと識りました。井筒といえばなんといっても後シテである紀有常《きのありつね》の娘の霊が夫だった在原業平《ありわらのなりひら》の形見の直衣《のうし》を着け、井戸にわが身を映して業平の面影を懐かしむくだりが見せ処でしょう。が、観客の胸を打つこの所作は実は狂気と紙一重であり、それほどまでに深い想いを抱いている証しでもあります。なのに、業平が他の女の許《もと》に通っても、後シテはいっさい恨み言を口にしません。井筒の業は内へ内へ沈潜していくのです。その井筒に輪をかけて、目に見える業が薄いのが東北でした。いまや歌舞の菩薩《ぼさつ》となった東北の和泉式部《いずみしきぶ》の霊はひたすら仏の説法としての和歌のありがたみを説いて、かつての想い人の名さえ口にしない。動きにしても、動かぬ能の井筒よりもさらに動きません。井筒にはともあれ井戸の見込みがありますが、眼目であるはずの和歌の徳を説く東北のクリサシに所作はない。クセは舞グセですが、定式の型を繰り返して優美な趣きをほのめかすにとどめます。動きらしい動きといえば序之舞のみで、演者としてはどこから取り付いてよいのか途方に暮れざるをえない。よくもまあ、東北と聞いて気を落とせたものだと、謡本の字句を追うほどに顔が熱くなりました」

一気にそこまで語ると、又四郎は思い出したように剛に目を向けて言った。

「御藩主は、東北は？」

「一度、謡本に目を通したのみだ」

野宮《ののみや》にあって、幽玄《ゆうげん》優美の三番目物はいかにも遠かった。それでも剛のことだから型は頭に入っているが、己れが舞うつもりで入れたわけではない。

「それでしたら、歌を詠む和泉式部を触《さわ》っておいたほうがよいかもしれません。井波はそこそこ和歌をやりますので、よろしければ語らせますが、いかがいたしましょう」

「頼もう」

和歌もまた、野宮から遠い。能に要るから押さえはしたが、踏み込んではいない。

「多少なりとも和泉式部の歌に馴染《なじ》んだ者からいたしますと……」

おもむろに、井波八右衛門は語り出した。

「東北の和泉式部は和泉式部と思えません」

「ほお」

和歌でも八右衛門は、八右衛門らしく説く。それまで八右衛門が和歌をやることは聞いていなかったが、なんとなしに察しは付いて、なんら意外の感はなかった。腰の二本が似合わぬ、その柔らかな風体《ふうてい》のゆえだけではなかろうと思う。

「ある時期、和泉式部は紫式部《むらさきしきぶ》らと共に一条《いちじょう》天皇の中宮《ちゅうぐう》である彰子《しょうし》に女房として仕えておりました。彰子は時の権勢を一身に集めていた藤原道長《ふじわらのみちなが》の娘で、道長が兄である道隆《みちたか》の娘、定子《ていし》を皇后に祭り上げて、中宮に据えたのです。いわゆる、二后並立《にこうへいりつ》です。この定子に仕えていたのが清少納言《せいしょうなごん》で、宮廷に、才ある女房たちによる華やかな和歌や物語の世界が花開いたわけですが、ひと口に女房といっても、和泉式部は紫式部や清少納言とはまったく異なるのです」

知らずに気が行く、八右衛門の語りだ。

「紫式部と清少納言は反りが合いません。ことあるごとに紫式部は、知識教養をこれみよがしにひけらかすとして清少納言を糾します。しかし、これはお互い様でありまして、紫式部の教養自慢も相当にうっとうしい。それも道理で、高い知識教養を振りまくことこそが彼女たちの務めでもあったのです。と申しますのも、往時の親王《しんのう》をはじめとする公達《きんだち》らは、まさにその香りに惹《ひ》きつけられて通い来たからです。いつの世も権勢は独りでは築きえません。いっときならどうにかなっても保つことはむずかしい。権勢の泉《いずみ》たりうる者たちに、幾重《いくえ》にも取り囲まれていなければならぬのです。その役割を担わされたのが、他ならぬ女房たちでした。才気溢れる女たちが紡《つむ》ぐ雅《みやび》を求めて、貴人が列をなします。それは結果として、主家《しゅけ》の一統の権勢を固めることになりました。ですから、女房たる者、紫式部や清少納言のようであって当然、と申しますか、紫式部や清少納言を目指して当然なのですが、和泉式部はそうではない。なによりも女としての性《さが》が先に立ちます。詠んだ和歌を見ても、溢れ返るような女の想いが学芸を退《しりぞ》ける。技巧を尽くした歌がまったくないわけではありませんが、和泉式部といえば生をほとばしらせた恋の歌なのです。ひとつ、採り上げてもよろしいでしょうか」

「もとより」

「されば、狂おしいほどに契《ちぎ》った親王の薨御《こうぎょ》の後も、なにゆえに髪を下《お》ろさぬのかと問いかける声に応えて詠んだとされております歌を一首」

ひとつ息をついてから八右衛門は歌った。

「思ひきやありて忘れぬおのが身を君が形見になさむものとは」

二度、繰り返してから言う。

「十六歳の御藩主にお尋ねするのはいささか憚《はばか》られるのですが、意味は通じておりますでしょうか」

「いや」

半分よりももっと伝わっていない。

「歌意《かい》を申し上げれば、親王が遺してくれた形見を変えてしまうようで、出家に踏み切ることができないと言っておるのです。和泉式部ならではと驚嘆させられるのは、その形見というのが、親王が愛しんだ己れの躰を指《さ》していることです。己が躰こそが形見だから髪を下ろすと形見の形を変えてしまう、だから尼にはなれないと応えている。いったい誰《いっ》が己れの躰を形見と受け止めるでしょう。そのように和泉式部の和歌に脈打つ想いは生易しいものではない。躰、なのでございます。躰が詠ませる想いなのです。もう一首、よろしいでしょうか」

こんどは黙ってうなずく。歌われた歌が声を発せさせない。

「黒髪の乱れも知らずうちふせばまづかきやりし人ぞ恋しき」

これはおおむね通じて息を呑む。

「あんまり哀しくて黒髪が乱れるのも構わずに泣き伏すと、そんなときにはすぐに寄り添って髪を撫でてくれたあの人のことが恋しくてたまらない」

それでも、八右衛門が歌意を語るとぞくっとした。

「どうということもない恋慕の情のようですが、黒髪という生々しさがこの歌を枠に収まらせない。ここでも躰なのです。あまりの臆面のなさに心を動かされたのでございましょう、かの藤原定家も黒髪を織り込んで一首詠んでおります。かきやりしその黒髪のすぢごとにうちふすほどは面影ぞたつ。和泉式部の歌を受けているのは明白でありましょう」

余韻が肌をざわつかせる。

「情を交わした親王が薨御したあと和泉式部は時を置かずにその弟の親王とも契り、召《めし》人《うど》として弟君の邸《やしき》に入ります。いかに恋を遊ぶ平安の世とはいえ、さすがにただでは済まなかろうと想わされるのですが、周りは彼女を認める。それも尋常ならざる者たちが認める。否定したくとも否定できぬのです。持って回った言い方ではあるものの、あの辛辣《しんらつ》な紫式部が才気と人柄を買っておりますし、藤原道長も『うかれ女《め》』という逆の呼び方で称えております。それもこれも、恋多き女という言葉さえ窮屈に感じられるほどに己れの想いを貫き通したからでございましょう。そうした生身の和泉式部に慣れていると、ひたすら仏の説法としての和歌の徳を説く東北の後シテはとうてい和泉式部と重ならない。なによりも、歌舞の菩薩となったはずなのに、東北には家集からも和泉式部日記からも引用がありません」

歌舞の菩薩の歌がない……。

「和歌で重く用いられているのはただ一首。春の夜の闇はあやなし梅の花色こそ見えね香《か》やはかくるる、ですが、これは和泉式部ではなく凡河内躬恒《おおしこうちのみつね》の作です。出てくる和泉式部の歌といえば、菩薩となるきっかけになったとされている、門《かど》の外法《のり》の車の音聞けば我も火宅《かたく》を出でにけるかな、のみですが、この抹香《まっこう》臭い歌をそれがしは識らない。ほんとうに式部の歌なのか疑ってさえおります。誰よりも生き生きと歌を詠んだ歌人をシテに据えながら、代表歌が一首もないというのはいったいどういうことなのでしょう。東北の後シテは、和泉式部とはちがう者の霊であるとしか、それがしには思えません」

「あるいは……」

じっと聞いていた又四郎が言葉を挟む。

「和泉式部とはちがう和泉式部なのかもしれません」

和泉式部ではある、ということか……。

「国許《くにもと》でそれがしが能はもともと鬼の芸だったと語ったことをご記憶でしょうか」

忘れるはずもない。能の始まりが鬼と知って、野宮の鬼である己れを能役者と見なすことができた。

「奈良の大寺院の修正会《しゅしょうえ》、修二会《しゅにえ》では、法会《ほうえ》の最後を締め括《くく》る追儺《ついな》として鬼遣《おにやらい》が催されました。法会とはいっても、善鬼《ぜんき》が悪鬼《あっき》を追い払うわけですから狂乱とさえ映るほどに跳《と》んで跳《は》ねてが繰り広げられる。僧が勤める鬼ではとうてい持ちません。で、この追儺を手掛かりに、能役者が祝禱《しゅくとう》の舞を任されるようになっていくのですが、もうひとつ、能役者が能役者になっていく路がありました。それが勧進《かんじん》能です」

八右衛門に引きつづいて又四郎の話を聞いているうちに、ふと、貧しい小藩には似合わぬ二人がよくそろったものだという気になってくる。台地の国がどうにか壊れずにいるのも、そのゆえなのかもしれない。人さえ得れば、国はどうとでもなるのか。この国も「ちゃんとした墓参りができる国」になりうるのか……。弁才船《べざいせん》で降参したはずの保の遺した主題がまた脳裏を過《よぎ》って、識っていたよりもずいぶんと、己れの墓への想いが強いのを察する。

「往時は十分ではない伽藍《がらん》を整えるために、あるいは再建のために、寄進を募る勧進僧が全国へ送り出されました。各地で人を集め、仏教の功徳《くどく》を説いて浄財を求めるのですが、僧の説話だけでは一度に多くの人を集めるのは困難です。いつしか勧進は仏法のありがたみを説く寸劇《すんげき》を伴うようになり、そこでも能役者が僧に替わっていきます。能は勧進と結びついて勧進能となり、人々はその能に先祖供養を重ねました。自分たちもそのように供養されたいと願い、こぞって寄進に努めるようになったのです。やがて勧進能から勧進が外れても仏法の導きは残ります。武家の成長と歩調を合わせて鬼の芸から遠ざかろうとした能にとって、仏教との結びつきは欠かせぬものだったのでしょう。そうして鬼の尻尾《しっぽ》を消しつつ、受け容《い》れられていったのです。その繋がりは武家の支配が進むに連れて密になり、流れは式楽《しきがく》となったいまにつづいています。だからこそ、いまなお夢幻能のワキのあらかたは旅の僧であり、シテは決まって僧に回向《えこう》を頼むのです。それがしには、この勧進能の流れが、ひたすら仏の説法としての和歌の徳を説く東北の和泉式部を生んだように思われます。仏教への帰依《きえ》を勧める、唱導《しょうどう》役としての和泉式部です」

八右衛門の目が又四郎に向く。

「和泉式部の晩年は明らかではありません。それがために各地に和泉式部にまつわる説話と信仰が生まれました。その多くに見られるのが、和泉式部が仏教への帰依を唱え導く役割を担わされていることです。女は五障説で成仏できないとされていたが、そうではない、なぜなら、あの『うかれ女』の和泉式部でさえ菩薩になれるのだから、という教えを託されるのです。そのとき、道長の『うかれ女』は、言葉はそのままに称える言葉から糾す言葉に置き換えられている。そのように和泉式部は名だけが残って中身は跡形もなく削ぎ落とされ、布教の徴《しるし》に組み替えられます。その和泉式部がまさに、東北の和泉式部と重なるのですが、しかし、そうなると、八右衛門が語った道長の『うかれ女』は東北のどこにも居場処がないことになる。能ではなくなってしまう。それをどう能にしていくのかが、東北を勧めるということなのではないかと思われてなりません」己れの躰を形見と見る「うかれ女」の肢体が遠のいて、束の間、三人の言葉が途絶える。

「それに関して、付け加えさせていただけば……」

剛が唇を動かそうとしないのを見届けてから、八右衛門が口を開いた。

「さきほど語った凡河内躬恒の歌でございます」

又四郎の目が八右衛門に向く。

「申し上げたように、東北には肝腎の和泉式部の歌がないのに躬恒の歌が引用されております。躬恒は言ってみれば紀貫之《つらゆき》の陰に隠れた歌人であり、和泉式部との格別の縁は認められません。なのに、ただ一首選ばれて、しかも、唯一の動きと言っていい序之舞を挟んで歌われている。つまりは、どうあっても、春の夜の闇はあやなし梅の花色こそ見えね香やはかくるる、の歌が必要だったということになりましょう。なぜ必要だったのか。歌意を追いますと、次のようになります」

思わず耳に気を集める。これはくっきりとわからなければならない。

「月のない夜の紅梅は闇に沈んで目には見えない、けれど、いくら闇夜が隠しても香りまで隠すことはできず、そこに紅梅が花開いているのを教える」

間を空けずに、八右衛門はつづける。

「和泉式部の歌にどうしようもなく魅かれるそれがしには、この闇夜に漂う紅梅の香りのなかに、道長が称える『うかれ女』がかろうじて息をしているような気がいたします」

「もはや、後世の人々が想う仏教の唱導役としての和泉式部が独り歩きをして、作者といえどもその和泉式部を拒むことはできない……」

すぐに又四郎が話を継いだ。

「……だからこそ、闇夜に咲く紅梅の香りのなかに道長の『うかれ女』を棲《す》まわせたとなれば、やはり東北は躰で歌を詠んだ和泉式部の能ということになるのでしょうか。それとも、あくまで歌舞の菩薩として描いた謡本の意を汲《く》むべきなのか。はたまた、闇夜の香りをかつての王朝世界の香りとしてその典雅さを醸すのか。東北の舞台を外されてから、当時のそれがしの齢《とし》と同じほどの時が経ちますが、いまに至ってもその答を得ておりません。さらりとして見えて容易には見通せぬのが東北。文隣院様も、たとえ上出来でも東北で感動をもたらすのは至難であるとおっしゃっておいででした」

二人の話が日向延岡藩の舞台に役に立つのかどうかはともあれ、二人と送った時は楽しかった。見えないものを見ようとするそれぞれの言葉の一語一語が快く、能舞台に蓄えられた熱のうねりのように剛の躰を巡った。話のすべてを理解したわけではない。己れの躰を形見と見る「うかれ女」の想いは伝わっていなかろう。己れの知る女の躰といえば、乳母《うば》から義母となった仙《せん》の乳房のみだ。六歳で突然奪われた重い乳房。あの落差。野宮から見上げる崖のような落差。乳のあった昨日と乳が消えた今日との落差から、「うかれ女」に触ることはできるだろうか。

「しかしながら……」

揺らぎ出そうとする剛の想いを、不意に、又四郎の声がさえぎる。話はまだ終わったわけではないらしい。

「御藩主には軸がございます」

軸。

また、軸。三たびの軸。

それでも、又四郎に軸を質《ただ》そうとしない己れを、剛は認める。

初めて軸なる言葉を聞いたとき尋ねなかったのは、演能の本の本になりそうな話を保ではない者から導かれるのを憚ったからだ。己れの能の師はあくまで岩船保だった。軸を識るなら保からでなければならなかった。

しかし、もう、よいのではないか。

問うても構わぬのではないか。

いや、問うべきではないのか。

なのに、問わない。

なぜだ。

なぜ、問わぬ。

「日取りでございますが、」

なぜ……

「十五日の後と決まりましてございます」

告げる又四郎の顔に、もはや軸は見えない。

十五日後、虎之門《とらのもん》にある日向延岡藩の上屋敷で、剛は清らかに東北を舞った。

春の夜の闇を染める、清明な梅の香のように東北を舞った。

清らかに舞えば逆に己れの躰を形見と見る和泉式部の「うかれ女」が浮かび上がると企んだわけではない。

清らかに舞えば人々の望む仏教の唱導役としての和泉式部がよりくっきりすると計ったわけでもない。

言葉にすれば、文隣院様の妖精になってくれたらよいと想った。

又四郎によれば、文隣院様の妖精は妖精にしか見えぬらしい。舞台を重ねてそのようになったのではなく、最初に妖精を勤めたときから妖精にしか見えなかったようだ。

妖精はこの世のものではないから妖精なのであろう。文隣院様といえども、妖精に会ったことはないはずだ。己れが「うかれ女」をわからぬように、妖精をわからぬはずだ。なのに、文隣院様の勤める妖精は妖精にしか見えぬという。わからぬ妖精をどのようにして妖精にしか見えぬ妖精にしたのか。それがわかれば、妖精のみならず、わからぬものを能にすることができる。常ならば、他の演者が舞台で勤めるもろもろの妖精を観て己れの妖精をつくっていく。さまざまに舞われる妖精のあれやらこれやらを、足しつつ引きつつ己れの妖精に仕立てていく。

が、文隣院様の妖精は最初から妖精だった。あれやらこれやらとは無縁だろう。ならば、文隣院様の妖精はどこから生まれてきたのか……。養老のときはどう舞うかを決めあぐねて今戸町《いまどちょう》の河原まで行った。けれど、妖精がどこから生まれたかは廊下へ出るまでもなかった。能から生まれてきたとしか思えぬ。能は能だ。

型の舞台だ。

役者の勝手を許さぬ。

文隣院様の妖精も能の妖精だ。

妖精にしか見えぬ妖精は歌舞伎の妖精ではなく能の妖精なのだ。

能の妖精なら能から生まれてきたに決まっている。

能を能にしているものから生まれてきたに決まっている。

剛はそれがなにかを語ることができぬが、それがあるのはわかる。

能は見えない美を見えるようにする。舞台から削れるものを削り尽くすことで、人の目に触れることのなかった美をこの世のものにする。そこに、能を能にしているものが厳然とある。

剛はそれを察するが、見渡す処に居ない。でも、文隣院様は見渡していて、それも躰で見渡していて、だから、妖精にしか見えぬ能の妖精が、それでもつるんというわけではなかろうが、生まれた。

そうと見えたとき剛は、又四郎が言った「変わる務め」を果たそうと思った。

乗れぬ図に乗って、己れも発起《ほっき》すれば見渡すことができると信じることにした。

又四郎が「変われる者は変わる務めがある」と言ったのはそういうことなのだろう。

わからぬものを能にして、この世のものにするためなのだろう。

だとすればそれはことさらなことではなく、能舞台に立つ者の勤めと言っていい。誰もがそうあろうと心している。それを勤めと思わぬ能役者など居ない。

たとえ幾多の舞台を経てそれを成しうるのは文隣院様のような演者に限られていると悟《さと》るに至っても、心底《しんてい》の深くにはなお、わからぬものを能にする己れを棲まわせている。そうでなければ揚幕《あげまく》を潜り、橋掛《はしがか》りへ踏み出すことなどできはしない。

だから、もしも「変われる者しか変われない」としたら、「変わる務め」があるに決まっているのだ、と思えた刹那《せつな》、居る！　と剛は察した。

そこに居る。

軸、が。

いまはまだ見渡すことのできぬ景色のなかに、己れが識ろうとしなかった軸が居る。又四郎の口からその言葉が出て以来、ずっと躰の心棒などと解してきたが、そうではないのだ。

どのように居るのかはいまも見えぬ。けれど、能を能にしているものを組んで、わからぬものを能にするのに与《くみ》しているのは疑いない。

「御藩主には軸がございます」

八右衛門と三人で東北と和泉式部を語ったときの又四郎の声が脳裏に響いて、だからか……と剛は思う。

だから自分は、又四郎に軸を質すことができなかった。軸から逃れつづけてきた。

軸がわかれば、おそらく能を能にしているものがわかる。見渡すことができる。わからぬものを能にして、この世のものにできる。それは能役者の彼岸だろう。剛も軸をわかり、能を能にしているものを見渡したい。

でも、きっと、その視野には、剛がいま求めている筈のすべても入っている。保が遺した三つの言葉も、己れが拐った保の能も、なぜ保が己れの玉《ぎょく》が能であることを伏せて御城勤めを採ったかも、みんなくっきりと見えるだろう。

もとより、それを願って、いまここに居る。三つの言葉をたしかめるために身代わりを呑み、野宮を離れて、江戸に来た。己れが保の能を拐ったと識ってからは、ひたすら取り戻すためのなにかの拍子を探し求めている。しかし、あえて気づかぬ体《てい》をとってはきたが、そのように求めつづけるうちに、怖れも巣食うようになった。

初めてそれを察したのは鉄砲洲の舞台で養老を勤め、藩士の方々の合評を聞いたあとだった。求めるなにかの拍子とは出会えなかったが、なにかの拍子ではないなにかには近づいている感覚があって、そのなにかはたぶん、己れが望んでいるような、たとえて言えば羽衣の、麗《うら》らかな春の朝のような気配に包まれたものとはちがうのであろうと気づいた。けれどおそらく胸奥《きょうおう》の、己れの識らぬ場処には、初めて又四郎から軸を聞いて、能の大本を保ではない者から導かれるわけにはゆかぬと抗《あらが》ったときから、怖れが潜んでいたのだろうと思う。

怖れは輪郭を持たなかったが、なにに因《よ》っているのかは伝わった。そして、剛はそうと伝わってしまう己れが嫌《いや》だった。受けるなにかが己れの裡になければ伝わるはずもない。その一事《いちじ》でさえあってはならぬことで、剛は受けるなにかを怖れ、ひいては、怖れる己れを怖れた。そして受けるなにかに蓋《ふた》がされた。それからはきっと識らぬうちに、軸を含めて、蓋を開けかねぬもろもろを遠ざけてきたのではないか。一方で、保が遺した三つの言葉の意味を、己れが拐った保の能を、そして保が御城勤めを採った理由《わけ》を焦《こ》がれるほどに求めながら、もう一方では求めるものから離れようとする……まるで下ニ居ルではないかと、剛は思った。

下ニ居ルは左の足を立て膝にし、畳んだ右足の甲を床に着けて座《ざ》す型である。能で座すとなれば下ニ居ルで、舞わぬシテに代わって地謡が謡う居グセのときも演者はこの型で居る。見処からはじっと動かずに休んでいるかに映るかもしれぬが、じっと動かぬということは所作へ逃げられぬということだ。座りつづけるからこそ、姿の美しさが厳に問われる。肝《きも》は左膝を起こさぬことである。左の膝が高いと躰の重心が後ろへ寄っていかにも醜《みにく》い。立て膝とはいっても膝頭はできうる限り低く保たなければならず、つまりは、左足は全力で前へ飛び出そうとする態《たい》になる。それを許せば脱兎《だっと》のごとく突き進むしかないから、畳んだ右足を遣《つか》って全力で引き止める。休むどころか、演者は全力を振り絞って下ニ居ルのである。

剛は下ニ居ルを想って左足の力を抜くのか右足の力を抜くのか思案した。が、それは束の間だった。怖れる己れを胸奥の暗がりから引き上げて陽《ひ》の下に晒せば、どちらを選ぶかはおのずと定まらざるをえない。剛は迷うことなく右足の力を抜いて、変わりつづけるのだと思った。発起したからといって怖れが消えることはあるまい。それでも変わる。怖れる己れと添いつつ、本番を勤めるたびに変わって、軸をわかり、能を能にしているものを見渡す。まずは日向延岡藩の東北だと思ったそのとき、清らかな和泉式部が降りてきたのだった。

剛が東北を舞い納めると、次に、主催した延岡藩御当代の内藤能登守政義殿が四番目物の俊寛《しゅんかん》を勤めた。舞台の最後を締め括ったのは、八右衛門が別家で寺社奉行を控えていると案内した村上藩内藤家の紀伊守信親殿の船弁慶《ふなべんけい》で、それからしばらくして会食になった。

二名の演者は戻られて、席には剛と能登守殿、紀伊守殿、それに支藩と聞いた三河挙母藩御当主の内藤丹波守政優《たんばのかみまさひろ》殿と、やはり能が盛んらしい丹波篠山《ささやま》藩の青山因幡守忠良《あおやまいなばのかみただなが》殿の五名が会したが、因幡守殿と剛を除けば身内と言ってよいにもかかわらず話は弾まなかった。能についての話も能登守殿の俊寛を巡って三、四度、言葉が交わされたのみで、東北にはひとこともなく、方々、御酒《ごしゅ》もさほど進まぬままお開きとなった。

剛はといえばこの一回でずい分と軸に近づいた感触を得ていた。すでに残された時は四月《よつき》に近づいて、まだ居座る暑気のなかにあっても、ふと十六歳最後の月となる師走《しわす》を感じる日がなくもなかったが、この分ならなんとか怖れた流れは避けられそうな気がした。初めて序之舞を、舞った、と思えたのだ。舞うほどに、その舞が孕《はら》んだ世界は深く、もしも十七歳を越えて生きるなら、己れは一生をかけて序之舞を躰に入れていくのだろうと察した。

そのように、納めたときはこれが変わるということなのかと感じてもいたが、会食の席に臨んでみればまったくの無視は酷評よりも応えた。宴《うたげ》にはならぬ宴が進むほどに、独り善がりを自戒せざるをえない。序之舞の手応えだけは疑いないと念じつつ、なんとかお開きに漕ぎ着け、仕切り直しを考えながら帰途につこうとしたとき、招いた負い目を感じでもしたのだろうか、能登守殿がすっと剛に近づいて、「少々よろしいか」と言った。

こういうときに気を遣われるのは傷口に塩を塗られるようで、思わず口を濁すと、能登守殿はまだ二十歳《はたち》の目を向けて「是非に」と言葉を重ねる。その若い目がふっと気持ちを軽くして、剛もまたなにかを語らずには帰りにくい気でいる己れを認めた。

供の者を制して能登守殿が向かったのは庭の離れで、大名茶に使う座敷のようだ。入ると、能登守殿みずから煎茶を淹《い》れ、蓋物の蓋を開けた。

「いかがか」

見ると、さらさらした赤飯のようなものが入っていて、勧められるままに口に含むと、じんわりとした甘さが舌に合う。

「薩摩《さつま》炒《い》りでござる」

言うと能登守殿も指を伸ばして口に入れた。

「日向延岡の菓子なのに薩摩の名が付くのも妙ですが、高直《こうじき》で手の出ぬ砂糖の代わりに薩摩芋を甘味《かんみ》に使うので薩摩の名があるのです。細かく刻んだ薩摩芋と小豆《あずき》を煮て、その小豆と米を混ぜて炒る。それがしがこの家に養子に入ったのは十五のときで、恥ずかしながらまだ甘味が欲しかった。勝手がわからぬ土地で最初に気に入った菓子がこれでした。以来、手元に置いております」

大名には似合わぬ素朴な菓子が、剛の実の齢と同じ十五歳を伝える。

「甲斐守殿は十六歳でしたな」

「さようです」

「同じ齢頃で家督を継いだということで、一度ゆっくりお話をさせていただきたいと存じておりました」

「恐縮です」

それが彦根井伊家の柄《がら》なのか、向き合う者を構えさせぬ鷹揚《おうよう》さが兄君の修理大夫殿と重なる。

「それがしが豊後岡藩の修理大夫殿の弟であることはお耳に入っておりますか」

「はい」

すっと剛は答えた。

「修理大夫殿には過日、鉄砲洲でたいへんお世話になりました」

「実は本日はもう一名、兄弟が同席させていただいております。三河挙母藩の丹波守殿です。それがしが十五男で、兄が十三男になります」

「それは存じませず」

返しながら剛は、八右衛門がその種のことを言い添えぬのはめずらしいと思う。

「いえいえ、本日、急に出席が決まったのです。兄は子供の頃の病《やまい》が元で足が思うに任せず、あまり表へは出ません。それが、甲斐守殿が舞台を勤められると耳にして、なんでもっと早く知らせを寄こさないと小言《こごと》を言ってきました。とっくに知らせてあったのですが、手ちがいがあったのでしょう」

そうと語られれば、今日の舞台の出来に気が行かざるをえない。けれど、能登守殿はすぐに話を戻した。

「丹波守殿もまた九年前、三河挙母藩内藤家の養子に入られました。その養子がふつうの養子とはいささか異なっておりまして、つまり、そのとき兄を迎えた養父の内藤政成《まさしげ》殿もまた兄なのです。それがしより十八歳上の八男で、二十六年前に彦根井伊家より養子に入って家督を継いで以来、身を削って藩の内証の立て直しに取り組んできました。費用を浮かすために、己れの政務の場処も藩校に移したほどです。すぐには成果が得られずとも怯《ひる》むことなく、できることを地道に積み上げて挑みつづけてこられました。にもかかわらず十七年間、状況はなんら好転せず、さすがに気力が尽きて、持参金で急場を埋めるために実家の弟を養子に迎えたという次第です」

丹波守殿を呼ぶのに「兄」と官名が入り交じるところに、能登守殿の素《す》が洩れ出る。修理大夫殿のときと同様、大名のありのままを識るにはありがたいが、なんでわざわざ己れを呼び止めて素を晒すのかがわからない。

「甲斐守殿もその御齢で藩主に就かれてさぞ御苦労と察するが……」

苦労は能の周りでしかしていない、と剛は思う。就いてふた月に満たぬ藩主だが、なり切ってみれば至らなさに想いが及ぶこともある。又四郎と八右衛門は己れの能を支える一方で、この国を壊さぬ営みを黙々とつづけているのだろう。己れは能だけである。身代わりには出過ぎた感慨かもしれぬが、この身代わりは己れが選んだ。なにをどう想おうと、己れの生だ。年が替わるまでの、あと四月余りの藩主であるとはいえ、この国を「ちゃんとした墓参りができる国」にする苦労もしてみたかったとは思う。

「兄たちの苦労を見るにつけ、己れに藩主が勤まるのかという疑念をぬぐえません」

能登守殿の素が広がる。

「実はそれがしの養子が決まる前、彦根井伊家には家督を継いだ三男の直亮《なおあき》の他に直元《なおもと》、直弼《なおすけ》、そしてそれがし直恭《なおやす》の三人の男子が残っておりました。とはいえ、直亮には子がないため十一男の直元が養嗣子《ようしし》に入っており、養子に出るとすれば、居るのは十四男の直弼と十五男のそれがしの二人だけです。当家への養子話が持ち上がったときも、話を受けた江戸屋敷の直亮から二人が呼び出され、共に江戸へ上がりました。そうは言っても、それがしはといえば、江戸見物に行くくらいの心積もりだったのです。凡庸なそれがしに比して兄の直弼は英明で知られていました。書に絵画、和歌に茶、そして居合……能も相当なものです。彦根井伊家の者には能好きが多いのですが、兄は別段《べつだん》で、みずから琵琶湖を舞台とした筑摩江《つくまえ》なる曲を書いてさえおります。ですから、選ばれると したら兄に決まっていると思い込んでいた。それがしが選ばれるなど露ほども考えませんでした」

ずっと野宮で保と居た剛にはその気の動きが手に取るようにわかって、知らずに能登守殿の素に引き込まれていく。

「なのに、選ばれたのはそれがしだった。ひとつには齢があったのかもしれません。申し上げたように、その年、それがしは十五で、兄の直弼は二十歳でした。迎える延岡内藤家としては、すこしでも早く御家の色に染まる、年若い藩主が欲しかったとも考えられるでしょう。しかし、もっと大きな理由は、兄が英明だったことであると、それがしは信じております。兄ほどの逸材を並の者が御《ぎょ》すのは、誰の目にも無理とわかります。兄を藩主に迎えれば、兄が御家の色に染まるのではなく、御家が兄の色に染められてしまう。それゆえ、それがしを迎えた。それがしを選んだのではなく、兄を避けたのです」

いまは彦根の城からも出て三百俵の部屋住み暮らしを送っているという能登守殿の兄君のことは八右衛門からも聞いていない。が、おそらく、能登守殿の見立ては当たっているのだろう。

「兄たちが預かった国に劣らずにわが国も傷《いた》んでおります。藩主の座に就いてから五年が経って、すこしは余裕が出たかといえば、むしろその逆です。十五歳が十六歳になり、十七歳になり、国の実情が見えてくるにつれて、もっと追い詰められていく」

おそらく、己れが十六歳になり、十七歳になることはなかろうが、もしも能登守殿の話が己れへの切言《せつげん》でもあるとすれば、それはそれでありがたかった。

「せめて、もそっと早く養子に入れば、それがしでもすこしは役に立てたのでしょうが……甲斐守殿は来年、御国入りですか」

不意の問いかけの意味がわからぬ上に、むろん、来年の国入りの話も聞いておらず、返す言葉に詰まる。が、能登守殿は構わずに話をつづけた。

「急養子の禁が解けて、いつでも跡継ぎを立てられるようになるからでしょう、通常は十七歳で初の国入りになります。それまで大名の嗣子は江戸屋敷に居て、藩主に就いても十六歳までは参勤交代も免れているのですが、申し上げたように、それがしは十五歳で養子の藩主になり、彦根から日向延岡藩の江戸屋敷へ入りました。それゆえ、実質、参勤の免除もなきに等しかった。もそっと早く養子に入れば、と申したのは、そういうことです」

能登守殿の素がますます広がるが、愚痴話には聴こえない。むしろ、大名の、それも一統合わせて二十万石の譜代大名の暮らしの生々しさが失われた東北の隙間を埋めていく。修理大夫殿も能登守殿も、危うい話をさらりと語って、妙なところで、さすが彦根井伊家、などと感じ入ってしまう。しかし、それにしても、と剛は思う。なんで能登守殿はこれほどに素を晒すのか。修理大夫殿のときはきっと聞き手が要るのだろうと思った。〝年端《としは》もゆかぬ〟ゆえ聞き手にちょうどよいと見ているなら、こちらも大名の地肌を見るためにその役を引き受けようとした。しかし、能登守殿はちがう気がする。二十歳の藩主だから、というだけではなく、ちがう。

「いつか、どなたかにこの愚痴話を聞いていただきたいと思っておったのですが……」

再び、薩摩炒りに指を伸ばして、能登守殿は言った。

「しかし、結局、誰にも語ることなく五年が経ちました」

なぜか、指を戻す。

「おそらくこのまま、〝どなたか〟には巡り会うことなく終わるのであろうと思っておったのですが、本日、想いもかけず、甲斐守殿に聞いていただくことになった」

居ずまいを正して、つづけた。

「甲斐守殿の東北のお蔭です」

たしかに、とうぼく、とは聴こえたが、己れの勤めた東北と重ならない。

「篠山藩青山家の因幡守殿ですが、寺社奉行を務められておいでです」

話が舞台から離れて、やはり、とうぼくは聴きちがいかと剛は思う。

「ただいま評定所《ひょうじょうしょ》絡みでいささか厄介を抱えておられるのですが、挙母藩の兄と同様、本日、甲斐守殿が舞台を勤められるのを聞きつけて、急遽、お見えになりました」

ならば、とうぼくは東北でよいのか。

「皆様、甲斐守殿の舞台に引き寄せられたのです」

とたんに、耳が構える。あの会食のあとだ。話は苦くなるに決まっている。宗旨替えをしたとはいえ、図に乗りようもない。

「そして、皆様、感に入っておられました」

はて……。

「それがしも含めて、皆様、東北で感動したのは初めて、と口をそろえられました」

聴きちがいでなければ、謀《たばか》られてでもいるのか……。

「ただ、それをどう甲斐守殿に伝えればよいのかわかりません」

思わず、能登守殿の瞳の奥を覗《のぞ》いた。

「いずれも能をこよなく好む方々です。己れの至らぬ言葉であの東北を汚《けが》すのが怖いのです。己れが汚す者になってしまうのが怖い。それほどの東北なのです。語りたくとも、語れぬ。それゆえ、会食のあいだ、皆様、じっと唇を閉じておられたのです」

見据えても、あの二十歳の目のままではある。

「どなたかが口火を切れば、堪《こら》えていた皆様の言葉が堰《せき》を切って噴き出たのでしょうが、結局、誰もが最初のお一人になるのをためらわれた。で、あのような席になってしまいました」

そんなことが、ある……のだろう。

「本日の能を主催したそれがしとしては甲斐守殿が戻られてしまうまでになんとかしなければなりません。しかしながら、至らぬ言葉を怖れるのはそれがしとて同じです。どう、甲斐守殿に声を掛けてよいのかわからない。いよいよ切羽《せっぱ》詰まったとき、なぜか、ふっと思いついたのです。ずっと仕舞いつづけてきた己れの愚痴話を聞いていただこう、と」

すっと近寄って、「少々よろしいか」と言ったときの能登守殿の若い目が浮かんだ。

「誰にも語ったことのない、これからも語るつもりのなかった愚痴話を垂《た》れ流せば、己れの東北への本心をいささかなりともお伝えできるのではないか……そういうことであります」

「お言葉、たしかに、」

くっきりと、剛は言った。

「頂戴いたしました」

これからは、もう、どうあろうと、図に乗るのだと思った。

七

最も会わなければいけなかった御藩主、三輪《みわ》藩の望月出雲守景清《もちづきいずものかみかげきよ》殿に初めての挨拶を申し上げたのは、東北《とうぼく》を勤めて間もない九月一日の月次御礼《つきなみおんれい》の日となった。

初めて剛《たける》が御城に上がった七夕の式日《しきび》に、出雲守殿は登城されなかった。岡《おか》藩の修理《しゅり》の大夫《だいぶ》殿は病《やまい》のゆえと言い、その病を本草学《ほんぞうがく》にのめり込む草癖《そうへき》と言ったが、八月一日の八朔《はっさく》に加えて十五日の月次御礼にも姿を現わさぬと、あるいは真《まこと》の病かもしれぬと首を傾《かし》げた。

けれど、ようやく姿を見る機会を得た出雲守殿の瞳は三十の半ばという齢《とし》を知らぬげに澄み渡り、顎《あご》はきれいに締まって、剛は目にした刹那《せつな》、出雲守殿の、面《おもて》をつけぬ直面《ひためん》の舞台を見たいと思った。所作《しょさ》にも濁りはなく、病の翳《かげ》は微塵《みじん》も見受けられない。

知らずに、なんで登城日を四度《よたび》も控えられたのか、そもそもこの御城でそんな気随《きずい》が通るのかといった疑問を覚えたのだが、挨拶の順を待っているあいだに呆気《あっけ》なく霧散していた。出雲守殿に目を遣《や》るたびに、「美しく居《い》る」というのはこういうことなのかと嘆《たん》じざるをえず、この期《ご》に及んでなお登城のことなんぞに想いが行く己れが、いかにも身代わりと感じられるのだった。

最初に「美しく居る」という言葉を剛に伝えたのは例によって岩船保《いわふねたもつ》で、「なかなか想うようにはいかぬがな」という前置きをしてから語り始めた。

「能を美しく舞うためには、舞台と日々の暮らしに境目があってはならない。常日頃から、美しく居《お》らねばならぬ」

「常日頃から……？」

それを聞いたのが、六歳から十五歳までの野宮《のみや》での日々の、いつの頃だったのかは曖昧としている。覚えていたはずなのだが、気づいてみると模糊《もこ》としていた。いまとなっては、いつ思い出せぬと気づいたのかすら思い出せない。なのに、なにを語ったかはくっきりとしている。

「能に関わる場を離れても、常に美しく居《い》るということだ。美しく座して、立って、歩んで、語って、物を喰わねばならぬ。常の暮らしに要《い》る所作のひとつひとつに、美しい形《かたち》と、その形に至るまでの動きを想起《そうき》する。稽古場と舞台だけで、能は舞えぬ。己れの常の暮らしまで舞台にして、舞台を常の暮らしにしなければならん」

保の言葉はすぐに正しいとわかったが、死を集めて流す野宮で日々を送る剛には正しすぎたし、美しすぎた。

「俺は昨日《きのう》虫を喰った」

思わず保に言っていた。

「虫をも美しく喰えということか」

野宮にあって、いったい、どうやって美しく居ればよいのかという想いが、保の居る場処と己れの居る場処とのあいだに、あるはずのなかった裂け目を見させていた。暗に、己れの野宮での送り様《よう》を汚ないと責められている気もした。

「むろんだ」

けれど保は、その裂け目が見えぬようだった。

「当たり前ではないか」

即座に答えたその間《ま》に助《す》けられて、剛は「美しく居る」を受け容《い》れた。

ただし、能を美しく舞うためではなかった。

剛が能で目指していたのは鬼だった。跳んで跳んで跳びまくる能だった。美しい能ではない。

剛にとって「美しく居る」は能のためではなく、ひとえに常の暮らしを律するための文句だった。

能で生き延びて大人になることだけを念じてなんとか保っていた野宮の暮らしだった。日々のすべての時を能だけで埋めたいが、剛は霊ではない。生きようとする躰《からだ》を持っている。喰い物を喰わねばならぬし、眠りもせねばならない。つまりは、喰い物を漁《あさ》らねばならぬし、寝つくまでの時を遣り過ごさなければならぬということだ。そういう、能ではない時に、悪鬼《あっき》が巣喰おうとする。こんな暮らしを重ねてなんになると嗤《わら》い、俺がなんとかしてやるよと歯茎《はぐき》を見せて能の時をばりばりと貪《むさぼ》ろうとする。こんなことをやってるから、おまえはこんなところから離れられない、俺がきれいに喰らい尽くして思い切らせてやるさと、太い筋で盛り上がった背中を見せる。石舞台《いしぶたい》で跳んでいる剛は悪鬼を受けつけぬが、虫を喰う剛は悪鬼を引き止められない。悪鬼の後ろ姿の向こうに、突っかい棒を失ってどこまでも堕《お》ちていく己れが透けて見えるが、やめろ、という叫びは掠《かす》れて声にならぬ。

その、悪鬼が跳梁《ちょうりょう》しようとする、能ではない時の唱導《しょうどう》として、剛は「美しく居る」を容れた。

「美しく居る」が良いのは、躰への働きかけであることだった。気への戒めではあるが、あくまで躰から入る。躰から入って気へ行く。あるいは躰が気をつくる。だから、悪鬼は入り口を失う。悪鬼は気の隙間から侵《おか》し入るのであって、躰へは入れない。ひたすら躰に働きかけて美しい形と美しい動きを念じていれば、おのずと悪鬼とは無縁になる。

実際にやってみれば、これほど効《き》く唱導はなかった。なにしろ、律するのは躰であり形である。気には無理強《むりじ》いをせぬから、比喩《ひゆ》ではなく、虫をも美しく喰らうことができるし、美しく憚《はばか》りを使うことができる。醜《みにく》さが美しさに替わる。幾日か経った頃には、美しく居《お》らねばここで生きていくことはできぬと悟った。己れの気を律して過酷に立ち向かっても薄まりこそすれ消え去りはしない。手応えの不たしかさに疲れて、ほどなく息が切れる。けれど、己れの躰を律して美しく居《い》れば過酷を追い遣ることができる。場が酷《むご》いほど美が効く。輝きが力だ。野宮で物を喰う辛さが薄れ、眠りが深まるほどに、「美しく居る」を美しすぎると受け止めた己れがいかにも遠くなった。

そういう剛が見ても、出雲守殿は美しく居た。見るにつれ美しくて、なんで大名ともあろう者がこれほどに躰を律することができるのだろうと訝《いぶか》った。

もとより、出雲守殿は「奥御手廻り御能《おくおてまわりおのう》」の軸となる志賀《しが》藩の能を取り仕切る御方である。修理大夫殿は出雲守殿を「奥能の元締」と呼び、又四郎《またしろう》は「明日の名人」と呼んだ。となれば、出雲守殿は保が説いたように、美しく舞うために美しく居るのだろう。能のためだけに、美しく居るということだ。

剛は美しく居たくて美しく居たのではない。美しく居ざるをえなかったのだ。どうということもない所作にも美を強《し》いる酷さが野宮の常なる暮らしにはあった。逆に言えば、だからこそ、すっと「美しく居る」に入れた。もしも能のためだけであったなら、「美しく居る」はやはり美しすぎただろう。

けれど、出雲守殿を目《ま》の当たりにすれば、能のためだけに美しく居る者は現に居るのだった。

傍《かたわ》らから見れば、二人はいま同じ場処に居るのだろうと剛は想う。図に乗れぬ者の常で、美しく居ようと努めてはきたものの、己れが美しく居るのかどうかはわからぬとずっと見なしてきた。が、岡藩の「内々《ないない》の能」で養老《ようろう》の合評を聞き、鵜飼《うかい》又四郎に「変われる者は変わる務めがある」と糾《ただ》され、延岡《のべおか》藩の能登守《のとのかみ》殿から東北への想いを語られば、もはや図に乗らぬのは罪だ。そして、己れの舞台を声のとおりと認めれば、その理由は、虫をも美しく喰らい、憚りをも美しく使ってきたことくらいしか思いつかぬ。そうして悪鬼から逃れてきた時の積み重ねが、舞台の上の形や動きをも研《と》いだということなのだろう。だから、二人は共に、「美しく居る」が躰に入っているのだろうが、剛からすればかけ離れている。そこに至る路筋《みちすじ》が似て非だ。己れは逃げてそこに居て、出雲守殿は追ってそこに居た。同じ場に立ちながら、まったくちがう場に立っている。

だからこそ出雲守殿に、「奥能の元締」とはまたちがう興味が湧いた。

井《い》波八《なみはち》右衛《え》門《もん》は出雲守殿を、「変わり者」で通っていると伝えたが、一見する限り、変わったところはなにもない。むろん、美しく舞うために美しく居た能は大名の能を突き抜けているのだろうが、舞台を見ぬ人にそれは見えまい。むしろ、様子のよさが、まさしく大名である。供連《ともづ》れがなくとも頂《いただ》きに立つ者とわかる。けれど、その様子のよさは人を落ち着かせない。まさしく大名ではあるが、修理大夫殿や能登守殿のような、向き合う者を構えさせぬ鷹揚《おうよう》さは皆無だ。もしも周りから「変わり者」と了解されているのなら、おそらくそれは、誰もが同席しているうちになにかしら不安のようなものを覚えるからではなかろうか。その覚えが、きっと草癖の評判を流布《るふ》させた。不安の源がわからぬのはもっと不安だから、草癖というわかりやすい理由を付けた。リンナウスなる欧羅巴《エウロッパ》の靄《もや》に包まれた学者にちなんだ薬草園の名の響きは、漠とした不安の源を表すのに格好だったのだろう。出雲守殿の様子のよさは、そういう仕業《しわざ》を周りに強いる。

剛もまた周りの一人だ。例に漏れず、不安のようなものを覚える。しかし剛は、その不安のようなものが嫌《いや》ではない。同じ場に立ちながら、まったくちがう場に立っていると感じはするが、その隔たりの遠さも嫌ではない。なぜかと想って、すぐに気づいた。重なるところがあるからだ。あの御方と重なるところがある。あの松之廊下《まつのろうか》の、小ぢんまりとした松のような御方と。

あらためて剛は挨拶を受けている出雲守殿を見遣る。ほどなく従五位下《じゅごいげ》から従四位下の四品《しほん》となって大広間に殿席《でんせき》を移られる出雲守殿の許《もと》には、もろもろの柳之間《やなぎのま》の大名が先々の縁《えん》を繋ぎにやって来る。ひとことで済まぬのは、病気見舞などを述べているのかもしれない。ようやく己れの順がきて、剛は間を詰める。そして、出雲守殿の前に座したとき、ふっと、そういう場なのか、と想う。そういう、あの御方と重なるところがある方々が集《つど》われる場が「奥御手廻り御能」なのか……。ならば、加わってもよいか、という思いが頭を掠《かす》めて、剛は愕然《がくぜん》とした。

加わってもよいか、とはなんだ。

なにを考えている。

奥能に加わることはなんとしても射貫《いぬ》かなければならぬ高い的《まと》であろう。江戸に来てからのふた月余りの時はただその的を目指して流れており、鵜飼又四郎と井波八右衛門ともその紐帯《ちゅうたい》において繋がっている。

ひざまずき、額《ぬか》ずいても、加わらせていただく立場だ。

なのに、加わってもよいか、とはどういう了見《りようけん》だ。

剛は己れらしからぬ気の動きに狼狽《うろた》える。

もはや、図に乗るという領分ではない。踏み外している。

慌てて打ち消そうとして、澄み渡った目と目が合った。

ともあれ、御挨拶を申し上げなければならぬが、頭のなかは、加わらせていただくと加わってもよいかが入り交《ま》じっている。

用意していた言葉が散って、国と名だけを言い、御見知り置きのほど宜しく御願い申し上げます、のみ添えた。

「三輪藩、望月出雲守景清です」

変わらぬ様子のよさで、出雲守殿はすっと言う。

「よしなに」

言葉はつづかない。それで切り上げる意向のようだ。素っ気ない物言いがよく似合って、リンナウスだ、と剛は思う。

けれど、場は辞さない。正対したまま、出雲守殿を見る。あの御方を見るように見る。

そうして、己れを観《み》る。

「奥能の元締」を前にして、己れの裡《うち》の加わらせていただくと加わってもよいかがどう動くかを観る。

ふたことみことは言葉を交わせたであろう間を空けて、剛は深く頭《こうべ》を垂《た》れ、辞去の意を顕《あらわ》す。

やはり、加わらせていただかなければならぬと思っている。

けれど、頭を上げたときは、加わってもよいかもまた消えぬと思っている。

そして、なにも変わっていないわけではないと思いつつ、背中を見せる。

加わらせていただくと加わってもよいかはいまなお共に已れの裡にある。あるが、もはや入り交じってはいない。間《あわい》のあたりはまだ模糊としているもののふたつには分かれて、いま已れが奥能に求めているものを見渡すことができる。

当初、奥能はすべてを含んでいた。

もとより、剛にとっては三つの言葉の行方《ゆくえ》を見届ける鍵だった。

素晴らしい役者。

想いも寄らぬことをやる。

うらやましい。

そこにたどり着きさえすれば、なんで保があんな言葉を遺《のこ》したのかがくっきりとするはずだった。

そして又四郎と八右衛門にとっては、どこへ漂い流れていくかわからぬ御国を繋ぎ留めておくための紐《ひも》だった。

小藩はどこも細い糸を縒《よ》ってその紐を組む。ないよりあったほうがよい紐だ。が、奥能という太い糸を組み込めば、疑いなくあったほうがよい紐を手にできる。

又四郎と八右衛門にとっての奥能はいまも変わらぬかもしれぬ。そして、その変わらぬ奥能は、この国を「ちゃんとした墓参りができる国」にしようとした保の身代わりとしての剛の奥能でもある。その限りにおいて、剛の奥能も変わらない。

が、三つの言葉を見届けるほうの剛の奥能は変わっている。

なによりも、見届けようとするうちに剛が見届けなければならぬのは三つの言葉だけではなくなった。

己れが拐《さら》った保の能を取り戻さなければならなくなり、己れが識《し》ろうとしなかった軸を識らなければならなくなり、そして、能を能にしているものを見渡さなければならなくなった。おそらく、その景色はあまりに冴え冴えとして、三つの言葉のみならず、己れの識らぬうちに視野から遠ざけていたもろもろさえ見えてしまうのだろうが、しかし、それでも、直視する己れに変わらねばならぬと心して、いまここに居る。

そのように、剛自身も変わろうとしている。能を能にしているものを見渡すことでわからぬものを能にできるなら、そして、もしも己れが「変われる者」であるとしたら、「変わる務め」があるに決まっていると思うようになっている。

おのずと、奥能の見え方も変わる。勤めさせていただいてみれば、養老を舞った岡藩の能舞台も、東北を舞った延岡藩の能舞台もかけがえのない的だった。江戸へ出てきた当初は、能は武家の式楽《しきがく》であり、武家の棟梁《とうりょう》がおわす御城の最奥《さいおう》で舞われる舞台こそが最高の能なのであろうと了解することができたが、いまとなってはずいぶん前のことのように思い出される。

修理大夫殿の国の能も、能登守殿の国の能も、それぞれの向き合い方で能の奥深くへ分け入っていた。能を能にしているものを見渡せぬいまでも、両家の舞台の上に能を能にしているものがたしかにあったことだけはわかる。すでに、この月半《つきなか》ば、虎之門《とらのもん》で会食を共にさせていただいた丹波篠山《たんばささやま》藩の青山因幡守忠良《あおやまいなばのかみただなが》殿の御屋敷からも御招きを得て百萬《ひゃくまん》を勤めることになっている。時の寺社奉行が東北を言葉で汚すのを控えたという言を信じれば、因幡守殿の国の能もまた両家の能と重なると観てよいだろう。あるいはそのあとも、そういう舞台がつづくのかもしれぬ。能を能にしているものを見渡すという視座からすれば、もはや奥能を唯一無二《ゆいいつむに》の的と捉えるのはむずかしい。

もしも、奥能にたどり着く前に軸を識り、能を能にしているものを見渡すことができれば、そこで剛の三つの言葉を見届ける旅は仕舞《しまい》になる。あとは保の身代わりとしての務めを果たすためと、又四郎と八右衛門との紐帯を切らぬための奥能になるだろうが、そのとき己れはどうするのだろうと剛は想う。弁才船《べざいせん》の出る湊《みなと》で身代わりを覚悟したとき、己れの命はこの年の瀬までと腹を据えた。が、三つの言葉をたしかめたそのとき、残りの務めを棄《す》てて跳んだとしたら、己れは十六歳を越えて生きることができる。江戸屋敷から隅田川までの路筋も諳《そら》んじている。川筋まで着けばその後はどうとでもなるだろう。いまなら、できぬことはないはずだ。

けれど、剛にはその先が描けない。隅田川から江戸湊へ出て弁才船に乗って、今日もどこかの土地で小屋を張っているのであろう堀井仙助座《ほりいせんすけざ》に行き着く己れが見えない。やはりな、と剛は打ち消す。こういうときになって気づかされるのだが、ずっと能で生き延びて大人になると念じてきながら、己れには生と死の間《あわい》を曖昧にしか感じ取れぬ気味《きみ》があるようだ。こっちと向こうを分かつ溝が見えにくい。死を集めて流す野宮に躰が馴《な》染《じ》み過ぎたのか、あるいは「冥界と現世《うつしよ》を行き来する者である」能役者のゆえか……ともあれ、生き延びるためだけに残りの務めを棄てるのは無理だろう。

わずかふた月余りの関わりとはいえ、いまの己れに又四郎と八右衛門との結び紐を断てるとは思えない。そういう抜きがたさが、就《つ》いてみれば藩主の座にはある。ふと気づくと、身代わりを忘れて想いを組んでいたりすることもすくなくない。そしてなにより、保の身代わりとしての務めをおざなりにできるはずもない。たとえ三つの言葉への疑念が消えても己れは残るのだろうと信じた刹那、剛はまた、が、しかし……と想った。

もしも、奥能でなくともそのふたつの務めを果たすことができたとしたら、そのときはどうだろう。己れがこの国を「ちゃんとした墓参りができる国」にできぬことは骨身にしみている。が、あれは弁才船に乗っているときだった。いささかなりとも身代わりが板に付いたいまなら、ちがっているかもしれない。それができれば、話は変わる。この国が「ちゃんとした墓参りができる国」になるということは、どうにもならぬこの国がどうにかなる国になる、ということだ。保が一命を託した主題のみならず、又四郎と八右衛門の主題をも叶えることができる。

剛はひとつ息をついて、試しだ、と思う。試しだと思って、考えてみようとする。江戸城殿席の柳之間で、台地の上の国に「ちゃんとした墓」をつくる手立てを考えてみようとする。けれど、気を集めようとした途端、「ちゃんとした墓」は消えて、また、あの御方、が浮かんだ。

大広間であの御方の脈動を感じているうちに伝わった、三つの言葉のどれかを見届けさせてくれるという、予感と言うにはずいぶんと生々しい気持ちはいまなおつづいている。あるいは、むしろ、強くなっている。

もしも、その、どれか、が「想いも寄らぬことをやる」であったとしたら、それはいったいどんなことなのだろう。

そして、その想いも寄らぬことが、ひょっとして「この国をちゃんとした墓参りができる国にする」ことに関わっているとしたら……。

突如、湧いた問いかけで、剛の頭はいっぱいになる。

下城《げじょう》のあいだも御徒町《おかちまち》に戻ってからも剛は考えつづける。

あの御方がどのように「想いも寄らぬことをやる」を見届けさせてくれるのかをひたすら考える。

胃の腑《ふ》の強張《こわば》りを覚えて頭を解《ほど》いた頃には、秋の陽《ひ》を伝えていた障子が仄暗《ほのぐら》くなっていた。

物を考えて気持ちがわるくなったのは、弁才船で「この国をちゃんとした墓参りができる国にする」手立てを考えたとき以来だ。

初めての御城でも初めての舞台でも元気にしていた胃がずいぶんと硬い。

なのに、答は遥かだ。

霞《かす》みもしない。

でも、そんなことはとうに承知だ。

あの御方と大広間とはちがう場で接する機会といえば、白書院《しろしょいん》での月次御礼しかない。それも、そこより下がれば中庭の板縁に落ちるしかない広縁《ひろえん》での拝謁だ。いっぽう、あの御方は上段之間と下段之間合わせ五十二畳半の座敷の奥の御簾《みす》の中《うち》におわす。目の利《き》く剛だからこそ御姿を捉えられるが、まともな目の持ち主ならただの暗がりとしか映るまい。もとより、拝謁は許されても頭は畳に擦《こす》り付けつづけなければならぬから、本来ならただの暗がりとて見ることは敵《かな》わぬ。そういうあの御方と己れとの関わりのなかで、「想いも寄らぬことをやる」を見届け、あまつさえ「ちゃんとした墓参りができる国」との結び目にたどり着こうとしている。霞みもしなくて当たり前だろう。

それが当たり前と思えぬなら、あくまで「奥御手廻り御能」を目指して、御座之間《ござのま》北側中庭の能舞台で曲を勧めればよい。そうして、あの御方から御声を賜わって、御褒美《ごほうび》を頂戴するのだ。けれど、奥能とはいえ「ちゃんとした墓参りができる国」は御褒美には過ぎようし、そもそもそういうしごくまっとうな成り行きを、岩船保が「想いも寄らぬことをやる」という言葉で言い表すとは思えない。まともならありえぬからこその「想いも寄らぬことをやる」であろう。やはり、結び目を求めるなら、蜘蛛《くも》の糸より細くとも月次御礼を縁《よすが》にするしかないのだ。

霞みもしないが、けっして闇雲ではない。ますます強まるあの御方の脈動がある。どんなに胃が強張ろうとも、なんらかの結び目があるのは信じられる。

それは結び目とも言えぬ結び目なのかもしれぬし、あまりにも当たり前に在って結び目に見えぬのかもしれぬ。

きっと見る目を変えればふっと浮かび上がってくるはずと、音《ね》を上げようとする躰を叱咤し、剛は考えに戻った。

けれど、繰り返し立ち向かってはみるものの手応えはない。そのつど跳ね返されて、胃はいよいよ石のようになる。

その代わり、と言おうか、なんで想いが巡り巡ってそういう答の出ぬ問いかけに至ったのかはくっきりとした。

東北を舞い納めてからずっと、予感がつづいていた。

さほどの時を置かずに、己れが軸を識ることになるという予感だ。

早ければ次の舞台か、あるいはその次の舞台くらいで。

予感と言うにはあまりに生々しい想いが、「ちゃんとした墓参りができる国」との結び目にも手が届きそうに思わせた。

なんで、いまにも軸が明々となる予感を抱いたのか……。両家の舞台に促されたことはまちがいない。

振り返れば、又四郎が説いた「百回の稽古よりも、一回の本番」は断じて正しく、そして、二回の本番は想うよりも遥かに能の奥深くへ分け入っていた。

しかしながら、軸の予感はあまりに強く、両家の舞台だけでは、所以《ゆえん》を説き尽くすのに足りない。

胃は変わらずに石のようで、あの御方との結び目はいったん引っこめざるをえず、どうせならば、と、軸のほうへ考えを振ってみた。

軸であれば答を得られると踏んだわけではなかったが、結び目探しの辛苦《しんく》が助《す》けたのだろうか、切り替えてみると見えてくるものがある。

ずいぶんと前から貼られていた札《ふだ》に初めて目を留めたかのように、不意に、しかしはっきりと、もろもろ考えちがいをしている己れに気づかされた。

というより、自分で考えちがいをするように持っていった己れを認めた、と言ったほうが正しかろう。

ずっと蓋《ふた》をしてきた怖れの源《みなもと》に光が回らぬよう、己れを謀《たばか》ってきたのだ。つい、いましがたまで。

まずは、軸をわかるのを避けてきた理由だ。

軸がわかれば、能を能にしているものを見渡すことができる。それが叶えばわからぬものを能にできるが、怖れの源の蓋も開きかねない。だから軸を遠ざけたと思ってきたが、そうではないのだ。

鮮やかに広がる視野はたしかにわからぬものを能にするだろう。けれど、怖れの源を明らかにはしない。

そこを暴《あば》くのは視野ではない。

軸そのものだ。

怖れに関する限り、軸は視野のワキではない。

軸がわかって、それで視野が開けて、怖れの源を封じていた蓋が開くのではなく、軸がわかるだけで開く。

軸がシテだ。

それゆえ、矢面《やおもて》から外してかくまったつもりだったのだろう。後《あと》がなくなりかけたときの、不細工《ぶさいく》な逃げだ。

怖れを覚えた時期にも誤りがある。初めて又四郎が軸を口にしたときから潜んでいたのだろうと思ってきたが、それもちがう。

もっと前から怖れていた。野宮で跳んでいた頃から怖れていた。

そして、識っていたのだ。

軸を識っていた。

それがいちばん大きな考えちがいだ。

軸という言葉の器《うつわ》だったかどうかはともあれ、器に入っているものは識っていた。で、軸を忌避《きひ》した。

軸を識るのに未踏《みとう》の森に分け入る必要はない。ただ、思い出せばいい。それがわかっているから幾重《いくえ》にも封じた。ひとつわかってもつづけてはわからぬよう、手の込んだ真似《まね》をした。

蓋に気づいて封を切ったはずなのに、いまだに軸を思い出せぬのもそれゆえだろう。蓋を認めたからには目を逸《そ》らしつづけるわけにはゆかぬと蓋を退《の》けたまではよいが、己れが軸を識っているのは伏せたままだった。軸を識っているのに識らぬと信じて軸をわかろうとした。

だから、すぐには思い出すことなくここまで来たのだが、舞台を重ねれば早晩わかってしまう。いつ勧められるかもわからぬ「奥御手廻り御能」を待つまでもない。

もっと早い。

ずっと早い。

それが予感を生んだ。

剛はふっと息をついて頭を百萬に切り替える。

篠山藩からの御招きが月半ばと決まってからは、あるいは百萬の舞台かと想いつつ日々を送っている。

外は秋の陽が隠れたようで、剛の座す居間も薄藍《うすあい》に包まれる。小納戸《こなんど》が灯りを点《とも》しに来たが、いましばらくと下がらせた。ついでに、又四郎を呼ぶよう言いつける。

百萬について、ずっと気にかかっていることがある。

百萬は隅田川《すみだがわ》と同じ狂女物《きょうじょもの》である。

幼子《おさなご》と生き別れた奈良《なら》の女が国を離れ、物狂《ものぐる》いとなって子を探し歩いた末に、ようやく嵯峨野《さがの》の大念仏《だいねんぶつ》で再会を果たす。

初めから芸をする者の装束である立烏帽子《たてえぼし》長絹《ちょうけん》で登場するところからすると、賑《にぎ》わう場処で舞を見せることで人々の耳目《じもく》を集め、わが子の手がかりを手繰《たぐ》っていたらしい。

烏帽子は古びて長絹は破れ、髪は棘《いばら》のごとく乱れている、と謡《うた》われれば、子別れの旅の酷《むご》さを想うところだが、不思議と切羽《せっぱ》詰まった風はなく、むしろ華やかで、春の大念仏ならではの浮かれた気分さえ伝わってくる。その妙な明るさがどこから来るのか、折に触れて考えているのだが答を得ない。もしも、それが能の歩んできた路と関わっているのなら、きちんと学んだことのない自分にはお手上げである。

「それがしも多少は夜目《よめ》が利きますが……」

灯りを持たずに現われて挨拶を終えると、又四郎は言った。

「御藩主はずっと鮮やかなのでございましょうな」

口で又四郎に言ったことはないが、夜目も遠目も利くのを気づかれているらしい。剛が薄藍に包まれていたほうが考えを巡らせやすいことはとうに察している。

だったかのように又四郎は百萬に分け入った。

「要らぬ口はそれだけで、用向きを言っていないにもかかわらず、初めからそのつもりだったかのように又四郎は百萬に分け入った。

「能が今日《こんにち》の能となったのは、この御公儀《ごこうぎ》の御代《みよ》でございます。武家の式楽となって以来、削りに削られ、研ぎに研がれていまに至っております」

気が勝手に耳に行く。いつものように又四郎は百萬の勘処《かんどころ》をけっして外《はず》すことなく語ってくれるのだろう。

「しかしながら、基《もと》となる枠組はすでに南北朝《なんぼくちょう》の末には組み上がっていたと思われます。次第《しだい》や一《いっ》セイ、クリやロンギなどの小段《しょうだん》が連《つら》なる組み方や平《ひら》ノリ中《ちゅう》ノリ大《おお》ノリの拍子《ひょうし》の型等々、能を能にする諸道具のあらかたがその頃に出そろいました」

能を説く又四郎に剛はすっかり馴染んでいる。けれど、初めて会ってからおよそ三月《みつき》が経とうとするが、能を舞う又四郎は一度も目にしたことがない。稽古相手を勧めたことも皆無だ。言葉には出さぬが、己れで能を禁じているのかもしれぬ。もしも、そうだとしたら又四郎らしくないとも思うし、又四郎らしいとも思う。

「とは申しましても、おそらく、いちどきにそろったわけではございません。能は能に先立つ、あるいは肩を並べて育った、もろもろの芸能を取り込みつつ組み上がっていったからです」

もしも又四郎が文隣院《ぶんりんいん》様との交わりのなかで織り出した能を己れ独りのものに留め置

きたくて舞わぬのなら、それは又四郎らしくない。他には推《お》し量《はか》ることのできぬ交わりであろうからこそ又四郎らしくない。又四郎は能に震《ふる》えながら臣僚《しんりょう》を貫く。能への脈動を抑えつつ御国を護《まも》る者に徹する。又四郎の一義はそこにある。もしも、剛の奥能入りに己《こ》れの能が役立つなら、いかなる背後があろうとも草鞋《わらじ》を下《おろ》すように舞うはずだ。

「小歌《こうた》に早歌《そうが》、平曲《へいきょく》と白拍子《しらびょうし》、声明《しょうみょう》も……みんな能のなかに脈打っております。なかでも、ひときわ強い脈を打つのが南北朝の頃に流行《はや》った曲舞《くせまい》なのでございます」

逆に、文隣院様と鵜飼又四郎の能を剛に伝えたいのに堪《こら》えているとしたら又四郎らしい。二人で織り出した能が尋常ならざるものであろうことは疑いない。舞えば、観る者を動かさずにはおかぬだろう。それがどういう目に出るかを怖れぬ者ならば構わず披露するだろうが、もとより又四郎はそうではない。逆の目に出て、観る者が備えていたよいものを損《そこ》なうのを誰よりも怖れるだろう。観る者が剛なら、軸を。又四郎は言葉でのみ説くことを、己れに課しているのかもしれぬ。

「曲舞と出会う前の能は調べのおもしろさを押し出した小歌がかりでした。それが曲舞を容れて生き生きとした拍子の持つ力をも得たのです。それだけではございません。曲舞は拍子の利いた音曲であるとともに、物語を聞かせることに意を込めた音曲でもありました。能はその物語る力をも己れのものにして、やがて幽玄《ゆうげん》の芸風を身につけ、夢幻能にまで結びつけていくのです」

きっちりと角《すみ》のそろった、又四郎の言葉のひとつひとつが又四郎の能だ。剛はさらに、耳に気を集める。

「そのように能と出会った曲舞ですが、曲舞もひとつではございません。数ある曲舞のうち能が容れたのは女曲舞《おんなくせまい》です。そして、その流れをさかのぼると、奈良は百万ケ辻子《ひゃくまんがつじ》の女曲舞、百萬に行き着くのでございます。言ってみれば能の百萬は、能を能とするのに功が大であった女曲舞の百萬を称える曲と受け止めることができなくもありません。それがために母子《おやこ》の情愛にも増して百萬の芸を表に出す芸尽くしの曲に仕立てたのかもしれませぬが、ならばこそ、演者が心せねばならぬことがございます」

百萬は中入のない一場物《いちばもの》だ。ワキは定式《ていしき》と変わらずに現われるが、シテはいきなりとも映る風で登場するや息もつかせず見せ処を披露する。その昔、女曲舞が乗って舞ったという舞車《まいぐるま》を模した車之段から、狂女を示す笹を手にして舞う笹之段へ。笹を扇に持ち替えてからも、イロエにつづくクリ、サシ、そして百萬ならではの二段の舞グセと型《かた》処《どころ》がつづいて、とにかく見処《けんじょ》を飽きさせない。休みなく謡いつづけ、舞いつづける。つまりは利く躰が要り、技が要る曲とも言え、剛は初めて謡本《うたいぼん》に目を通したときから、おそらく己れは不得手《ふえて》ではなかろうと思ってきた。そして、だからこそ逆に不安もつきまとった。鳥が翔《と》ぶように、魚が泳ぐように、己れが舞ってしまうのではないかという不安である。それだけに、演者が心せねばならぬことがあるという又四郎の言葉は胸を突いた。

「芸が表へ出る曲ゆえ、演者はどうしても芸をこなすことに気を集めます。技倆《ぎりょう》のみが目立ちやすくなるのです。能を舞うのではなく、技倆を見せつける舞台になりかねない。女曲舞ならば、これ見よがしの技倆にも客は喝采を送るかもしれませぬが、能の百萬は女曲舞ではなくあくまで能の曲でございます。芸を尽くしながらも能が立ち上がってこなければなりません」

野宮で跳んでいた頃は技倆こそを求めた。能を求めないわけではなかったが、生き延びて、大人にたどり着くために要るのは技であると信じて疑わなかった。むしろ、技だけの役者になることが、野宮での道標《みちしるべ》だったと言っていい。弁才船の出る湊町で堀井仙助座と出会ったとき、そこを励み場と信じたのもだからこそだ。なのに、已れは仙助座が小屋を張る湊への一本路を進まなかった。あのときも已れは生と死の間《あわい》を見ず、四つ角を左に折れて又四郎の待つ旅籠《はたご》への路を行った。あの四つ角から已れは、技だけの役者である已れを不安に思うようになったのだろうと振り返ったとき、あるいは、それか……と剛は思った。ひょっとすると、それが已れの怖れか。已れは技だけの役者である已れを見破られるのを怖れているのか。どこで浴びせられるかわからぬ見処の冷笑に怯《おび》えて、いつもいつも恐々としているのが已れの実の姿か。芸尽くしの百萬に不安を抱くのも、それが赤裸《せきら》に出やすいからか……。

「だからこそ、軸なのでございます。軸が植わっておりさえすれば、技倆が技倆にとどまることはありえません」

自分は已れの怖れの正体を知らない。輪郭を持たぬ怖れの周りでうろうろしている。

が、怖れがなにに因《よ》っているのかは伝わっている。というよりも、それしかないのだ。わずか十五年の生のなかで、封じねばならぬほどの怖れを己れにもたらす本源《ほんげん》といえば岩船保しかない。己れにとっての保は、蟬《せみ》のごとく地上に這い出た己れに留《と》まる場と樹液を与えてくれた樹の幹であり、青白い液のような肌を酷《むご》い陽から隠してくれた梢《こずえ》だった。己れがいま吐く息、いまあげる声、いま動かす四肢のひとつひとつが、その樹あってのものだ。だから、樹を脅かすものならなんだって怖れる。そして許さぬ。誰であろうと許さぬ。

樹を脅かそうとする者のなかで最も許せぬのは己れ自身だ。護るべき者が抉《えぐ》る疵《きず》は酷《むご》い。剛は樹を疵つける己れを最も怖れる。己れが疵つけたと察すれば、それを糊塗《こと》するかもしれない。許せぬ己れを許すために、己れは指一本触れていないと己れに言い聞かせるかもしれない。だから、保の能を拐ったのではなかろうか。技を超えた保の能と比べれば、己れの技だけの芸があからさまになる。常に、技だけの役者である己れを思い知らされなければならない。それゆえ己れの裡の保の能を疵つけた。そして、疵つけた己れを認められずに疵ついた保の能を奪い去った。だとすれば、軸をも消すだろう。きっと、保の能には軸があった。軸を思い出せば保の能が戻ってくる。で、幾重にも封じた。保の能は己れの能の「無様《ぶざま》」を映し出す唯一の鏡と信じてずっと疑わずにきたつもりだが、それは題目に過ぎなかったのだ、と思ったところで、剛は、いけない、と己れを制した。

そこまで己れを疑ってはいけない。そこまで戻ったら、これまでの歩みを侮《あなど》る。剛は大きく息をしてなおも走ろうとする想いに問いかけてみる。それで、すべての疑問が解けるか……。沈み込んで想えば、なんで保の能を拐い、なんで軸を消したのかについては理由が立っても、三つの言葉の真意は解けぬままだ。己れが技だけの役者である己れを怖れる者であるとすれば、「素晴らしい役者」ではありえない。おのずと「うらやましい」わけもない。もとより「想いも寄らぬこと」を成しうるはずもなかろう。もはや又四郎に問い質《ただ》す時機は失していようが、ほんとうに保が言ったのかさえ疑わねばならなくなる。

たしかに言ったとすれば、なにかの弾みで出てきたもので、もともと、さほどの意味を込めた言葉ではなかったと取るしかない。もしも、保といえども跳ぶのは得手でなく、石橋《しゃっきょう》の獅子を壁と感じていたとすれば、ひときわ高く跳ぶ己れは「うらやましい」かもしれぬ。そして、話の転がりようによっては、「素晴らしい役者」と声にするかもしれぬ。「想いも寄らぬこと」だけはわからぬが、己れの仏ダオレの倒れ方とて「想いも寄らぬこと」ではあるだろう。

それでよければ、残る疑問は、なぜ保が己れの玉《ぎょく》が能であることを伏せて御城勤めを採ったかだが、どう考えを巡らせてもその三つの言葉で説くのは無理だ。遺した言葉とは関わりないことになるが、それでよいか、と剛は己れに質す。三つの言葉と保の死との結び目を断つことになるが、それでかまわぬか。それで、いちおうの落着とできるか……。

できぬ。

と、剛は思う。

驚いたことに、理由もくっきりしている。

その流れには軸がない。

まだ軸は戻らぬが、そこに軸がないのはくっきりとしている。

「なので、良いでしょう」

又四郎がすっと言う。

なにが良いのか……。

「御藩主の百萬は良い百萬になります」

「そうか」

剛は声に出す。

「良い百萬になるか」

「もとより」

即座に、又四郎は答える。

「御藩主には軸がございます」

ひとつ息をついてから、剛は言った。

「そうだな」

踏ん張らねばならぬ。

晴れぬ雲間《くもま》に痺《しび》れを切らして、俄仕立《にわかじた》ての真《まこと》に喰らいついてはならぬ。能登守殿と語らって、これからは、もう、どうあろうと、図に乗ると誓ったばかりではないか。

己れには軸がある。

軸があって、能を能にしているものを見渡すことができる。

己れは「素晴らしい役者」の真の意味も「うらやましい」の真の意味も識ることになる。

そして、あの御方はきっと、「想いも寄らぬことをやる」を見届けさせてくれる。


己れの裡を時の河が通った。

ずいぶんと太い河が。

知らぬはずの芸能を巻き込んで。

躰から溢《あふ》れるようにして。

満たして。浸して。洗って。

そうして、百萬を舞い納めた。

百萬は良い百萬になった。

良い百萬になって、堰《せき》を切ったように諸藩からの御招きが相次いだ。譜代《ふだい》、外様《とざま》の別なく、殿席の別なく、招請の旨を伝える使者が玄関に立った。ただし、使者を送り出した江戸屋敷のなかに、外神田《そとかんだ》の三輪藩上屋敷は入っていなかった。

もしも「奥能の元締」たる出雲守殿に新たな演者を迎えるつもりがあって、なんらかの物差しを用意しているのだとしたら、剛には足らぬものがあるらしかった。

そして、もうひとつ、願い通りにはゆかぬことがあった。

己れでも良い百萬と得心《とくしん》できる百萬を舞い納めたにもかかわらず、軸は埋《うず》まったままだった。

怖れの封は覚悟していたよりも遥かに固く居着《いつ》いているようで、剛は落胆するというよりも、己れの覚悟の程《ほど》について、あらためて想いを巡らせなければならなかった。

十月に入って最初の舞台は、播磨《はりま》姫路《ひめじ》藩上屋敷での井筒《いづつ》で、気を入れて臨んだつもりではあった。

姫路藩を預かる雅楽頭《うたのかみ》酒井《さかい》家は井伊《いい》家と並ぶ大老を送り出す御家柄である。両家で譜代筆頭を競うが、将軍家との関わりで計れば井伊家よりもずっと深く、親藩《しんぱん》に近い譜代と言ってよい。それを表しているのが江戸屋敷のある土地で、酒井家の上屋敷は御曲輪《おくるわ》内《うち》の大名小路《だいみょうこうじ》に在り、しかも御城の大手御門《おおてごもん》の眼前である。石高こそ十五万石と彦根藩の半分にも届かぬが、名家老、河合道臣《かわいひろおみ》率いる御主法替《ごしゅほうが》えが功を奏して、実高《じつだか》は井伊家の表高《おもてだか》である三十五万石をも凌《しの》ぐとされており、名と実を備えた、いま最も勢いのある大名家と見なしてよかった。

「取り組まれていることは別に目新しくもないのです」

姫路藩の能を説いたとき、又四郎はめずらしく政《まつりごと》の話に及んだ。

「米と木綿《もめん》を多く売る、ということです。つまりは、どこの国でも心がけておることで、秘すべきことはなにもございません」

口調は淡々と、又四郎は語った。

「ただし、扱う産物は同じでも売り方が異なります」

しかし、その日に限って、すぐには能の話に戻らなかった。

「どのように異なるかはひとまず置いて、なぜ売り方が異なるかと言えば、人が異なるからです」

ふっと息をしてからつづけた。

「率いる人も異なれば、率いられる人も異なる。人が異なれば同じ産物を扱う御主法替えでもまったく別物になるということでございます」

国の隠居処でも又四郎は人を育てることの重さを説いたことがあった。延々と無為《むい》の時を送ってきたこの国では、いまよりましなヒトを育てることこそが、遠回りのように見えて、その実、唯一の現実に即した策であると語った。話が保と絡んでいたこともあって、ずっと忘れずにいる。だからなのか、剛には又四郎の言が、率いる人も率いられる人もこの国には育っていないと訴えているように聞こえて、「ちゃんとした墓参りができる国」という句がまた脳裏に浮かんだ。姫路藩の御主法替えのように、人が異なりさえすれば、この国も「ちゃんとした墓参りができる国」になるのだろうか。ひょっとすると「想いも寄らぬことをやる」とはそこで繋がるのだろうか。いったんは引っこめたあの御方との結び目への想いがまた湧き上がろうとした。

いまは大手御門前の能舞台のみに気を集めなければならぬときと厳に戒めて、素直には従おうとせぬ己れを制したが、逆にそれが気負いとなって曲に入り込むのがむずかしくなった。もとより、井筒は満点のありえぬ、手強《てごわ》過ぎる三番目物である。縁《よすが》の薄さが分け入る場処を見えにくくする。その薄さがいよいよ薄くなって、しくじるのではないかという不安が頭をもたげた。時を経るほどに不安は大きくなり、演能の当日に至っても居座りつづける。摺箔《すりはく》に唐織《からおり》の装束を着けて鏡の間の床几《しょうぎ》に座し、面《おもて》を当てて「おしまり」と声を発しても気持ちはまだ定まらない。紐の締め具合が決まらぬまま「はい」を言い、揚幕《あげまく》を潜って橋掛《はしがか》りへ踏み出したときは「いけない」と思った。ワキと囃子方《はやしかた》が湧き出させた熱に躰が応えられない。

次第の囃子に促されて、どうにか「暁毎《あかつきごと》の閼伽《あか》の水」と謡い出し、「さなきだに」のサシから下歌《さげうた》、上歌《あげうた》を独吟《どくぎん》するが、板に付いていないのが自分でもわかる。口にこそ出さぬが、大手御門前に構える上屋敷での舞台に託した又四郎と八右衛門の期待の大きさは痛いほど伝わっている。己れもまた、さまざまに縁《えん》を覚えざるをえない井筒に節目のようなものを感じて、まっとうな舞台にしたいと念じてきた。なぜか軸を識りたいとか、能を能にしているものを見渡したいと欲することもなく、とにかく、能になってくれたらよいという一心で過ごしてきた。なのに、想いは空回りをする。不安はいよいよ膨らんで躰を圧し、亡き夫の在原業平《ありわらのなりひら》に手向《たむけ》の花を捧げる所作もおぼつかない。なんとかワキの旅の僧との問答《もんどう》、掛合《かけあ》いに持ち込んだものの余力はなく、前場《まえば》の終《しま》いまで持ち込む己れが見えにくくなりかけたとき、天啓と言うしかない具合で初同《しょどう》となり、「名ばかりハ」から始まる最初の地謡《じうたい》のうねりが、剛を井筒の世界へ、たしかに拐った。

名ばかりハ。在原寺《アリワラデラ》の跡古《アトフ》りて。在原寺の跡古りて。松も老いたる塚の草。これこそそれよ亡き跡乃《ノ》。一叢《ヒトムラ》ずすきの穂に出《イ》づるハいつの名残《ナゴリ》なるらん。草茫々《クサボウボウ》として露深々《ツユシンシン》と古塚《フルツカ》乃。まことなるかないにしへの。跡なつかしき気色《ケシキ》かな。跡なつかしき気色かな。

井筒の見せ処は後《のち》シテである紀有常《きのありつね》の娘の霊が夫だった在原業平の形見の直衣《のうし》を着け、夜更《よふ》けの井戸にわが身を映して業平の面影を懐かしむくだりである。人の業《ごう》を前に押し立てることのない井筒のなかで、唯一、狂気を垣間《かいま》見せる所作であり、それだけに夫へ抱く想いの深さが観客の胸を打つ。が、剛は初めて謡本に目を通したときから井戸の見込みにも増して、この前場の、初同のくだりに惹《ひ》かれていた。

前シテの里の女はまだ旅の僧に己れの正体を明かしていない。けれど、僧と掛け合うその場処はいまや廃寺と化しているとはいえ在原寺で、残された古い塚は業平の墓の徴《しるし》だ。女が塚のあたりに茂ったひと叢の薄《すすき》に目を遣るだけで紀有常の娘の霊と察せずにはいられない。その小さな所作に、業平と睦《むつ》まじく送った日々への万感の想いが込められているのだ。

初同の脈動に突き動かされて、剛はまさにそのように小さく、薄に目を遣り、古塚を見込んだ。あれほどにままならなかった躰が舞台と交わるかのごとく板に付いて、小さな所作に世界が乗る。型とも言えぬすっとした所作が世界の粒を掻《か》き集める。そのとき剛は薄の向こうに、シテの昔日《せきじつ》だけでなく、己れがずっと追ってきたものをも見た。とっさに剛は拒んだ。己れがなにを見たのかはわかった。けれど、剛は己れの感悟《かんご》が信じられなかった。寸前まで無様に問答し、掛け合って、ワキの芸を台無しにしていた己れがいきなり軸を見るわけがない。きっとなにかの拍子で跡形もなく消える。薄から目を切った剛は間《ま》を取った。が、常座《じょうざ》に戻っても、ワキの問いかけに正中《しょうなか》で応じても、軸は消えない。それどころか時とともに輪郭を鮮やかにし、舞台もまた熱を増す。剛は腹の深くに軸を呑《の》み下して曲を進めた。ともかく前場はこのままと思い、流れに委《ゆだ》ねてクリを受け、サシを謡った。しかし、サシが済み、居《い》グセが始まって、下ニ居ルの構えで地謡の謡を呼び込んだとき、軸を収めたあたりから熱《あつ》く湧き上がるものを認めた。言いようのない幸福感である。いま、ここでこうして、舞台に在ることに、感謝せずにはいられぬ充《み》たされた想いである。己れは下ニ居ルでじっとして、小さな所作さえしていない。謡ってもいない。なのに、舞台に横溢《おういつ》して循環する熱のうねりのなかにたしかに在って、うねりを増し巡らせる仕組みのひとつとして用をしている。地謡の脈動は板を伝って己れの足裏から甲から膝から容赦なく這い入り、躰を満たして、己れが謡う。謡わず謡う。

昔この国に。住む人のありけるが。宿を並べて門《カド》の前。井筒に寄りてうなゐ子乃。友達語らひて互ひに影を水鏡《ミズカガミ》。面《オモテ》を並べ袖をかけ。心の水も底ひなく。うつる月日も重なりて。おとなしく恥ぢがはしく。互ひに今ハなりにけり。その後《ノチ》かのまめ男。言葉の露乃玉章《タマズサ》の。心の花も色添ひて。


その脈動の循環に加わる喜び。

そこに己れが居ていい幸せ。

じっと黙して動かぬ己れの躰がうねりの経路となったとき剛は、この軸は紛れもなく軸であると、従うしかなかった。

受け容れた軸は幸せの膨らみの所以を明らかにして歓《よろこ》びをもたらしたが、予期していたとおり、固く封じていた怖れに呆気なく陽を呼び込みもした。

そうして光が行き渡ったとき、剛はなぜ己れが軸を忌避したのかを、保の能を拐ったのかを、そして怖れを幾重にも封じたのかを、瞬時に理解した。それほどまでに、たちどころにわからねばならぬほどに、剝《む》かれた怖れは受け容れがたかった。

中入まではあとすこしだったが、そのすこしがとてつもなく長く想われて、舞台の上で立ち尽くす己れが浮かびかけたが、それを許さなかったのもまた軸だった。舞台に在って能を勤める限り剛の主《あるじ》は軸であり、剛はなんなくロンギを謡って中入に漕ぎ着けることができた。後場《のちば》にも一声《いっせい》の登場楽を待ちかねたようにすっと入り、強く柔らかい序《じょ》之舞《のまい》を形見の装束で舞う。舞い上げて、震えるほどに素晴らしい地謡と囃子に劣らずに井戸を見込んだ。

怖れを識ったがゆえの気持ちの底を抉る哀しみは舞台を下りてからやってきた。けっして躰が慣れることがなかった厚くて堅い乗物《のりもの》がこのときばかりはありがたかった。御徒町を目指して揺れる堅固《けんご》な暗がりのなかに放たれて、剛はひたすら保を想った。軸のない、保を想った。

軸はやはり、心棒ではあった。ただし、その心棒は躰の裡で閉じていなかった。躰を貫いて延び、節理《せつり》が織った、目には見えぬ軸受けと接していた。節理とはつまり、野宮の崖の岩に刻まれた割れ目のようなものだ。野宮の岩の割れ目は、その岩の割れ方でしか割れない。割れるときは、どうあってもその割れ方で割れる。それが節理だ。能にも節理がある。能である限り、その謡い方でしか謡えず、その舞い方でしか舞えず、その速さでしか動けず、その拍子でしか合わせられぬ則《のり》がある。誰が定めたわけでもない。その人が定めたのではない。能を能にしているものが求めている。それが能の節理であり、その節理を軸受けとした躰の心棒が軸だ。演者に軸がある限り、どのように舞っても節理が働いて舞台には常に能が立ち上がる。が、なければ、いかに努めても能らしきものが漂うだけだ。

その軸が、保にはなかった。保の謡には軸があったが、保の舞には軸がなかった。それは剛には、なんとしても受け容れられぬものだった。岩船保は常に万能《まんのう》の靄を醸《かも》す大《たい》樹《じゅ》だった。その大樹は地上に這い出たばかりの蟬のような剛に樹液と陽陰を与え、翅《はね》と躰が乾くのを助けたが、飛べるようになっても役割を終えたわけではなかった。石と岩だけが広がる野宮で留まる場処はその樹しかなかったし、大風を避《よ》けるのも、鴉《からす》から逃れるのも、鳴き歌うのもそこだった。常に大樹が聳《そび》え立っていてこその野宮であり、大樹のない野宮などありえなかった。その樹がつくる広い陰がなければ、屋島《やしま》剛は河原で生きていくことができなかった。大樹が消え、白く輝く石だけが広がる野宮こそが、剛の怖れの源だった。

だから、剛は保の能を拐い、軸を忘れた。そうすることで保は万能の靄を醸す者でありつづけ、野宮は棲処《すみか》でありつづけた。揺れる暗がりのなかで、済まん、と剛は詫びた。勝手に大樹の役を押し付けて凭《もた》れかかりつづけた上に、死んでまで役を降りるのを許さなかった。重すぎる重石《おもし》を背負《しょ》わせつづけてしまった。せっかく海に流されたのに。流されたかった海に流されたのに。遠くて広い海で、台地のことなんてすっかり忘れて、ぷかぷかと漂っていたかっただろうに。陽の届かぬ水底《みなそこ》へ押し込めてしまった。

「俺は海がいい」

保の晴れやかな声が蘇《よみがえ》る。

「流されてもいいの」

剛は訊いた。

「ああ、流されて、海へ出たい」

顔を綻《ほころ》ばせて言ってからつづけた。

「俺は海へ出たい。けれど、そうじゃない人だっていっぱい居る。真っ当に葬られたい人がいっぱい居る。父上や母上だってそうだ。俺は海へ出たいが、国はちゃんとした墓参りができる国になるべきだ。だから、俺も、そういう御勤めがしたい」

どうやって贖《あがな》えばよいのだろうと想った途端、堪えていた気持ちが崩れて目の前の暗がりが滲《にじ》んだ。目の利く剛は、暗がりさえ滲む。滲んで、「素晴らしい役者」が、「うらやましい」が擦り寄る。存分に、素晴らしい役者と思ってくれ、と思う。うらやましがってくれ、と思う。もう、上《たてまつ》りはしない。祭壇の上から外すと、言葉がもっと染み入る。

「父の御勤めを愚弄《ぐろう》された」

「能は侮られてよいものではない」

軸のある者を羨まなければならぬ保だからこそ、能は侮られてはならなかったのだろう。また、だからこそ、己れの玉が能であることを伏せて、御城勤めを採ったのだろう。

乾いた砂に水が吸われるように得心がいく。そうして剛は、残った「想いも寄らぬこといない。まさか、想いも寄らぬ舞を舞う、ではあるまい。幾許《いくばく》なりをやる」を想う。これだけはわからぬ。まさか、想いも寄らぬ舞を舞う、ではあるまい。もっと、想いも寄らぬことだ。ひょっとすると、それで贖えるかもしれない。顎を嚙み締めると、想い起こともに贖えるかもしれない。いや、贖わなければならない。顎を嚙み締めると、想い起こしたばかりの「ちゃんとした墓参りができる国」という保の声が浮かび、そして、あの御方との結び目が湧き上がる。やはり、まちがいない、と剛は思う。あの御方は「想いも寄らぬことをやる」を見届けさせてくれて、それは疑いなく、「ちゃんとした墓参りができる国」と関わっているのだ。

まだ、やることがあると剛は思う。これで仕舞ではない。これから揚幕が上がる。まだまだ、やらねばならぬことがいっぱい残されている。気づくと、軸は識ったが、能を能にしているものは見渡せていない。

そうと思えば、保がなんで能を易しいと言ったのかだってわからない。保は心にあることしか言えぬ。相手に合わせることも、その場での思いつきを口にすることもない。考え抜いて研ぎ上げた、密で堅牢な言葉だけを発する。見栄《みえ》や強がりは保から最も遠い言葉だ。保の易しい能も、見届けなければならない。滲んでいた目の前の暗がりがくっきりとして、剛は「はい」と言った。

八

井筒《いづつ》のあとも招請《しょうせい》の舞台が相次いで、十月は瞬《またた》く間に過ぎようとしていた。十一月の日程もいっぱいで、申し込まれたお招きをすべて受けたとすれば、年を越えるのは明らかだった。

それは、剛《たける》が身代わりとしての十七歳になっても生きつづける目が生じたことを意味したが、剛は察しなかった。剛は招請能をこなしていたわけではなかった。それが軸のある者としての務めなのか、栄《は》えなのか、持ち場なのかはともあれ、ひとつひとつの舞台に正対して勤めた。そして曲を舞い納めた剛の気はあの御方との結び目だけに向かった。次の十一月に、剛は想いを託していた。

在府の大名にとって、十一月は他の十一の月とは明らかなちがいがあった。登城日が一日と十五日の月次御礼《つきなみおんれい》だけなのである。他の月にはかならずなんらかの行事が入る。次の十二月には御煤払《おすすはらい》があり官位の仰付《おおせつけ》があり歳暮《せいぼ》御祝儀がある。年が替われば年始御礼があり謡初《うたいぞめ》があり七種《ななくさ》があり具足《ぐそく》御祝がある。以降の月も日光御鏡《にっこうおかがみ》御頂戴《ちょうだい》、上巳《じょうし》御祝、紅葉山《もみじやま》御社参《ごしゃさん》、端午《たんご》御祝、嘉祥《かじょう》御祝、鯖代献上《さばだいけんじょう》……とつづいてゆき、春が過ぎ、夏が過ぎ、秋が過ぎて、ようやく十一月になって白書院《しろしょいん》での月次御礼のみになる。だから、お呪《まじな》いに近いような理由ではあるけれど、もしもあの御方との結び目が見えるとしたら、十一月であろうと剛は想っていた。入っていきなりはさすがになかろうから、おそらくは十五日あたりではあるまいかと。

けれど、剛のお呪いはあっさりと外《はず》れた。一日も、そして十五日も、例によってそこより下がれば中庭の板縁が残るだけの広縁《ひろえん》に額《ぬか》ずいてあの御方の脈動を感じ取り、警護の目が空く間を捉えて御姿を一瞥《いちべつ》しただけで、常と異なることはなにも起きなかった。その代わり、と言うべきか、十五日には想わぬ御方から想わぬ話を切り出された。三輪《みわ》藩の望月出雲守景清《もちづきいずものかみかげきよ》殿より、稽古の能ではあるものの、上屋敷での舞台への御招きを受けたのである。

いつものごとく柳之間《やなぎのま》で「美しく居《い》る」出雲守殿に御挨拶を申し上げると、いつものごとく「よしなに」と言葉少なに受けられた。「よしなに」は初対面の挨拶かと想っていたら、二度目も三度目もそのあとも「よしなに」なのだった。初めて顔を合わせて以来すでに数度《たび》の同じ遣《や》り取りを交《か》わしていたし、気はすっかりあの御方との結び目に行っていたから、その素《そ》っ気《け》なさも美しい所作《しょさ》の彩《いろど》りくらいに感じて己れの控えに戻り、慣れれば柳之間にも微《かす》かに届くあの御方からの脈動を感じ取っていた。そのか細い拍《はく》が不意に途切れ途切れになって、はて、と気を戻すと、いつの間に足を運び来たのか目の前に出雲守殿が美しく座している。そして、「追って書状でお願いつかまつるが……」

と美しく言い、「来月、当家の外神田《そとかんだ》の屋敷で稽古の舞台を催す。ついては、甲斐守《かいのかみ》殿もお越し願えまいか」とつづけたのだ。

なんとか趣旨は理解したものの、虚《きょ》を衝《つ》かれた上、半ばあきらめかけていただけにいきなりの誘いはあまりに意外で、剛は思わず腹の中の文句をそのまま声にした。

「出雲守殿の物差しには足らぬものと存じておりました」

「さようか」

言葉少なには慣れている。受けの言葉がつづくのは期待していなかった。けれど、その日の出雲守殿の唇はめずらしくよく動いた。

「足らぬものなどござるまい」

相変わらず顎《あご》はきれいに締まり、瞳は三十の半ばという齢《とし》を知らぬげに澄み渡っている。所作に濁りがまったくないのも常のとおりだ。いつもなら目にするうちに不安のようなものを覚えるのにそうならないのは、言葉を交わしながらも気があの御方との結び目に寄っているからだろう。「奥能の元締」から招かれたのだからもっと気持ちが熱を帯《お》びてもよいはずだが、なかなか温《あたた》まりにくいのも同じ理由かもしれぬ。

「養老《ようろう》の山神《さんじん》、拝見いたした」

「ようろう」と聴こえ、「さんじん」と聴こえる。でも、音は届いても意味を結ばない。

「見事とは申さぬ」

言葉を重ねられてようやく、あの養老の、あの山神かと剛は認める。すでに三月《みつき》余りも経った岡《おか》藩上屋敷でのあの異様に速い養老を、出雲守殿が目にされていたということか……。結び目に行ったままだった気が、鱗《うろこ》が数枚ずつ剝《は》がれるように戻り出すのを剛は察した。

「感服、と申し上げるのも差し支《つか》えがあろう」

それでも結び目に張り付こうとする気を寄せ集める剛に、出雲守殿は衣《きぬ》を着せぬ言葉を繫げる。背筋を柔らかく伸ばして顔をまっすぐに向け、あくまでも様子は美しい。いかにも出雲守殿らしいとはいえ、足らぬものなどないと言っておきながら、この物言いはなんだろう。つい、いましがたのことなのに、ほんとうに招かれたのかさえあやふやに思えてくる。剛は「やはり、足らぬものがございますか」という台詞《せりふ》を用意して、出雲守殿の次の言葉を待った。

「軸のある御方の舞台である」

不意に「軸」が出てきて、すぐには意図を捉え切れぬが、声に含まれた恭敬《きょうけい》の色が剛の唇を止める。

「言葉で汚《けが》すのは許されまい」

思わず、ふた月半前の日向延岡《ひゅうがのべおか》藩の上屋敷に気持ちが飛んだ。堪《た》えがたき会食での無視の記憶が、二十歳《はたち》の内藤能登守政義《ないとうのとのかみまさよし》殿の言葉で洗われた。剛が舞い納めた東北《とうぼく》にひとことも触れることのなかった同席者を、若い能登守殿は「いずれも能をこよなく好む方々です」と語った。「己れの至らぬ言葉であの東北を汚すのが怖いのです。己れが汚す者になってしまうのが怖い。それほどの東北なのです」。まさか出雲守殿の口から、同じ言葉が出るとは想ってもみなかった。

「甲斐守殿に足らぬものなどござらんよ」

すっと出雲守殿がつづけて、剛は真《ま》に受けることにする。「想いも寄らぬこと」にはおそらくはいえ、奥能が高い的《まと》であることに変わりはない。唯一無二《ゆいいつむに》ではなくなったと関わりなかろうが、「能を能にしているもの」を見渡すためにはもはや唯一の手掛かりと言ってもよいかもしれぬ。お招きを受けるにせよ、結び目に戻るにせよ、ともあれ、話を速《すみ》やかに前へ進めなければならない。

「なのに、なにゆえにここまで舞台をお願いしなかったのか、御不審と存ずるが……」

想わぬ流れだが、剛は話を流した。

「この場は能を語るのにそぐわない」

周りに方々《かたがた》の姿は薄い。おそらくは来月十六日の官位仰付で四品《しほん》に上がられる出雲守殿の許《もと》には、先々の縁繋ぎのために多くの同席大名が挨拶に訪れる。けれど、出雲守殿は「美しく居る」ほどに不安のようなものを振り撒《ま》くから、務めの儀礼を済ませれば方々は早々に退《ひ》いて寄りつかない。それゆえ話を聴かれる危惧《きぐ》は抱かずに済んではいるのだが、殿席《でんせき》は殿席である。拝謁に備える場である。能を語る場でないことは言われるとおりだ。

「来月の舞台で当方へお越しの際に、あらためて事《こと》の次第を語らせていただこうかと存もとより、出雲守殿は「奥御手廻り御能《おくおてまわりおのう》」の軸となる志賀《しが》藩の能を取り仕切る御方であり、「明日の名人」とも目《もく》されている。どのような中身であれ、拝謁という大事《だいじ》の直前にそそくさと聞いて済ませる話ではあるまい。それになによりも、本日十一月十五日はひとえにあの御方と繋がる日である。物心ついた已れが岩船保《いわふねたもつ》と逅《あ》ってからのすべての時は、この日の白書院での結び目に収斂《しゅうれん》する。已れの全身を感ずる器にして兆《きざ》しを捉えなければならず、心底《しんてい》ではひと粒《つぶ》の気とて惜しい。

「押し詰まって申し訳ござらんが、来月は二十三日を考えておる。まだ、内諾《ないだく》を頂戴しておらぬが、いかがか」

「追って正式に御返事させていただきますが……」

日程の空きはすくないものの、さすがに押し詰まった師走《しわす》二十三日にお招きの舞台は入れていない。

「勧めさせていただきたく存じます」

「さようか」

受けると、間《ま》を置かずにつづけた。

「なにやら勿体《もったい》をつけたが、別段《べつだん》の話ではない。もしも、忘れられたら、忘れられたままで。そうではなく、来月になっても甲斐守殿がまだこの話を覚えられていて、問われることがあったら、そのときは語らせていただくことにいたそう」

あるいは、もっと早く声が掛かっていればいまとは別の時が流れて、本日、このように白書院へ臨《のぞ》むこともなかったかもしれぬ。それを責めているわけではないが、忘れるはずもない。「忘れられたら、忘れられたままで」の真意はなんだろう。

「ああ、それと……」

「はい」

「勤めていただきたい曲は鵺《ぬえ》なのだが、異存がござれば承《うけたまわ》る」

「鵺、でございますか」

鵺のシテは化生《けしよう》の者である。

「いかにも」

妖怪であり、鬼である。

「異存はございません」

鬼の能は切能《きりのう》である。跳んで跳んで跳びまくる野宮《ののみや》の役者の能である。曲の名を聞いた途端、頭に鵺が広がって、「忘れられたら、忘れられたままで」を追い遣《や》った。

「されば、来月」

「よしなに」

あるいは生きる最後の月になるかもしれぬ十二月の舞台に、鵺なら願ってもない。その曲だけは勤めたいと思った刹那《せつな》、あたかも子供の頭のなかに祭りが置かれたように、師走二十三日まで生きていく路がくっきりと浮かび出た。十二月が近づくにつれて、もともとはっきりとしない剛の生と死の間《あわい》はいっそう曖昧になっている。その模糊《もこ》とした地のなかで、唯一、あの御方との結び目だけが鮮明に縁《ふち》取られていたのだが、鵺への路もまた、どこからも見分けられる。いまの己れにそんなことが起こるのが剛にはめっぽう不思議で、そしてはっきりと嬉《うれ》しかった。

　身代わりを呑《の》んでからずっと、己れの命は本年の十二月までと思ってきた。身代わりとしての十六歳いっぱいと思ってきた。実際にはきっと年を越える。藩主がいつ急逝《きゅうせい》しても養子が認められるようになるのは十七歳からだ。正月には生きて十七になっていないと、又四郎《またしろう》や八《はち》右《え》衛門《もん》を追い落とそうとする者たちとて弱ろう。あるいは二月にずれ込むことだってあるやもしれぬ。新年早々の厄介事《やっかいごと》を御公儀が喜ぶはずもない。事を為《な》しても、そのあとが立ち行かなくなる。藤戸《ふじと》藩という水溜《みずた》まりにさざ波が立っても、新春のふた月はおそらく無事だ。が、そういうふた月を、剛は生きるうちに入れない。覚悟の上では、年が替わることはないと念じてきた。

もう、あとひと月半を残すばかりになったそのときまで、なんとしても「想いも寄らぬこと」を見届け、「ちゃんとした墓参りができる国」に繋げなければならぬ。もとより、それで贖《あがな》えるわけではない。日を経るほどに、己れの為《し》した仕業《わざ》が酷《むご》い。生きる保に大樹《たいじゅ》を見たことはまだわかる。が、死んだ保から能を拐《さら》ってまで大樹を見つづけたのは度しがたい。企《たくら》んで拐ったのではない。知らずに拐っていた。だから罪が小さい、のではない。逆だ。それこそが罪なのだ。それが堪《たま》らぬ。拐ったのは保の能だ。「能は侮《あなど》られてよいものではない」と言い遺《のこ》した保の能だ。脇差《わきざし》を抜き、海へ流されてまで護《まも》ろうとした能なのだ。その保のほんとうの玉《ぎょく》を、いつとも気づかぬうちに拐っていた。己れの罪の深さに慄《おのの》くこともなく拐って、玉の欠け落ちた保を大樹に仕立てた。軸のない己れの能と闘って尽きた保のまるごとの生を、よくやったと、がんばったと、讃えるのは誰でもなく己れの務めだったのに。

いまは繰り返し保の舞を見ている。保に御城勤めを選ばせた舞を瞼《まぶた》の裏に立ち上げて見ている。見るたびに軸がないと思い、拐うともなく拐った己れを思い、そして、せめて「ちゃんとした墓参りができる国」を手向《たむ》けなければと思う。それはあまりにも、せめて、なので、もしも「想いも寄らぬこと」などなにも起きなかったとしたら、己れの心棒は息を吹きかけられただけでも折れそうだ。だからこそ、折れても十二月二十三日まではたどり着かせてくれそうな祭りが、闇夜《やみよ》の雪灯《ゆきあか》りのように明るい。

剛はいつも不安のようなものを覚える出雲守殿から、安心のようなものをもらって白書院へと向かう。一年にただひと月だけ、二回の月次御礼しか登城日のない月の、二回目の月次御礼に上がる。松之廊下《まつのろうか》を進むほどに結び目への渇望と不安がうぉんうぉんと湧き上がって安心のようなものを呆気《あっけ》なく掻《か》き消す。案ずるな、と剛は己れに言い聞かせる。軸を識《し》ったときに通じたではないか。あの御方は疑いなく「想いも寄らぬことをやる」を見届けさせてくれて、それは「ちゃんとした墓参りができる国」と関わっているのだ。けれど、常とはちがって見えた広縁で平伏《へいふく》すれば脈動はいつもとすこしも変わらず、一瞥しても小ぢんまりとした松のようで結び目は見えない。額ずいた首が肩が腰が岩のごとくに重くなって、そのままずぶずぶと畳に沈み込みそうだ。剛はふと師走二十三日の祭りを想うが、なんら軽くはならない。でも、心棒は折れていないようだ。

剛に残された月次御礼はいよいよ師走の三回になる。一日と十五日、そして二十八日である。その一日がこれまでの八回と変わらずに終わったときはさすがに切羽《せっぱ》詰まった。なのに、月次御礼とちがう場でとは想わなかった。出雲守殿は「奥能の元締」なのだから二十三日の舞台にあの御方との結び目を見ようとしてもおかしくはなかろう。けれど、剛は出雲守殿の背後にあの御方を察しなかった。近い処には居る。凄《すご》く近い処に。でも、独りだ。常に独りだ。能の交わりで和するには出雲守殿は能の美に焦《こ》がれすぎている。能のためだけに「美しく居る」出雲守殿は、和して己れの能を濁らせることができぬ。「申し合わせ」に参じる各々《おのおの》のごとく、孤立して闘いつつ己れの能を研《と》ぐはずだ。だから、剛は二十三日に救いを求めずに十五日に臨んだ。そして見た。結び目を見た。

異変は松之廊下を渡っているときから感じていた。どういうことかと訝《いぶか》って気が急《せ》き、いかにも注意が細って、けっして粗相《そそう》にならぬよう努めねばならなかった。

どうにかあの御方がおわす白書院にたどり着き、そこだけはなにも変わらぬ広縁に額ずいて異変をたしかめる。あるいは己れの不調かとも想っていたが徴《しるし》は消えず、朝靄《あさもや》の海に音もなく舞う大波のように気持ちがうねる。剛はすっと瞼を閉じて気を背中に集め、警護の目を探った。すぐにどの目からも外れる間を捉えて視線を通す。上段之間と下段之間合わせ五十二畳半の座敷の奥の、御簾《みす》の中《うち》を捉える。

遠い暗がりをくっきりと見抜く目が、感じたままを伝える。己れの不調ではない。刹那、胸底《むなそこ》の大波が鎮《しず》まって剛はわかる。それが結び目とわかる。あの御方はこうして、「想いも寄らぬことをやる」を見届けさせてくれようとしている。

途端に、節理《せつり》の軸受けと接する心棒のように頭が回り出す。そして、すぐに澄んだ回転を止めた。

ずっと前から己れの裡《うち》にあったかのように、「想いも寄らぬこと」の輪郭が浮かび上がっている。

それは望んだとおり、「ちゃんとした墓参りができる国」に繫がっていて、ああ、これか、と剛はつぶやく。

驚きもないし、そんな手立てがあったのかという感慨もない。ようやくたどり着いた余韻もない。強《し》いて言うなら、若い能登守殿が「愚痴話」と言った話を己れが知らぬうちに心に留めていたのが意外だったことくらいだ。が、そう感じたのもまさに瞬く間で、すぐに、ほんとうにこれかと思い、これだとすれば年を越えなければならぬと思った。越えるとはいっても、もはや師走の中日《なかび》だ。備えは速やかに進めねばならず、時はない。まずは、その「想いも寄らぬこと」がほんとうに「ちゃんとした墓参りができる国」に繋がるのかを見極めねばならぬし、それが済み次第、段取りを手速く整えねばならぬ。驚いている暇なんぞない。

御徒町《おかちまち》に戻った剛は玄関で待ち受けていた井波《いなみ》八右衛門に付いて来るよう申し付ける。居間に入ると、着替えも断わって人払いを命じた。登城の装束のまま、今日、白書院で起きたことを伝えて、これまでにも例があるかを訊《き》く。寸暇《すんか》が惜しい。備えは年内に整えておかねばならぬ。もう、あと半月だ。

「もとより、己《おの》が目でたしかめたことではございませんが……」

怪訝《けげん》な風を見せて、八右衛門は言った。

「恐れながら、柳之間に控える大名家の江戸留守居役《えどるすいやく》であれば、まず、誰もが、そういうことがあっても驚かぬのではなかろうかと存じます」

「めずらしくもない、と」

「御意《ぎょい》」

落胆はしない。願っていたとおりの答だ。

「おそらくは、御側《おそば》でお仕えする者を送り出す御家から漏れるのでございましょう。前任から代々そういうものと伝え聞いておりまして、皆、等しく了解いたしております」

拝謁はしても御姿を目にしてはならぬ。それが殿中《でんちゅう》での軛《くびき》だ。同じ場を分け合っているのに見えぬという事実が、主と従の隔たりの遥《はる》けさを思い知らせて了解を強いる。どのみち見ることはありえぬ。軛から外れてはならぬ。ならば、どのような御姿であろうと関わりない。あるべき御姿がそこにあると了解して踏むべき式次第《しきしだい》を踏まねばならぬ。

「めずらしいかめずらしくないかで申し上げれば、逆に、これまでそうではなかったほうがめずらしい。それも、遥かにめずらしいと申せましょう」

八右衛門はつづける。

「逆にお尋ねいたしますが、七月七日の初登城からこの月の一日まで、都合九回の月次御礼がございました。一度たりとも、そうではなかった、ということでございましょうか」

「そのとおりだ」

最初の一回こそ伝わってくる脈動であの御方を捉えたが、残る八回はすべて己が目で御姿をたしかめた。やはり、見なければならぬと思った。見れば大罪《たいざい》になる。見れば軛を外れる。見れば御家を壊すかもしれぬ。それをわかりながら、どこまでも見える鷹の目に従った。

「それは……」

八右衛門は責めない。

「まず、ありえません」

見た剛を察しながら責めない。

「外様《とざま》でも国持《くにもち》大名ならばともあれ、柳之間詰めでそれはありえない。ありえぬことがあったということは、つまり、格別の思し召《おぼめ》しがあったということでございましょう」

責めずに前へ進める。

「格別の……」

「察するに、御藩主の舞台の評判が届いていて、それが格別の思し召しに繋がったのではありますまいか」

それもまた願ったとおりの答だ。そうでなくとも「想いも寄らぬこと」をできぬわけではないが、そうであればずいぶんと賭《か》けから遠ざかることができる。

「奥能に想いがおありの御方です。当初は文隣院《ぶんりんいん》様の孫ということで気に留められたのでございましょう。しかし、九回でございます。九回拝謁して一度たりとも、ということであれば、御藩主の舞台の評判が届いていたとしか考えられません」

長押《なげし》のあたりに目を遣ってから、八右衛門はつづけた。

「通常なら、奥能に重きを成す三輪藩の望月出雲守景清殿から届いたと考えるのが妥当なのでございましょうが……」

八右衛門は能をやらぬ。剛は能をやらぬ者の見方が欲しい。能をやる己れは出雲守殿から届いたとは思わぬが、能をやらぬ八右衛門はまたちがう考えをするかもしれぬ。ちがわなければ、己れは大きくは誤っていないことになる。

「御藩主の御働きの御蔭をもちまして……」

そこで八右衛門はさっと頭《こうべ》を垂《た》れた。

「御城の中奥《なかおく》への経路はいまや一本ではなく通っておると観《み》て差し支えございません」

戻して、つづける。

「御大老を送り出す御家である井伊《いい》家の皆様とは豊後《ぶんご》岡藩の中川修理大夫《なかがわしゅりのだいぶ》久教《ひさのり》殿のみならず日向延岡藩の内藤能登守政義殿、三河《みかわ》挙母《ころも》藩の内藤丹波守政優《たんばのかみまさひろ》殿とも懇意にさせていただいております。彦根《ひこね》井伊家は能好きで知られておりますれば、もはや、御当代《ごとうだい》の御大老、左《さ》近衛権中将直亮《このえごんのちゅうじょうなおあき》様のお耳にまで達しておると観てもよいのではありますまいか。加えて、もういっぽうの御譜代筆頭である雅楽頭酒井《うたのかみさかい》家からもあの井筒より事あるごとに声を掛けられておりますし、御寺社《おじしゃ》の青山因幡守忠良《あおやまいなばのかみただなが》殿からは招請能の御案内を直筆《じきひつ》でいただいております。さらに、こちらでは摑《つか》み切っておりませぬが、このところの招請能の見処《けんじょ》には想ってもみない方々の御姿が見受けられるそうでございます。もはや、出雲守殿を介さずとも、評判は届くということでございましょう」

「届く、か」

自問するように、剛は言う。

「緩《ゆる》い見方のようですが、なにしろ、九回で九回とも、でございます。そうとでも考えなければ説明がつきません。それほどにありえぬ例ということでございます」

和歌を語るとき以外は常に穏当な八右衛門の口調が熱を帯びて、「ありえぬ」の程《ほど》が伝わってくる。ならば、成るか、と剛は思う。「ありえぬ」九回と、誰も驚かぬ今日の一回。その落差の丈《たけ》が「想いも寄らぬこと」の成否を決める。九回変わらずに賜わってきた思し召しが、いかなる事情のゆえか今日に限って召し上げられた。八右衛門が言うほどに「ありえぬ」九回だったとすれば、途切れた今日は稀《まれ》の日となる。剛は稀の日を選んで「想いも寄らぬこと」をやる所存《しょぞん》でいる。来たるべき稀の日にそれを為す。白日《はくじつ》の下で堂々と為してよい仕業ではない。むしろ、憚《はばか》る。稀の日に憚る仕業を為して、あの御方に借りをつくったと思っていただく。自分の事情で稀となった日に憚る仕業をさせてしまったと悔いていただく。その後《うし》ろめたさが、贖わなければという気持ちの水路《みずみち》を通させて「ちゃんとした墓参りができる国」の胎動を促す。剛はあの御方に貸しをつくろうとしている。あるいは脅《おど》そうとしている。実の齢《とし》、十五歳の身代わりは、身ひとつで柳営《りゅうえい》の棟梁《とうりょう》に闘いを挑もうとしている。

もとより、賭けである。十分《ぶ》の目処《めど》など端《はな》から望んでいない。五分五分とて高望《たかのぞ》みだ。でも、「想いも寄らぬこと」は為したあとが肝腎で、そのとき己れはもう居ない。「ちゃんとした墓参りができる国」をつくっていくのは鵜飼又四郎《うかいまたしろう》であり井波八右衛門だ。国を預かる臣僚《しんりょう》を十分の賭けに引き込むわけにはゆかない。一分でも成算を上げて、彼らを動きやすくしたい。剛はもう一度、ほんとうに貸しになるかを己れに質《ただ》す。「ありえぬ」九回の一回一回に想いを馳《は》せて、あの御方の思し召しに触れようとする。が、想うに任せぬ。

見たい結び目が見えなかったゆえに、ずっとなにも変わらぬとひと括《くく》りにしてきた。剛の記憶に残るあの御方は九回とも松之廊下の小ぢんまりとした松だ。いくら想い起こしてもひとつの顔しか持たぬ。いまになって振り返れば、「ありえぬ」ことが九回つづいた。その一回一回が「ありえぬ」ことだった。顔を持たぬ一回一回であるはずもない。きっと一回ごとに、あの御方の御様子もちがっていたのだろう。己れは結び目だけを見ようとして、あの御方を見てはいなかったのだと察したとき、剛はふと視線を感じた。見られていたのか、と思った。ずっと見ているつもりでいたが、あの御方から見られてもいたのか……。

これまで、そんなことは想いもしなかった。あの御方は貼付壁《はりつけかべ》に描かれた松のようにこちらから見るだけの存在で、平たい松から見られるとは想わぬようにあの御方から見られるとは想わなかった。が、見られていたのだ。なにを見ようとしたのだろう。軸か。節理か。すぐに、そうではあるまいな、と剛は思う。そんなまっとうなものではない。陽《ひ》の下で語り合えるようなものではない。

剛は初めて視線を通したときのあの御方を想い浮かべる。ずいぶんと小柄なのに、大《おお》広間《ひろま》の松の大枝のようだと思った。異様に大きいだけで、見る者の気を呑み込まんとする禍々《まがまが》しさがない、生きてはいるだけの大枝だ。でもつぶさに見れば、その小さな大枝は底の処に脈動を飼っていた。そして、この御方にはたしかに能が必要だと思った。きっと、視線はそこから来ている。あの大広間の、虚仮威《こけおど》しの大松がかろうじて保っている生《せい》から放たれる。己れの裡に、そのように見られるなにがあるのかはわからぬが、あるいはすでに、あの御方はそれを見たのだろうか。見て、たしかめたから、十回目の月次御札は九回と同じにはならなかったのだろうか。

「そのありえぬ例が今日途切れたということは……」

なにを見たのかはともあれ、見限られて今日に至ったとなれば、「想いも寄らぬこと」は十分の賭けになる。

「格別の思し召しも途切れたということか」

八右衛門に訊くことではないが、訊かずにはいられなかった。

「これは推測の域を出ませぬが……」

答に詰まってよいのに、八右衛門はすっと唇を動かす。

「能登守殿の日向延岡藩の別家《べっけ》に岩村田《いわむらだ》藩があったことをご記憶でしょうか」

意外な向きから答は返った。

「覚えてはいる」

たしか信濃《しなの》で一万五千石を拝知《はいち》しており、御当主は伏見《ふしみ》奉行を拝命されている。

「その岩村田藩を統《す》べる内藤豊後守正縄《ぶんごのかみまさつな》殿ですが、御養子でございます」

知れば、大名家はほんとうに養子が多い。まさか豊後守殿も井伊家から入られたとでもいうのか。

「いまから三十六年前、豊後守殿は九歳で岩村田藩内藤家に養子に入られました。御実家は肥前唐津《ひぜんからつ》藩水野《みずの》家。父君は第三代御藩主の水野式部少輔忠光《しきぶのしょうゆうただあきら》殿でございます」

八右衛門は井伊家の名を言わず、唐津藩と言い、水野家と言う。唐津藩水野家となれば、いやでもある人物の名を想い起こさざるをえない。

「しかしながら、唐津藩には長崎《ながさき》警護の御役目があり、十分に幕政の御手伝いがしにくいという理由から、次の四代様のときに遠江浜松《とおとうみはままつ》藩との御領地替えを願い出られて、許されております」

想ったとおりの言葉がつづいて、剛は、なんで八右衛門がこの話を切り出したのかを察する。

「その四代様が、本年、いよいよ御老中首座となられた水野越前守忠邦《えちぜんのかみただくに》殿でございます。越前守殿は三代式部少輔殿の次男で、豊後守殿は三男。すなわち、豊後守殿は御老中首座である越前守殿のすぐ下の弟君に当たられるということです」

幕閣に加わらんがために実高二十五万石を上回るとされる唐津藩と十五万石余りの浜松藩を取り替えた越前守殿の胸の裡は、二十二年が経ったいまでも語り草になっている。しかし、その語り草に豊後守殿が関わってくるとは夢想だにしなかった。

「ただ御兄弟であるというだけではございません。水野家は幕閣の席に座り慣れた御家とは異なります。手持ちの駒の数が十分とは申せぬゆえ、御兄弟をも金や銀として動かさねばなりません。その表れが豊後守殿の伏見奉行であり、やはりご実弟の御旗本である跡部良弼《あとべよしすけ》殿の大目付です。水野家にあっては、御兄弟が並の御兄弟よりもずっと密な繋がりを持つということでございます。したがいまして、それがし、能登守殿の延岡藩内藤家と御縁を得たのを機に、岩村田藩内藤家とも誼《よしみ》を通じさせていただいております」

有体《ありてい》に言えば、豊後守殿を通して御老中首座の動向を探っているということだろう。その手早さが、八右衛門の非凡なところであり、興味深いところだ。歌詠《うたよ》みと能吏《のうり》が喧嘩《けんか》をしない。

「その筋によれば……」

そこで、八右衛門は声を落とした。

「御老中首座は御主法替《ごしゅほうが》えを考えられておいでのようでございます」

いかにも八右衛門らしく、要《い》らぬ枝葉《えだは》をつけずに、いきなり改革を口にする。

「また、その案件、御当代様《ごとうだいさま》も許されておられるようでございます。いまはまだ西丸《にしのまる》の御先代様がだいぶ御元気の御様子なので、機を窺《うかが》っているというところなのでございましょう」

八右衛門は「大御所様《おおごしょさま》」と言わずに「御先代様」と言い、「政《まつりごと》を牛耳《ぎゅうじ》っている」と言わずに「御元気の御様子」と言う。八右衛門は常に己れの言葉で語る。

「しかしながら、構想は煮詰められており、そのための寄合《よりあい》も繁《しげ》く持たれているようでございます。察するに、御当代様は本日、その寄合の関わりだったのではありますまいか。そう推《お》し量《はか》りますと、九回つづいた思し召しが途切れたのも納得がゆきます。通常の政務ならともかく、事は御主法替えでございます。よんどころなく、そのようにされたのでございましょう」

言われれば、八右衛門の語る「御当代様」は無理なくあの御方と重なる。

「だとすれば、本日に限っては思し召しを賜わらず、また、これからも賜わらぬ日があると心得ねばならぬものの、格別の思し召しじたいはいまなおつづいていると診《み》てよろしいかと存じます」

剛は八右衛門の耳当たりのよい言《げん》を疑う。粗《あら》を探す。幾度となく繰り返すが、しかし、破綻は見つけられない。十分の賭けの十分がみるみる減じて、たしかに見限られたわけではないと思うことができる。剛はひとつ大きく息をついてから、あと回しにしておいた三つの問いに切り替えることにした。重みが薄いからあとにしたわけではない。逆である。いきなり、それを口にして否《いな》と答えられたら即ご破算《はさん》になってしまうであろうから前へ持ってこられなかった。ようやくたどり着いた「想いも寄らぬこと」がたちどころに霧散してしまうのが怖ろしく、いじましくもあとからそっと差し出したのだった。

問いは、若い能登守殿の「愚痴話」のなかに収まっていた。東北を舞い納め、会食を済ませたあと、二十歳の能登守殿は剛だけを庭の離れへ誘った。同席者の無視をとりなすのかと想ったがそうではなく、素の顔を覗《のぞ》かせてひとしきり身の上話を語られたあとに、「せめて、もそっと早く養子に入れば、それがしでもすこしは役に立てたのでしょうが……甲斐守殿は来年、御国入りですか」と尋ねてきたのだった。そして、不意の問いかけの意味がわからずに戸惑う剛に構わず、話をつづけたのだ。

「急養子《きゅうようし》の禁が解けて、いつでも跡継ぎを立てられるようになるからでしょう、通常は十七歳で初の国入りになります。それまで大名の嗣子《しし》は江戸屋敷に居て、藩主に就《つ》いても十六歳までは参勤交代を免《まぬが》れているのですが、申し上げたように、それがしは十五歳で養子の藩主になり、彦根から日向延岡藩の江戸屋敷へ入りました。それゆえ、実質、参勤の免除もなきに等しかった。もそっと早く養子に入れば、と申したのは、そういうことです」

あの能登守殿の語りを胚《はい》にして、「想いも寄らぬこと」は組まれていった。剛は胚が正しく胚なのかをたしかめたかった。

「幼くして代を継いだ大名の初の国入りの齢が十七歳というのは、どの国も了解しておるところでございましょう」

即座に、八右衛門は答えた。

「理由も急養子との絡《から》みでまちがいございません。参勤交代は実は御藩主の御躰にすくなからぬ負担を強います。腰や背中を酷《ひど》く傷《いた》めるだけではございません。狭い乗物《のりもの》に閉じ込められての長旅が血を滞《とどこお》らせて、心の臓をはじめとするさまざまな臓腑《ぞうふ》にわるさを働きます。これがために亡くなられた、あるいは病床に臥《ふ》されることになった大名を、それがし、すくなからず存じ上げております。大人でさえ命の心配をせねばならぬのですから幼子《おさなご》は言わずもがなで、このため、急養子が認められぬ十六歳までは、参勤交代を免れているのでございます。なにしろ、万が一のことがあっても養子を立てられぬのです。即、御家断絶なのです。参勤免除は当然でございましょう。ですので、幼君《ようくん》を戴《いただ》いたとすれば、その御齢から十六歳までのあいだ、参勤交代とは無縁に江戸に居つづけることになるのはお尋ねのとおりでございます」

ならば、まちがってはいないのだと剛は思う。胚でよいのだ。あと二つ、訊かねばならぬ問いさえ切り抜けることができれば。

「ただし……」

剛が訊く前に八右衛門がつづける。

「もしも、それがために幼君を望む者が居たとすれば、それは幼子の脆《もろ》さを弁《わきま》えぬ者の了見と申せましょう」

剛は耳に気を集める。

「大名には元服をはじめとしてさまざまな年齢の節目がございますが、御家にとって何歳の節目が最も重いかと申さば、これはもう十七歳に尽きます。十七歳は格別、なのでございます。大名の嗣子はずっと江戸で育ちます。国許《くにもと》で産声《うぶごえ》を上げた御方にしても、跡継ぎと届けられてからは江戸屋敷に移ります。遠い江戸で御無事に育って十七歳になられた御藩主を初めてお迎えするときは、それはもう国中が沸き立ちます。歓《よろこ》びが爆発いたします」

そこで八右衛門はこれまで見たことのないほどに顔を綻《ほころ》ばせた。長く雪に閉ざされる国の者が桜の開花を目にしたときのようなその顔が「十七歳は格別」であることを如実《にょじつ》に物語る。

「若い御主君の瑞々《みずみず》しい御尊顔《ごそんがん》を目にできる歓びは理《ことわり》を超えるものがございます。しかし、その歓びが爆発するほどに膨れ上がるのは、気持ちの根底に、もうこれで御家が絶たれることはないという大きな安堵《あんど》があるからです。麻疹《はしか》、疱瘡《ほうそう》などの大きな流行《はや》り病《やまい》を持ち出さずとも、幼子は実に呆気なく命を落とします。朝には端麗《たんれい》に咲いていた花が午下《ひるさ》がりには項垂《うなだ》れているように、あまりにもたやすく消え入るのでございます。十七歳になられるまでにいったい幾度《いくたび》、薄氷《はくひょう》を踏む想いをすることでありましょうか。御側に仕える者にとって十七歳を迎えることはただただ僥倖《ぎょうこう》であります。だからこそ、十七歳は格別なのでございます」

　存分に語ってくれ、と剛は思う。存分に叩いてくれ。それで壊れるようなら、胚にはならない。

「加えて、もうひとつ、幼君を避けなければならぬ理由がございます。御手伝普請《おてつだいぶしん》でございます。参勤免除で負担が軽くなるのだからと、川除《かわよけ》普請などを命じられるのであります。なかには、さほどの過酷な負担にはならずに済んだ例もないわけではございませんが、それを当てにして国の舵取りをする者が居たとしたら、その国は不幸でありましょう。いったん、大掛かりな改修を申し付けられれば、浮いた参勤の費用分などすぐにふっ飛びます。近年は御手伝普請とはいってもみずから現場と関わることはなく、実際の普請には御公儀が当たって、掛かる費用のみを申し付けられるのですが、それはすなわち、巨費を抑えるためのあらゆる工夫算段《くふうさんだん》を奪われることを意味します。御公儀から示される見積もりの額を黙って呑まねばならぬということでございます。いったい誰が、仏になった幼君の姿に日々恐々《きょうきょう》としながら、御手伝普請をしたいと思いましょうや」

剛は胸底で八右衛門に謝する。訊かねばならぬ二つ目の問いを訊く前に答えてくれた。己れから訊けば、なにを為そうとしているのかを明かすに等しく、すくなからず躊躇《ためら》われた。もとより、彼らには言うつもりでいる。「ちゃんとした墓参りができる国」をつくるのは彼らである。が、それはいまではない。己れの裡で固まらなければ人を動かす言葉にはならない。とはいえ、固めるには訊かねばならず、どうしたものかと逡巡《しゅんじゅん》していたが、その逡巡を不要にしてくれた。

「すなわち……」

剛が三つ目の問いを口にしようとしたとき、八右衛門が閉じたばかりの唇を動かす。

参勤の話は終わったのかと思っていたが、そうではないらしい。

「参勤免除には代価《だいか》が要るということでございます」

それはわかった。

「逆に言えば、代価さえ払えば参勤免除は得られるということでございます」

それもわかっている。

「御手伝普請に代わる代価でございます」

そのつもりである。

「ほんとうに代価など払えるのか、そんな代価などあるのか、なによりも、はたして払うべきなのか、先刻からずっと考えておりましたが、答を得ません」

「そうか」

「鵜飼を呼びましょうか」

「いや」

間を置かずに答えた。

「ひと晩、置く」

ようやく独り歩きをするようになったものの、又四郎にはずっと頼ってきた。

いま、又四郎と語れば、相談になりかねない。

これは相談して決することではない。

独りで固めることだ。

已れのみで沈殿《ちんでん》させ、ひと晩寝かせて固着させる。

剛は残った三つ目の問いを口にして、それは曲折《きょくせつ》なく答を得る。

「大儀《たいぎ》であった」

心底《しんてい》より述べて、登城の装束を着替えた。


けれど翌朝、剛は鵜飼又四郎を呼ばなかった。

起きて支度を整え次第、言い渡すつもりだったのに、目覚めてみると固まっていなかった。

昨日、八右衛門が下がったときにはすでにあらかた締《し》まっていた。あのまま呼んでもよかった。

あくまで念を入れてのひと晩で、ほとんど儀式のようなものだった。

なのに、まだ緩かった。

驚きもしたが、それ以上に訝った。

どういうことだと。

己れの想いの強さはなんら疑わなかった。もはや、そういう時期には居ない。

あまりに不測だったので、明日《あす》にはきっと、という楽観もしなかった。そして、そのようになった。

次の朝も、三日目の朝も、四日目の朝も、五日目の朝も、剛は又四郎を呼ぶことができなかった。

五日目は十二月の二十日で、三輪藩の望月出雲守景清殿に招かれた稽古能はもう三日後になっていた。

気持ちの片隅にずっと消えずにいた、師走二十三日まで生きていく鵺への路が鮮やかさを増して、それか、と剛は思った。

見渡したいのか。

能を能にしているものを見渡したいのか。

それがために固まり切れずにいるということか……。

どうしたものかと剛は思案した。

次の月次御礼は二十八日で、あと八日だった。

たとえ、その日が十五日と同じ稀の日であったとしても、二十八日には為せない。

まだ、急養子が許されぬ身代わりの十六歳だ。日を置かずに新年にもなる。御公儀の祝賀を壊せば御家が壊れる。

とはいえ、又四郎には今年最後の月次御礼となる二十八日を迎える前にすべてを伝えて来年に備えたい。

新年になってからばたばたと用意を整えるようでは、いかにも振舞《ふるま》いが軽い。軽ければしくじる。

となれば、二十三日の稽古能を終えてからでは遅い。

今日だ。

切りのいい二十日の今日、伝えたい。

伝えられるか、と剛は己れに問う。

あの志《こころざし》も覚悟もたっぷりの吏僚《りりょう》に、固まり切らぬ腹で、御家を壊すぞ、と言い渡せるか。

今日、言えるくらいなら、と剛は思う。

昨日言っているし、一昨日《おととい》言っている。

言えなかったから今日に至っている。

当然、今日も言えぬ。

このままゆけば、明日も明後日《あさって》も言えぬだろう。

ならば、と剛は思った。

想いを切って、二十三日を待とう。

そして、二十三日までの今日と明日、明後日は、躰を空っぽにして舞台のことだけで満たそう。

「想いも寄らぬこと」も「ちゃんとした墓参りができる国」も、腹を据えてしばし追い遣る。能でいっぱいにする。

出雲守殿のようにではないものの、己れとて能の路だけを歩んできた。

野宮《のみや》での十年を、もやもやと居る流された仏たちやノミヤの前で役者として生きた。

跳んで跳んで、跳びつづけた。

その能の路を、いま鵜で締め括ろうとしている。

どうにも行き場のない三日を、野宮の役者にくれてやるのはどうか。

生きていくだけでいっぱいで、己れが何者であるかなど考えたこともなかった。

だから、己れをなにに仮託してよいのかわからない。

曲を勧めるときも、努めてシテに己れを重ねることなく、いまから振り返れば、軸だけで舞ってきた。

でも、鵺は化生の者だ。

妖怪であり、鬼だ。

頭は猿で、手足は虎で、尾は蛇で、鳴く声は夜の深い森に物哀しい口笛のように響き渡る虎鶫《とらつぐみ》だ。

つまりは、鵺は猿ではない。

虎でもない。

蛇でも、虎鶫でもない。

鵺は誰でもない。

誰でもない鵺なら、己れでもいい。

鵺なら己れを重ねることができる。

はたしてそんなことができるのかどうかはわからぬが、剛は鵺を軸ではなく、己れで舞おうと思った。

軸の節理は置く。己れの節理で舞う。

だから、この三日、鵺になる。

そうと思い立った剛は、夕刻を待って、又四郎を呼んだ。

「想いも寄らぬこと」を伝えるためではない。

あの都鳥《みやこどり》の名処がある今戸町《いまどちょう》へ向かうために呼んだ。

この前は姿が見えなかったが、都鳥は冬鳥《ふゆどり》だという。師走のいまならば渡り来ているだろうが、月の光には浮かび上がるまい。火事と見紛《みまご》う黒煙を放つ瓦の窯《かま》だって、これから向かうのであれば火を落としているだろうし、西の風が運ぶ仕置場《しおきば》の臭いも届かぬかもしれない。

それでも昼ではなく夜に、剛はあの河原に立たなければならなかった。

鵺は夜の能だった。

夢幻能《むげんのう》の多くは陽《ひ》の残る頃に前場《まえば》が始まり、夕刻を経て、夜の後場《のちば》を待って霊が霊となって現われる。

が、鵺は、夜に始まって夜に終わる。

正しくは、「山の端《は》の月」が沈み行く、朝を呑んだ夜に終わる。

夜な夜な黒雲《くろくも》に乗って御所《ごしょ》の上を飛び回り、得意になって帝《みかど》に憑《つ》き祟《たた》っていた鵺はある夜、弓の名手である源頼政《みなもとのよりまさ》に射落とされる。

落ちたところを頼政の従者に九回刺し貫かれ、骸《むくろ》を「うつほ舟」と表される丸木船に押し込められて淀川《よどがわ》に流された。

舟は淀川を漂い下って、葦《あし》の生い茂る蘆屋《あしや》の浦の浮洲《うきす》に流れ着き、鵺は月日もわからぬ暗渠《あんきょ》から冥界《めいかい》の闇路《やみじ》へ朽ち果てつつ入っていく。

その迷いの尽きることのない闇路を、「山の端の月」の光で照らしてくれと願いながら、シテの鵺は海中に沈んでいくのだ。

だから剛は、葦が埋め尽くす夜の河原に立ちたい。

伝えると又四郎は「さようでございますか」と言い、「師走ですので野宿はなりません」とつづけた。言われてみて剛はすっかり「山の端の月」を待つ気でいる己れを認めた。

表門を出ると、星は見えるが月は出ていない。二十日の月は更待月《ふけまちづき》で、亥《い》の刻の中頃を待ってようやく姿を現わす。

剛は月に頼ることなく東へ路をたどって、日光《にっこう》街道へ突き当たり、路地へ分け入って、隅田川《すみだがわ》の右岸へ抜け出た。あとはまっすぐに上流へ歩を進めればよい。初めての宵《よい》の路でも、躰はしっかり路順を覚えていた。

藍《あい》に包まれても、灯りの絶えぬ両岸はやはり人家や商家や蔵に埋め尽くされて見え、いくら歩いても河原は見えない。大川橋《おおかわばし》に通じる広小路《ひろこうじ》の祭りのような人通りも昼と変わらぬどころか、むしろ賑《にぎ》わいを増して、師走の冷気を寄せつけぬかのようだ。おのずと人波のつくる脈のようなものも拍を強め、いっそう容赦なくまつわり付くのだが、やはり躰に拒む気配はない。

脈は野宮のもやもやと居る流された仏たちの想いとますます重なって、この前にも増して交《ま》じりたがる。

剛は、これも同じだと思いつつ、脈に合わせるように足を送る。

喧騒が遠くなり、灯りが絶えて、風の匂いが変わる。

窯の黒煙は見えない。

仕置場の臭いはうっすらとだけれど届く。

そろそろだと思ったとき、突然、眼前に葦原《あしはら》が広がった。

夜空の藍は深いが、枯れた葦の澄んだ薄黄色を染め抜くことはできない。

染まり切らぬ葦が無辺《むへん》の河原を埋め尽くして、夜の雪原《せつげん》のようだ。

月のない夜が孕《はら》むなけなしの光をその雪原が集めて、幾つにも分かれて流れる川筋をうっすらと浮かび上がらせている。

冬枯れした野を愛《め》でる枯野見《かれのみ》という遊びがあるのは聞いていたが、夜の枯野の興趣《きょうしゅ》がこれほどまでに深いとは……。

己れがその光景に入っていいのかどうか、気が定まらず、知らずに足が停まった。

剛は立ったまま夜の枯野の息に己れを合わせる。

ざわめきに震《ふる》える。ゆらぎに揺れる。

間《あわい》に触《さわ》る。

そうして、そろりと河原へ踏み出した。

路のようなものが付いているのは、枯野見の客が踏んだ跡か、それとも獣路《けものみち》か、それとも……。

一歩、足を動かすごとに、夜の枯野の息が深まっていく。

土に包まれて眠りこける虫や、冬も眠れずに喰い物を漁《あさ》る鼠《ねずみ》の気配なんぞを感じながら、流れとの際《きわ》へ出た。

己れの躰分だけ葦が倒れた処を見つけるが、トビ安座《あんざ》を跳ぼうとは思わない。

ただ、座す。

座して、夜の流れを見る。

音を聴く。

向こう岸をつくる葦の連なりを見る。

そのまま見つづける。

聴きつづける。

嗅ぐ。

感じる。

居るのだろう。

枯葦《かれあし》の連なる根元の暗がりに、流れを邪魔立てする倒れ葦に、ぽっと浮かび上がる浮洲に、居るのだろう。

野《の》放図《ほうず》に広い葦原の、あっちにもこっちにも隠れ居て、この美しさを極める光景に加わっているのだろう。

そして、待っているのだ。

「山の端の月」を待っている。

剛は座している葦束に背中を預けて、組んだ手を枕にした。

星が凄い。

月はまだだ。

剛は月を待つ。更待月を待つ。

そこで、なにを為そうか、定めていたわけではない。

稽古は、しようとしていたのだと思う。

鵺は忙しい曲だ。

前場のクセの初め頃までは座したままで頼政が己れを退治するまでのいきさつを事細《ことこま》かに語るだけだが、頼政が黒雲に狙いを定めて矢を放つ所作《しょさ》をしてからは、もう動きっ放しになる。

それも道理で、鵺は何役もやる。

己れのみならず源頼政になり、従者の猪《い》の早太《はやた》になり、褒美である秘剣を頼政に渡す役の宇治《うじ》の大臣になり、下賜される帝にまでなる。

そうして、こう飛んだ、こう射った、こう墜《お》ちた、こう刺し貫いた、こう秘剣を渡した、こう受け取った、と、栄誉を手に入れた頼政とは裏腹に己れが流され朽ち果て闇路に落ちるまでをこれでもかというほどに写す。

おのずと流レ足のような技の要る型を求めるが、型には収まり切らぬような型も多い。

鵺だけで舞う型もある。

やるべき稽古はいくらでもあるが、しかし、剛は天空《てんくう》と向き合ったまま待つ。

「山の端の月」を待つ誰でもないものたちといっしょに月を待ちつづける。

不思議と寒さは感じず、時折、まどろみそうになるが、眠りはしない。

野宿はしないという又四郎との約束だ。眠らなければ野宿にはならない。

そうして月が出る。

更待月が出る。

誰でもないものたちの気がつんと立って、剛は、あ、と思った。

居る。

葦束に預けた頭のすぐ後ろに居る。

すぐ後ろに居て無心で月を仰いでいる。時々、勝手に動く尻尾《しっぽ》が触れる。

でも、すぐに気にならなくなる。

どこにでも居るのだ。頭の後ろにだって居るだろう。

それよりも月だ。

光だ。

つぶつぶみたいに降ってくる。

浴びているみたいだ。

誰でもないものたちはつぶつぶを浴びているみたいだ。

光が流れてしまうのがもったいなくて、ひとつぶひとつぶを感じながら照らされているらしい。

剛もそうしてみると心地《ここち》いい。

心地よくて瞼《まぶた》が重くなる。

でも、野宿はしない約束だ。

剛はなにかを考えようとする。

「山の端の月」だ。

鵺の「山の端の月」はあの和泉式部《いずみしきぶ》の歌からとったと八右衛門から聞いた。

冥《くら》きより冥き道にぞ入《い》りぬべきはるかに照らせ山の端の月
歌の「山の端の月」には仏法の光のような意味があるらしい。

暗い道に迷い込んで、自分がどこに行ってしまうかわからない。だから、道を誤らぬよう仏法の光で照らしてほしい、と。

でも、仏法の光なんかじゃあないほうがいい。

この月のほうがいい。

いま、こうやって光のつぶつぶを振り撒いて、誰でもないものたちに浴びさせている剝《む》き出しの月のほうが。

ふと、この前の月はどうだったろうと想って、まだ陽のある頃だったと悟る。

養老の舞台を明日に控えながらいかに舞うかがどうにも定まらず、考える場を求めてここまで来た。

なのに、考えるほどに己れの能がわからなくなり、保の能に手がかりを求めようとして、初めて己れが拐ったことに気づいた。そう、ここで気づいた。

この河原で。

つづきをやろう。と剛は思う。

手がかりをもらおう、保の鵺に。

枯野のどこからともなく「軸はないぞ」という声が届く。

「それでいい」と答えて言い直す。「それがいい」。

夜の雪原に一声《いっせい》が響き渡って、保が想いの丈を謡う。

悲しきかなや身は籠鳥《ロウチョウ》。心を知れば盲亀《モオキ》の浮木《フボク》。ただ闇中《アンチュウ》に埋木《ンモレギ》乃。さらば埋れも果てずして。亡心《ボオシン》何に残るらん
(悲しくも、この身は籠に閉じ込められた鳥である。心は浮木《ふぼく》にしがみつく盲目の亀さながらにおぼつかない。ただ埋木《うもれぎ》のごとく闇に沈むばかりなのに、亡心《ぼうしん》だけが埋もれ果てることもなく残され、彷徨《さまよ》っているのはなにゆえか)

凄い。

保の謡はいつ聴いたって凄い。

保の謡は骨に来る。軸を震わす。

万感醒めやらぬまま、保はワキとの問答に入る。

不思議の者が居る、とワキに言われて塩焼き海人《あま》の類《たぐい》の者と答えるが、ならば仕事もせずに夜な夜なうろつくのはおかしかろうと糾《ただ》される。

実は源頼政に射貫《いぬ》かれて落命《らくめい》した鵺の亡霊だと明かして、クリ、サシとそのときの様子を語り、いよいよ一人何役ものクセだ。

「頼政きつと見上ぐれば」で、右上をきっと見据え、「矢取つて打ち番《ツガ》ひ」で扇を弓矢に擬し、「南無《ナム》。八幡大菩薩《ハチマンダイボサツ》」で祈念《きねん》して、「よつ引《ピ》きひやうと放つ矢に」で、黒雲に狙いを定めて矢を放つ。この間ずっと頼政で、墜ちてもまだ己れには戻らない。

「落つる所を猪の早太」からは従者の猪の早太となって扇の刀を持ち、「つつと寄りて続《ツヅ》けさまに。九刀《ココノカタナ》ぞ刺いたりける」でぐさぐさと己れを刺し貫き、「さて火を灯《トモ》しよく見れば」よりは扇を灯りにして、「頭《カシラ》は猿」と左下を見遣り、「尾は蛇《クチナワ》」と灯りを左に寄せ、「足手ハ虎の如くにて」と引いて、己れの異容をあらためていく。

いちいち、そうか、と思う。

そうなのかと思う。

祈念を終えた頼政がきっと顔を上げる様《さま》には頼政が抱えていた不安の深さとその訣別《けつべつ》が見て取れるし、ひょうと放った所作からは唸《うな》りを上げて飛ぶ矢が見える。猪の早太の刀の捌《さば》きを見れば、鵺はいかにも仕留められて、もはや回生《かいせい》はない。

剛はただ嘆ずる。

こうしなければ伝わらないのだ、と。

これほどまでにどう死んだかを写そうとしなければなにも伝わらないのだと。

死んだことしか伝わらない、のではない。

ほんとうに死んだのかさえ伝わらない。

どう死んだかが伝わって、はじめてたしかに死んだと伝わる。

伝わればその先もある。

どう死んだかが伝われば、どう生きたかにも想いが届く。

そのように死なねばならなかったということは、そのように生きねばならなかったということだ。

だから鵺は、死んだ己れそっちのけで己れを死なせた者になり切り、どう死んだかを舞うのだろう。

天空の舞台は中入に入って、剛は後場を心待ちにする。

後場の出だしでは鵺が己れを舞う。射貫かれて墜ちる己れを舞う。どう飛び、どう墜ちたかを見届けたい。

手がかりなんぞではない。

ただ見たい。

ふと気づくと、頭の後ろに居る誰でもないものも待っている。

保の鵺のつづきを待っている。

いや、頭の後ろのものだけではない。

河原のどこにでも居る誰でもないものがあちこちで長い首をもたげている。

「有情非情《ウジヨオヒジヨオ》。皆倶成仏道《カイグジヨオブツドオ》」

保がまたあの骨を震わす謡で一セイを響かせて、光のつぶつぶを受けていた顔が一斉に天空の舞台へ向く。

「五十二類も我同性《ドオシヨオ》の」

ノリ地で舞台をひと巡りし、常座《じようざ》でワキに合掌《がつしよう》すれば、さあ、飛ぶ。墜ちる。

「さてもわれ悪心外道《アクシンゲドオ》の変化《ヘンゲ》となつて。仏法王法《オオボオ》の障《サワ》りとならんと。王城ちかく遍満《ヘンマン》して。東《トオ》三條乃林頭《リントオ》に暫《シバラ》く飛行《ヒギヨオ》し。丑三《ウシミ》つばかりの夜な夜なに。御殿の上に飛び下《サガ》れば」

化生の者に生まれつけば、この世の則《のり》を壊そうとするのは定めだ。壊さなければ鵺ではない。だから、御所の周りに張りついて、帝が寝《やす》まれている丑三つ頃に夜な夜なすぐ上空を飛んだのだ。橋掛《はしがか》りへ足早に行って戻る動きがその宿命を仄《ほの》めかす。

「即ち御悩《オノオ》頻《シキ》りにて。玉體《ギヨクタイ》を悩まして。怯《オビ》え魂《タマイ》消らせ給《タモ》ふ事も我が為す業《ワザ》よと怒《イカ》りをなししに」

謡は地謡《じうたい》に替わって、すぐに帝はしきりに悩まれ、すっかり怯えて気を失われることもあり、鵺は俺がやったと得意満面だった、と語るが、保の鵺は浮かれてなんぞ見えない。

「思ひも寄らざりし頼政が。矢先に當《アタ》れば変身失《ウ》せて。落々磊々《ラクラクライライ》と。地に倒れて。忽《タチマ》ちに滅せし事」

そうして頼政の矢が当たる。唸りを上げて飛んできた矢が保の胸にいかにも突き刺さって、誰でもないものたちがそろって息を呑む音が伝わってくる。射貫かれた保はあとずさり、崩れ落ちようとするが、なおもひと回りして安座で静止する。それまでずっとつづいてきた激しい動きがその観念に収斂して、あたかもそのときが来るのを保はずっと前から識っていたかのようだ。

「その時。主上御感《シユジヨオギヨカン》あつて。獅子王《シシオオ》と云《イ》ふ御剣《ギヨケン》を。頼政に下されけるを宇治《ウヂ》の。大臣賜はりて。階《キザハシ》を下《オ》り給ふに折節郭公《オリフシクワツコオ》訪《オトズ》れければ。大臣取りあへず」

けれど、すっかり観念したと見えた保の躰はまた能《よ》く動く。また役をする。こんどは喜んで褒美の獅子王を下賜される帝になり、帝から受けたまわって頼政に渡す宇治の大臣になる。そうせずにはいられぬのだ。射貫かれて終わってはおられぬのだ。保は大臣が階段を下りる様まで細かく写して、そのとき時鳥《ほととぎす》が鳴く。

「ほととぎす。名をも雲居《クモイ》に。揚《ア》ぐるかなと。仰せられければ」

階段を下りながら、ほととぎすは雲の上まで名を揚げたと大臣は頼政に語りかける。

「ほととぎす」は頼政のたとえだ。頼政が宮中でも高名になったと持ち上げている。

「頼政。右の膝をついて。左の袖を廣《ヒロ》げ月を少し目にかけて。弓張月《ユミハリヅキ》のいるにまかせてと。仕《ツカマツ》り御剣を賜はり。御前を。罷《マカ》り帰れば。頼政ハ名を揚げて」

写しはさらに微に入って、地謡の詞章《ししょう》そのままに保は舞う。舞って、頼政が「三日月の入るままに」という句で大臣の言葉を受けたことを伝える。言外に「弓を引いただけである」という含みを持たせて、歌人としても高名な頼政ならではの才を見せ、いやが上にも名を揚げる。鵺は鵺の働きをし、頼政は頼政の働きをした。なのに、これほどにも結末は異なることを、もはや射貫かれ刺し貫かれて動くはずのない躰で保は訴える。あとはもう、「山の端の月」だ。

「我ハ。名を流すうつほ舟に。押し入れられて。淀川の。淀《ヨド》みつ流れつ行く末の。鵜殿《ウドノ》も同じ蘆の屋の。浦曲《ウラワ》乃浮洲《ウキス》に流れ留《ダマ》って朽ちながらうつほ舟の。月日も見えず。冥《クラ》きより冥き道にぞ入りにける。遥かに照らせ。山の端乃遥かに照らせ。山の端乃月と共に。海月《カイゲツ》も入りにけり海月と共に入りにけり」

淀川の黒い流れが、渦《うず》巻く淵《ふち》が、見えるようだ。打杖《だじょう》を首枷《くびかせ》にして反り返り、流レ足で円を描きつつ左へ右へ漂う保の様は、「うつほ舟」に押し込められて淀川を淀みつ流れつ下り行く鵺の姿そのものだ。そうして蘆屋の浦の浮洲に流れ溜まって、躰は朽ちるが、魂《たましい》はなお果てることを許されない。時さえも滅した、果てのない冥き路を往《ゆ》く己れを、せめて「山の端の月」で照らしてくれと願いつつ、なだれ込むように海に沈んでゆく。

三日後、剛は外神田の三輪藩上屋敷に居る。刻は夕七つ。ほどなく陽が落ちる。

出雲守殿と剛は茶室のように狭い座敷に居る。

でも、茶室ではない。

茶室か納戸《なんど》かと問われれば納戸のほうが近い。

戸が引かれた座敷からは能舞台が見える。

その能舞台を剛はあらぬ向きから目にしている。

正面の右側方《そくほう》、つまり、地謡方を背中から見る向きになる。

能舞台との距離は見処と変わらぬが、こんな向きに見処はない。

左斜めならあるし、左側方にもある。

それぞれ、中正面、脇正面という。

左にあって右にないのは言うまでもなく地謡方の背中が観能の邪魔になるからだ。

なによりも演者の腰より下が見えない。つまりはハコビが見えない。

ハコビを見なければ能を観ないに等しい。

そのような座敷になんで居るのか……。

四半刻《しはんとき》ほど前、三輪藩上屋敷に着いてひと通りの挨拶を済ませると、間《ま》を置かずに剛は口を開いた。

「申し訳ございませんが、この前のお話、」

「この前の……」

出雲守殿は言葉をなぞるが、思い出せぬのではないと剛は察する。出雲守殿はたしかめようとしている。自分が「この前のお話」をほんとうに覚えているのかをたしかめようとしている。

「それがしへの御声掛かりがこの時期になった次第というお話」

「ああ」

「もしも叶いますれば、曲を勤めさせていただく前にお伺いできればと存じます」

鵺を舞ったあとに、その類の話に気を集める余力はまちがいなくない。聞くなら舞台の前しかなかった。

「覚えておいでか」

返す声に安堵の色が交じる。

「もとより」

「それがしならば、曲の前でもいっこうに構わぬが……」

剛の申し出に安堵しているのではない。申し出を聞いても悔いぬ己れに安堵している。先月十五日、出雲守殿は剛に下駄《げた》を預けた。それまで剛を舞台へ招かなかった理由を語ろうか、語るまいか、迷った挙句、もしも忘れていなかったら問うようにと、剛にどうするかを委《ゆだ》ねた。その日が来てみれば、剛は覚えていて「この前のお話」を切り出し、そして己れは日を経ても語る気でいる。これでこの前の振舞いを悔やまずに済む。

「……されば、場処を替えさせていただいてよろしいか」

で、この奇妙な座敷に移った。

「このような粗末な座敷にご案内させていただいたのは……」

出雲守殿の様子は変わらずに美しい。が、いつもの美しさとはいささかちがう。能のためだけに「美しく居る」美しさではないようだ。

「この座敷に、過日、申し上げた、甲斐守殿にここまで舞台をお願いしなかった理由が顕《あらわ》れているからです」

「この座敷に、でございますか」

いつもは受ける不安のようなものも、今日の出雲守殿からは伝わらない。

「さようです。この座敷は元はといえば納戸でした」

言葉すくなでもない。

「それをもうずいぶんと前からそれがしが使うようになったのですが、使うのはそれがし一人ですし、使うとはいってもなにをするわけでもないので、畳を入れたくらいで格別の手は入れておりません。いや、あえて手は入れぬように命じました」

常の出雲守殿にも増して、今日の出雲守殿は興味深い。

「そういう座敷ですので、これまで客人を招き入れたことはありません。奥御手廻り御能の皆様を含めてです。ここに入られたのは、甲斐守殿が初めてということになります」

話の先へ気が行ったが、やはり、言葉を挟まぬわけにはいかなかった。出雲守殿の言う「奥御手廻り御能の皆様」にあの御方は入っているのだろうか。

「あの御方は……」

「ですから、甲斐守殿が初めてです」

口にしてから「あの御方」では伝わるまいと思ったが、出雲守殿はすぐに察した。

「当家へは一度だけ御成《おなり》あそばしましたが、この座敷へは御案内を控えさせていただきました」

意外ではない。この前も、剛は出雲守殿の背後にあの御方を察しなかった。

「いわゆる奥能が、周りにどのように受け止められているのかについては能く承知いたしておりませんが、もしも一同相和《あいわ》して結束するというような姿であったとしたら、それは似ても似つかぬということになりましょう」

とはいえ、あくまで察したのであって、識ったわけではない。剛は耳に気を集める。

「我々が強く結びついていることはまちがいありません。しかし、和して同じくなることはありえない。我々は関わりにおいて密《みつ》、そして、交わりにおいて疎《そ》なのです。その繋がり方を見る限り、申し合わせに集《つど》う能役者と重なりますが、我々の場合はいささか異なる。それが見えているのがこの座敷です。この座敷には、それがしの能との対し方が顕れております」

あらぬ向きで能舞台に対するこの座敷が、か……。

「もとより、それがしとて、ここから曲を観ることはありえません。もしも、ここより観たとすれば、演者の方々に甚《はなは》だ礼を欠きましょう。この座敷は曲を観るための場処ではない。あくまで、能舞台を眺めるための場処です。ほとんど毎日、それがしは一人でこの座敷を訪れて能舞台に目を預けます。四半刻のときもあれば終日のときもありますが、来ない日はまずない。来ずにはおられぬのです。会わずにはおられぬと言ったほうが合っているのかもしれません。とはいえ、会って能舞台と言葉を交《か》わすかといえば、それはない。話すなら、こんな後ろ髪を見るような向きから話したりはしません。正面に回ります。逆に言えば、目を合わせて話をせずに姿だけを見たいがために、こんな向きから眺めているわけです」

「話したくはないのですか」

能のためだけに「美しく居る」御方だ。出雲守殿なら、能舞台と語り合ってもなんら奇妙とは感じまい。さも、ありなんと思うだけだろう。

「言葉が通い合うのであれば話したい。幾日でも話したい。が、そうはゆかぬのです。こちらが懸命になって語りかけても、向こうからはひとことふたことしか返ってこない。あるいは、まったく返ってこない。こっちの話しかけ方がいけないのだと省《かえり》みてさまざまに工夫を凝らしてみるのですが空《くう》を切るだけです。若い時分ならいざ知らず、そんなことを二十年を超えてつづけておりますと、話す気持ちはあってももう唇が動こうとしなくなる。すべての気の動きがひたすら重くなって、話すどころか目を合わせるのさえ辛くなります。ならば想いを切って結び目を断ち切ればよいのでしょうが、それはできない。いくら重くても辛くても目にせずにはおられぬのです。で、こんな向きから気取《けど》られぬようにただ眺めている。それが、それがしの能との対し方です」

そのとき、剛はなんで先月、出雲守殿が御城で理由を語らなかったのかをはっきりと識った。この座敷に呼ばねばならなかったのだ。呼んで、あらぬ向きの能舞台を見せなければならなかったのだ。見れば、出雲守殿と能との一様《いちよう》ではない縁《よすが》を、右側方を晒《さら》す能舞台がまざまざと物語る。

「それがしは能でしか赦《ゆる》されぬ者なのです。能でしか己れの生《せい》を燃やすことができない。それがしにとって能は芸などではない。息です。この世はくだらぬもので溢《あふ》れ返っている。ただひとつ能だけがくだらなさを免れている。それゆえ、それがしは能で息をしている。息ができなければ死ぬのは自明のように、能をやらなければ命が絶たれます。しかしながら、その能はこの世のくだらなさに染まらぬ能でなければならない。誰もが達しうる能ではないのです。悔しくはありますが、それがしには厳しい。で、常に息も絶え絶えです。大きく吸ってもわずかの息しか継ぐことができず、辛く、苦しいのです。でも、それがしは能でしか赦されぬから、その息をつづけるしかない。それが、それがしの能であり、そして、奥御手廻り御能の能です。我々は、甲斐守殿の言われる〝あの御方〟を含めて、その一点で繋がっている。能でしか赦されぬという一点です。能好きは多くとも、赦されぬ者はめったに居《お》らぬので、たまに出くわすと強く共鳴はいたしますが、己れの辛さ苦しさを眼前に見せつけられることになるので、すぐに姿が見えぬ処まで離れる。互いにそうするので、ずいぶん離れる。会するのはごく稀に開かれる奥能の舞台でのみです。ですから我々は、関わりにおいて密、そして、交わりにおいて疎なのです」

剛は大きく息をついた。己れの息まで、辛く、苦しいような気がした。

「そのように申し上げれば、これまで甲斐守殿に声を掛けるのを控えていた理由はもう自明でありましょう。声を掛けなかったのではないのです。声を掛けられなかったのです。もともと我々に甲斐守殿の技倆《ぎりょう》を測る資格などありません。能でしか赦されぬという一点で繋がっている我々とはかけ離れた御方と想っていたし、事実、そのとおりだった。いや、その想いを遥かに超えていた。養老を勤められる甲斐守殿はほんとうに伸びやかに息を継がれていて、観ている我々まで日頃の辛さ苦しさを忘れるほどだった。軸のある方の舞台というのはこういうものかと思い知らされました。以来、我々とは別の世界の御方と戒めて、声掛けを自制してきたのです。それでも、未練は残って、楽に息をされる方でも能でしか赦されぬということはありうるのではないかなどと勝手な理屈をこしらえて、時折、甲斐守殿の舞台に我々との唯一の繋がりを見出そうとしておりました。けれど、やはり、そうではない。甲斐守殿は能でしか赦されぬ御方ではない。先月、想いを切って声を掛けさせていただいたのは、言ってみれば、降参です。甲斐守殿を奥御手廻り御能にお誘いするのをあきらめるという表明です。代わりに、というのも身勝手《みがって》な申し様《よう》ですが、舞台をただ一度だけお願いさせていただくことにした。それでも申し入れるのを迷いに迷って、あのような逃げを打った物言いになってしまった。まことにお恥ずかしい限りであります」

剛は啞然とする。これほどに想いつきようのないことが現にあるのだ。

「稽古能、というのも題目《だいもく》です。本日、舞台に上がる曲は鵺《ぬえ》一曲のみ。シテは武井《たけい》甲斐守景通《かげみち》殿お一人のみです。存分に、鵺を勤めていただきたい」

もはや、驚きはしない。

「あらかじめ申し上げますが、見処には奥御手廻り御能の皆様を招かせていただいております。ただし、先ほど語らせていただいたように、交わりにおいて疎の方々です。互いに距離を必要とします。観能の仕方も独特で、夜に潜む虫のように観ることを望まれます。で、この能舞台には普通の見処の他に、外からは見えぬ見処を設《しつら》えております。方々はそちらで観させていただくので、一見すると見処は無人と映りますが、そういうことですので、御了解いただければと存じます」

「夜に潜む虫のように観る」見処……まるで、夜の河原で舞うようではないか。

「それがしが密かに期待しておるのは、踏ん切りをつけさせていただけるのではないかということです。先刻、それがしはこの世はくだらぬもので溢れ返っていると申しました。それゆえ、ただひとつくだらなさを免れている能で息をしている、と。しかしながら、くだらぬもので溢れ返っているからこその人の世なのかもしれません。きっと、甲斐守殿の鵜で棲《す》む世界のちがいに駄目《だめ》を押されたら、能でしか赦されぬ己れと訣別できるのではないか。一方で、もしも甲斐守殿の鵜で嫉妬に火が点《つ》けば、己れにもまだ演者としての目が残っていることになります。そうなったら、もう、絶え絶えの息が絶えるまで執着し抜く所存です」

三輪藩上屋敷に着いたとき、剛は己れの胸底《むなそこ》のどこかにまだ奥能が息づいているのを識った。己れは「想いも寄らぬこと」をやらざるをえぬが、国を預かる又四郎や八右衛門にしてみれば、そんな博打よりも、どこに漂い流れていくかわからぬ国を繫ぎ止めておく太い糸のほうを望むだろう。手に入れてからの使いようがわかっているし、手に入れるまでがもはや博打とはちがう。あくまで守りの策で、「ちゃんとした墓参りができる国」には繫がりようもないが、目指す国造りの礎《いしずえ》とするという言い分はさまざまに効《き》くだろう。その手を伸ばせば届く奥能が、己れが「想いも寄らぬこと」に踏み切れば霧散する。あるいはそれも、固まり切らぬ理由に加わっているのかと思ったが、こうして、出雲守殿の語りを聞いてくれれば、奥御手廻り御能は又四郎の想った繫がりとはまったくちがう。それは「能でしか赦されぬ」方々の「交わりにおいて疎」な繫がりだ。太い糸にはなりえない。又四郎や八右衛門には申し訳ないが、その備えは井伊家の皆様との繫がり等で充《あ》てるしかなかろう。だから、もはや、彼らを慮《おもんぱか》って奥能に加わらねばならぬ謂《いわ》れはない。そのように、背負っていた奥能という大きな荷物が抜けると、周りのあれやらこれやらもがらがらと崩れて抜ける。なにが抜けたのかはわからぬが、ともあれ、ずいぶんと軽くなった躰で剛は支度へ向かった。

鵺をどう勤めるかはすでに決まっていた。夜の今戸へ行く前は、軸ではなく己れで舞おうと思った。それができるなら、軸の節理は置いて己れの節理で舞おうとした。いまはちがう。ただ、能を能にしているものに従って舞おうとしている。実は、見渡した。夜の今戸で見渡した。枯野の天空の舞台で保が鵺を舞い納めて、まだ熱さの残る目で薄れゆく舞台を追っていたとき、舞台と入れ替わるように能を能にしているものが広がっていった。同時に、保が能を「やさしい」と言った理由も形をとっていった。

能を能にしているものと、保が能を「やさしい」と言った理由は別々ではなく、ひとつに結びついていた。ただし、保は能を「易しい」と言ったのではなかった。保は「優しい」と言った。保に万能《まんのう》の靄《もや》を見ていたあの頃の己れには、保が「やさしい」と言えば「易しい」と受け止めるしかなかった。けれど、ちがった。保は能を「優しい」と言った。「易しい」ではなく「優しい」と言った。

なんで能が「優しい」かは、鵺を観ればわかる。鵺は化生の者である。妖怪であり、鬼である。他の舞台のことは知らぬが、鬼が主役になるのはめずらしかろう。鬼はあくまで退治されるべき存在で、主役はやはり退治する者だろう。けれど、能は鵺という鬼をシテに据える。けっして、いい鬼ではない。人に擦り寄る、鬼とも言えぬ鬼ではない。鬼らしく、人間世界の秩序を破壊しようとする、立派な鬼だ。その立派な鬼を舞台に上げ、あまつさえ主役を宛てがって、己れの生と死を存分に伝える機会を与える。想いの丈を迸《ほとばし》らせる場を与える。

そのように、能舞台は鵺に優しい。ならば、見処はどうか。あくまで人間に敵対する鬼であることを止めず、鬼として己れはこう生きたと、こう死んだと、微に入り細を穿《うが》ち舞う鵺をめがけて、見処から石礫《いしつぶて》が飛ぶか。シテは血に塗《まみ》れるか。そんなことはない。もしもその舞台が能としてよい舞台であったとしたなら、見処はきっと称えるだろう。鵺の鬼の生にも、よくやった、がんばった、という想いを寄せることだろう。なんとなれば、は見処をつぶさに観るといい。そこにもまた鵺が居並ぶ。

鵺の頭は猿で、手足は虎で、尾は蛇で、鳴く声は虎鶫だ。すなわち鵺は猿ではなく虎ではなく、蛇でも虎鶫でもない。鵺は誰でもない。だから、鵺を勤めると決まったとき、初めて己れを仮託しようとした。誰でもないなら己れであってもよいだろうと思った。が、鵺は誰でもないだけではないのだ。誰でもないということは、誰でもあるということだ。自分は猿であると言い切れる者が居るか。虎であると言い切れるか。ある者は猿であり虎であり、ある者は虎であり蛇であるのではないのか。犬でも猫でも牛でも馬でもいい。誰もがひとつではなく、犬でも猫でも牛でもあって、あるときは犬になり、またあるときは牛になったりしているのではないか。そうして、犬で居るときは犬の定めに縛られ、牛で居るときは牛の定めに縛られる。誰もが己れの裡に鵺を棲まわせている。生まれついた定めゆえに死んでも魂の安住を得ない者を棲まわせている。だから、舞台の上で、こう生きた、こう死んだと、必死で伝えようとする鵺に己れの姿を重ねて、よくやった、がんばった、と思うことができる。

鵺が別段なのではない。能はみんなそうだ。能のシテに勝ち誇った者は居ない。武家が勝ち戦を語る勝修羅《かちしゅら》の曲でさえ主題は勝ち戦の裏の翳《かげ》だ。すべてのシテは敗者である。東北のシテも井筒のシテも舞台の上にそれぞれの負けの生を舞う。ままならぬ路ではあったが、でも自分はこう生きた、こう死んだと舞う。見処に居並ぶ者の生とて勝ちの欠片《かけら》のみで組まれているはずもない。その舞がよい能になっていれば、己れの生を重ね合わせずにはいられぬだろう。

それが能と思う。能を能にしているものと思う。鵺のような化生の者まで包含した、生きとし生けるものへの、尽きることのない肯定。それが能を能にしている。いかなるものをも、生まれてきてよかったのだと、そのように生きてきてよかったのだと、能は称える。なぜ、能は美しくあらねばならないか。醜《みにく》さをも美しく描かなければならないか。肯定するからだ。あらゆるものを削《そ》ぎ落とす能にあってなんで装束だけが過剰なまでに絢爛《けんらん》なのか。肯定するからだ。能は美を目指しているのではない。肯定を目指して美を研ぎ澄ましている。

だから、能は優しい。が、それだけに演ずる者には過酷だ。こう生きた、こう死んだ、を、よくやった、がんばった、に結びつけるためには、よい能でなければならない。それだけの能を舞うのがいかに困難であるかは、いままさに、あとにしてきた、出雲守殿の納戸のような座敷が物語っている。奥御手廻り御能の皆様が、「関わりにおいて密、そして、交わりにおいて疎」であるのも然《しか》りだ。並の者なら長い時をかけ、稽古を突き詰めた末にたどり着くその困難の深さを、少年の頃に識ってしまったのが保だった。あらゆる無理を無理でなくしてきた印地《いんじ》の大将だからこそいち早く己れに軸が欠けているのを察し、能をあきらめて御城勤めを採った。能に替わって己れの生を燃やしうる、「ちゃんとした墓参りができる国」という的を見つけた。それが保の「能はやさしい」だ。

先刻まで右側方から見ていた三輪藩上屋敷の能舞台に、一声の囃子《はやし》が響き渡る。

剛は橋掛りを往き、常座に立つ。

「夜に潜む虫のように観る」方々が姿を見せることなく詰める見処は、やはり、誰でもないものたちが枯葦のそこかしこに潜む夜の河原のようだ。

さあ、見てくれ。

存分に息を継いでくれ。

剛は骨を震わす。

明くる十二月二十四日の朝、剛は藩主の居間に鵜飼又四郎と井波八右衛門を呼んだ。そして、まず、言い渡した。

「これは下命《かめい》である」

ゆるみはいささかもない。

「寄合とはちがう」

峻厳《しゅんげん》が溢れた。

「前へ進めるための策は聴くが、いささかなりとも後ろへ戻す言《げん》はいっさい聴かぬ。屹《きっ》度《と》、申し付ける」

又四郎と八右衛門が平伏する。

「まずは、かかる下命に至った経緯を語る。面《おもて》を上げてくれ」

九日前の十五日、八右衛門にもろもろ問うたあと、剛は「口外無用」を言わなかった。二人のどちらか一方に語ったことを、もう一方に伝えるかどうかは彼らが判断することと剛は決めている。そういう二人と思っている、だから、又四郎はすでに己れが八右衛門に問うたことを知っていておかしくない。だとすれば、又四郎のことだ、下命の輪郭に想い及んでいるかもしれない。けれど、剛は二人のみで居るときの二人をいっさい無視して話を進めることにした。

「かねてよりずっと、この国をちゃんとした墓参りができる国にしたいと願ってきた」

二人の瞳の奥が光る。思えば、ずっと念じてきたことなのに、一度も二人には語っていなかった。とはいえ、台地の上の国で生まれ育った者であれば、武家といえども「ちゃんとした墓参り」がなにを指すかは即座に察する。

「己れに為しうるはずもないが、どこかに己れとの結び目はないか、常に意には留めてきた」

保とのことは省く。あの御方からの脈動のことも省く。語りながら、省くべきことを省いていく。

「その見えぬはずの結び目をようやく見たと思えたのが、この十五日の月次御礼だ」

八右衛門のまばたきが数を増す。

「その日、あの御方は御簾《みす》の向こうに居《い》らっしゃらなかった。拝謁の式次第は常のとおりに進んでいるにもかかわらず、おわさなかった」

己れが月次御礼のたびにあの御方に視線を通していたことも省く。

「己れにとっては初めてのことであったが、八右衛門によればけっしてめずらしいことではないらしい」

剛は八右衛門に目を向けてつづける。

「柳之間に詰める大名家の江戸留守居役であれば誰も驚かぬのであったな」

「御意」

過日よりも熱を帯びた口調で、八右衛門は語り出した。

「申し上げましたように、前任から代々そういうものと伝え聞いておりまして、皆、等しく了解いたしております。また、月次御礼当日の御当代様の御様子からしましても、さもありなんという気がいたします。と申しますのも、御当代様は柳之間詰め約四十家の拝謁に臨まれる前に、すでに数多くの諸侯に御目通りされているからです。まず、朝四つに御座之間《ござのま》において御礼を伝える御三卿《ごさんきょう》の御家老衆に会われています。終わると、黒書院《くろしょいん》に向かわれて、こんどは御三家《ごさんけ》をはじめとする大廊下《おおろうか》詰めの皆様と井伊様など溜之間《たまりのま》詰めの諸侯への御目通りです。そうして白書院となりますが、柳之間詰めは最後の三番目でございまして、まず伊達《だて》様等の大広間詰めおよそ十五家、次に帝鑑之間《ていかんのま》詰め三十四家の順となります。十五家とはいえ大広間詰めは御家門《ごかもん》衆や外様でも一国以上の国を治める御大身《ごたいしん》ですので、儀礼も家格に見合って執《と》り行われる。御奏者番《ごそうじゃばん》のみならず御老中がいちいち名を読み上げ、一名ずつ広縁から下段之間へ上がるのですが、下段之間は二十四畳半、その中ほどまで平身低頭を保ったまま膝行《しっこう》して進みますので、容易には捗《はかど》りません。さらに、そのあとが古来御譜代《こらいごふだい》の帝艦之間詰め三十四家となりますれば、柳之間詰めの順が来る頃にはお疲れも相当でございましょう」

説かれてみれば、あの御方はそのようにして己れの前におわしたのだとあらためて思わされる。

「その分と申しますか、従五位下《じゅごいげ》の外様が詰める柳之間詰めの儀礼は簡略になって、御奏者番の読み上げすらなく、広縁における五人ひと組で額ずいての拝謁となります。もとより、国主でさえ許されぬのですから、面を上げられるはずもありません」

語るのは八右衛門だ。面を上げられるはずもない、は皮肉ではなかろう。

「御当代様からすれば、拝謁を受けるとはいっても、彼方《かなた》の広縁で顔形《かおかたち》も判然とせぬ五名がそろって平伏しては入れ替わるのを見ているだけということになります。朝四つから御礼席と御相手は変われど為されていることはじっと座しての御目通りでありますれば、お疲れとあいまっていいかげん腰も落ち着かなくなられましょう。もとより、御姿を目にすることは許されぬ上、遠くて陽の注ぐ広縁から見た仄暗い御簾の中《うち》は、たとえ目を凝らしたとしてもただの暗がりでございます。御当代様がおわしてもおわさずともなにも変わることはないというわけで、柳之間詰めの拝謁になる頃には中奥に戻られて休息を取られることもめずらしくないと伝わっておるのですが、聞けば、ありえぬと否《いな》む者はすくないのではありますまいか」

「そういうことのようだ」

ひとつ息をついてから、剛はつづけた。

「ここからは仮の話だ。もしも、あの御方がそのように白書院を空けて休まれていたときに、五名のうちの一人が粗相を働いたとする」

「粗相でございますか」

二人が口をそろえて問う。

「ああ、粗相だ。それも、拝謁中に面を上げてしまうような城中の軛に触れるような粗相ではない。取るに足らぬ粗相だ。取るに足らぬ粗相ではあるが、誰からも粗相とわかる、たとえれば、廊下を歩んでいる際に転ぶといった粗相がよい」

「粗相を働いて、そのあとはどうなるのでございましょう」

問うのは又四郎だが、雲を摑むような顔つきは八右衛門も変わらない。あるいは気取《けど》られているのではないかと案じていたが、そういうことではないらしい。又四郎も八右衛門も、これからが本題となる「想いも寄らぬこと」に想い及んではいないようだ。

「下城して屋敷に戻る。しかる後、粗相の責めを負って自裁《じさい》する」

「じさい」

また二人が口をそろえるが、顔は意味がわからぬと言っている。

「じさい、と言われるのは、自裁でございますか」

「ああ、自裁だ。腹を切る」

二人はまさに愕然《がくぜん》とする。

「自分が拝謁の場を空けて休んでいるあいだに取るに足らぬ粗相をした大名がみずからを裁いて腹を切ってしまった。自分はその場に居らぬのに居ると信じて自裁してしまった。知れば、あの御方とて負い目は感じよう」

応える声はない。

「もう、言わずもがなと思うが、五名のうちの一人というのは己れだ」

淡々と、剛は説く。

「年が明けて二月の、最初にあの御方が白書院を空けられた日に、粗相をして自裁する。自裁して、あの御方に貸しをつくる」

二人は目を見開いて身を乗り出した。

「むろん、つくった貸しは返していただく。この前、八右衛門に問うて、他家に嫁《か》されている御先代の庶子《しょし》の御息女に六歳の男子が居られるのをたしかめた。返済のひとつ目は、この男子が急養子の制で次の藩主に就くのをお認めいただくことだ。血筋からしても、己れではなく、その御方が御藩主になるのが筋である」

顔に不服が満ち溢れているが、話に気を集めてはいる。

「ふたつ目の返済は、次の御藩主が十七歳になるまでの十一年間、わが国に御手伝普請を課されぬことだ。これにより、十一年分の参勤交代免除によって浮いた資金がそのまま蓄えられる。その蓄えによって人を育てる。藩校の蔵書を厚くし、秀でた教師を呼び、留学も存分にさせる。どうすればこの国がちゃんとした墓参りができる国になるか、ずっと模索してきたが、結局、人を育てることしか考えつかなんだ。まだ国に居ったとき又四郎が、延々と無為《むい》の時を送ってきたこの国では、人材育成こそが遠回りのように見えて、その実、唯一の現実に即した策であると言ったが、そのとおりと思う。雅楽頭酒井家の姫路《ひめじ》藩がいま最も勢いのあるのもそのゆえであろう。この国も資金を蓄えて、おぬしらのような臣僚をいっぱいつくるということだ」

そうすれば、きっとできる。いつかはできる。保のつくりたかった国が。

「この企てには二つ、大きな難点があった。まずひとつ目は、あの御方にどう自裁をお伝えするかだ。自裁をしても御耳に届かなければ負い目を感じていただきようがない。とはいえ、あまりに公《おおやけ》になっては周りから自分仕置きは反逆であると見なされて逆に御《お》咎《とが》めを受けかねない。御公儀を引っ込みのつかぬ処へ追い込んではならぬということだ。すなわち、自裁の件は、誰からともなく伝わるように伝わる必要がある。ひっそりと、しかし、しっかりと伝わらなければならない。幸い、この前、八右衛門が言ってくれたように、いまや当家には能で培ったさまざまな中奥への経路がある。誰からともなく伝わるように伝わる路としてはこの上なかろう」

二人の気は逸《そ》れていない。ずっと、集中はつづいている。

「ふたつ目は、単なる負い目では貸しにはならぬということだ。目指すは十一年分の参勤交代免除と御手伝普請の免除である。実にもって大きな貸しである。不憫《ふびん》であったなどの御言葉を頂戴する程度の負い目では話にもならぬ。頼りとするのは、能の演者としての己れへのあの御方の思し召しだ。先刻の八右衛門の話のように、おわさなくて当たり前の柳之間詰めの拝謁にもかかわらず、今月十五日に席を空けられるまではつづけて九回、あの御方は御簾の中にたしかにおわした。ここは、それが『ありえぬこと』であり、『格別の思し召しがあった』とする八右衛門の言をそのまま容《い》れることにする。また、信義により両名といえども口にはできぬが、他にも『格別の思し召し』と信ずるに足る験《しるし》がたしかにあった。むろん、絶対はありえず、賭けであることは免れぬが、賭けるに足る賭けにはなっていると思う」

昨夜、剛はあえて出雲守殿に尋ねなかった。奥御手廻り御能の皆様が姿を見せることなく詰める見処に、あの御方がおわすかを尋ねなかった。尋ねずともずっと、白書院で感じ慣れた脈動が伝わっていた。あの御方もまた、いや、あの御方こそ、「能でしか赦されぬ者」なのだろう。その者が自分の不在のときに、初めての月次御礼のときからずっと視線を注ぎつづけてきた「ほんとうに伸びやかに息を継がれて」舞う者を死なせてしまったとしたら、そのときは「関わりにおいて密、そして、交わりにおいて疎」の、「関わりにおいて密」が働き出すと望みをかけてもよいだろう。二人が願っていたのかもしれぬ太い糸では「交わりにおいて疎」が望みを解くが、思し召しにおいては、「関わりにおいて密」こそが要《かなめ》となってくれるはずだ。

「かかる下命に至った経緯は以上である」

剛はきっぱりと言い放った。

「申すまでもなく、この企てにおける己れの役割は自裁のところで終わってしまう。それをちゃんとした墓参りができる国に繋げる肝腎の御勤めはすべて又四郎と八右衛門に頼ることになる。また、二月最初の月次御礼で実行となれば、備える時はわずかにひと月とすこししかない。ただでさえ繁忙な師走と年賀のなかで、血を引かれる御方との交渉等の準備を進めなければならず、二人には重すぎる重荷を背負ってもらうことになるが、なにとぞ頼む」

剛は深く頭を下げた。

「めっそうもございません！」

初めに声を発したのは八右衛門だった。

「御藩主から問われたときは、来年、十七歳におなりになり次第、急養子で御藩主を退かれるおつもりと存じておりました。それさえも反対でございました。まさか、御自裁を考えておられたとは……」

あとは詰まって声にならなかった。

「それがしは不承知でございます」

又四郎は断固として言った。

「いまや、この国の御藩主は御藩主しかありえません。能がどうのということではなく、我々がお仕えする御藩主は御藩主しかございません」

剛の瞳をしっかと見据えて、外そうとしなかった。

「国を出るとき、弁才船《べざいせん》の出る湊《みなと》の旅籠《はたご》で又四郎は言ったではないか」

目を柔らかくして、剛は言った。

「そんなことはありえぬと言い切れればよいのだが、どんなに小さな水溜まりにも波は立つ、俺が殺《あや》められることもなくはなかろう、とな。さすれば、七月《ななつき》の後、おぬしが藩主を追われて口封じに遭うこともまったくないとは言えぬ、とも言った。覚えているか」

「しかと」

「いまはありえぬと言い切れるか」

又四郎は答えなかった。繕《つくろ》うことのできぬ男に酷な問いではあったが、そうとでも言わねば、ずっと不承知を貫くのは明らかだった。

「二人の姿が消え、見知らぬ者たちの勝手にされて、犬死《いぬじに》するのだけはまっぴらだ。己れの好きなように死にたいし、すこしはおぬしらの役にも立ちたい」

「ちゃんとした墓参りができる国」はひとえに、保と己れとの関わりにおいて為すことだった。あるいは、為さねばならぬことだった。が、いましがた言ったことも、けっして方便だけではなかった。

その日は、明くる年二月に入って最初の月次御礼の十五日にやってきた。剛は御簾の向こうの空《から》の席に胸の裡で別れの御挨拶を申し上げたあと、退く廊下で前のめりに転んだ。見た者はそれは美しく転んだと伝えている。

解説　少年は舞う――自らの存在意義と国の命運を賭けて

川出正樹

「ふつうならばありえないことをやってこそ、『出口』は開く」

青山文平『鬼はもとより』

青山文平の『跳ぶ男』を読み終えて、しばし息を呑み余韻に浸る。数奇な経緯《いきさつ》により藩主の身代わりとして極めて困難な責務を果たさねばならなくなった能役者の少年の半生を描いたストーリーを締めくくるラスト三行の、なんと美しいことか。なんと軽妙なことか。颯爽として潔く、晴れやかにして幽玄。能という特異な美を追究する芸術を背骨に織り込み、前代未聞の謀《はかりごと》の顚末を書き綴った物語は、静かに鮮やかにその幕を下ろす。あたかも五番立を舞い終えた能役者が、明鏡止水の境地に達したかのように。

本書『跳ぶ男』は、どうやっても解決しようのない窮状に喘ぐ弱小藩が、武家の式楽にして唯一誇れる武器である能に一縷の望みを託して突破口を開くべく仕掛けた乾坤一擲の秘策を軸に据えた小説だ。その上で、美と醜、生と死という相反する事柄を等しく見据え、幼くして居場所をなくし生き残ることで精一杯だった孤独な少年が、世界に触れ、他者と交わり、自己を省み成長していく様を、凜々しく瑞々しく描きあげる。

時代は江戸後期。舞台は表高も実高も変わらず二万二千石しかない貧しき小藩・藤戸藩、そして幕藩体制の中枢たる江戸城本丸だ。

作者は、「その川は藤戸藩で最も大きい川だった。／にもかかわらず、名を持たなかった。／正しく言えば、藤戸藩では誰もその名を口にしようとしなかった」という、おやっと思わせる冒頭三行で、読む者を瞬時に作品世界へと誘う。

領地の大半が高い台地の上にあるために、急峻な段丘の裾を縁取るように流れて平地に広がる隣国との境をなす豊かな川の恩恵を受けることができない藤戸藩は、ごくわずかの米しか穫れず、崖っぷちまで畑で埋め尽くされている。土地も水も米も、そしてもとよりカネもない。それどころか死者を埋葬する土地すらなく、河原に棺を浅く埋めた野墓を野宮と称して、大雨で亡骸が流されるに任すしかない。手を合わせるのは箱庭のような参り墓だ。貧しさを煮詰めたような、ないない尽くしのこの国に、藩お抱えの能役者である二十俵二人扶持の道具役の長男として屋島剛《たける》は生まれた。

物語は、六歳にして母を亡くした剛が、初めて野宮を目にするシーンで幕を開ける。次いで、百か日法要の際、埋葬したのとは別の墓に参ったことに疑問を抱いていた剛が、同じく能役者の息子で三つ歳上の岩船保《たもつ》から、この国がまっとうな墓を持てない理由を説かれ、釈然としない思いに駆られる場面へと移る。そんな剛に向かって、唯一の友であり能のみならず人生の師でもある保は決然と言う。「俺はこの国をちゃんとした墓参りができる国にするんだ」と。

あまりに大きな志に唖然とする剛を余所に、幼き頃から英才の誉れ高かった保は文武に才を発揮し、わずか十七歳で藩校の長である都講の補佐に推挙されるまでになる。一方剛は、母の死後程なく父が後添えを貰い弟が生まれたため、親の愛情も跡継ぎとしての居場所も失ってしまう。それでもなんとか生き延びて大人になるためには、唯一の取り柄である能にしがみつくしかなく、人目のない野宮の大岩を舞台に見立て、跳んで、跳んで、跳びまくり独り稽古に励む。時に、保に助けられながら。

だが、そんな過酷で代わり映えのない日常は、突然終わりを迎える。あろうことか保が不可解な刃傷沙汰に及び切腹を命じられてしまうのだ。さらに、わずか十六歳で藩主が急逝。やむにやまれぬ藩の事情から、剛は身代わりとして立てられ、窮乏打破を賭けた大博打の要に据えられてしまう。得心のいかない剛に向かって改革派の頭目である目付・鵜飼又四郎は、吟味の場で最後に保が剛を評した三つの言葉を伝える。曰く、「素晴らしい役者」、「想いも寄らぬことをやる」、「うらやましい」。友であり師である男の遺した言葉の真意を理解するために、弱冠十五歳の少年が、柳営の棟梁たる将軍に対して、己の能の技量のみを武器に文字通り徒手空拳で命がけの闘いを挑む。しかも与えられた期間は、わずか七ヶ月しかない。これぞまさにミッション・インポッシブル。

『跳ぶ男』は、能を素材に国の立て直しに賭けた男たちの大勝負を描いた武家小説である。と同時に、さまざまなジャンルの小説の妙味を味わわせてくれる奥行き深い作品でもある。凛とした気が横溢する静かなれど熱き闘いは、さながら冷戦期のエスピオナージュや国際謀略小説を、独り敵陣に乗り込み任務に専心する様はミッション遂行型冒険小説を、故人が残した言葉の意味を探る筋立ては、伝統的な謎解きミステリを彷彿とさせる。さらに、一介の能役者の息子が藩主の身代わりとなり、御国の命運を賭けて舞う中で、内省を繰り返し成長していく構図は、倒立した貴種流離譚にほかならない。

『白樫の樹の下で』で第十八回松本清張賞を受賞して以来、「小説とは、特殊を書いて普遍的な読後感を与えるものである」という信念に基づき、常にリーダビリティを意識すると同時に、「創作はオリジナリティがすべてであり陳腐は最大の敵」として「人間を既成の枠に押し込める視線は徹底して忌避」した作品を書いてきた青山文平。予定調和が支配しがちな時代小説という形式を採りながら、同ジャンルのファンにとどまらず広く読まれる理由は、この一貫した創作姿勢によるところが大きい。

とりわけ、オリジナリティに対する思い入れは強く、本書でもこれでもかとばかりに新たな試みを行っている。まずは主人公。これまで青年から壮年、そして老年まで大人を主役に武家の有り様を描いてきたが、今回、十五歳の少年を主役とした。また時代を、青山作品では未開拓領域であった天保年間、即ち町人文化全盛期の文化・文政以降に設定。加えて、従来オリジナリティ重視の立場から実在の人物に関しては端役としてもほとんど登場させることがなかったのだが、徳川将軍を初め複数の大名を起用し重要な役回りを与えた。その上で、これまで得意としてきた〈刀〉を敢えて後ろに置き、代わりに管理統制と約束事により成熟洗練を極めた特異な芸術である〈能〉を軸に据え、約束事の巣窟たる江戸城深部を舞台に、「ちゃんとした墓参りができる国」という難しい主題を実現する仕掛けを入念に構築していく。

ちなみに「オール讀物」二〇一九年二月号に掲載されたインタビューによると、とっておきの素材を繋げての難題の解決策が閃いたことが、本書の出発点となったそうだ。「書きたいことのまえに、まずは『素材』がある」青山は、執筆以外の時間の大半を資料の山の中から細部に本質が宿る素材を探索することに当て、時間を経て熟成した素材を基に大きく構想し、書き始めるという。こうしたスタイルは、不可思議な謎に対して閃いた意外な真相が読者にとって説得力を持つ様に、トリックを考案し、入念に手がかりを配し、伏線を敷き、精緻に論理を積み重ね、絶妙な塩梅でカードを切るミステリ作家のそれと相通じるものがある。その手際の何と見事なことか。保はなぜ抜刀したのか？　彼が遺した言葉の真意は何か？　想いも寄らぬ深謀遠慮の行く末は？　能を能たらしめているものとは？　いくつもの謎と興味が牽引力となりページを繰る手が止まらない。そして訪れる見事な幕切れ。先述したように刀を背後に置きながらも、自裁できるものとしての武家の有り様を問うという青山作品で繰り返し語られるテーマは本書でも重きを置かれており、これを能とどう絡めていくのかが大きな読み所だ。新機軸を打ち出し続ける青山文平は、『跳ぶ男』で一段高く飛躍した。傑作である。

（ミステリ書評家）

文春文庫

跳《と》ぶ男《おとこ》

定価はカバーに
表示してあります

2022年1月10日　第1刷

著　者　青《あお》山《やま》文《ぶん》平《ぺい》
発行者　花田朋子
発行所　株式会社 文藝春秋

東京都千代田区紀尾井町3-23　〒102-8008
TEL 03・3265・1211㈹
文藝春秋ホームページ　http://www.bunshun.co.jp

落丁、乱丁本は、お手数ですが小社製作部宛お送り下さい。送料小社負担でお取替致します。

印刷・萩原印刷　製本・加藤製本

Printed in Japan
ISBN978-4-16-791811-8